Café au lait

Galbert PONGUI

DÉDICACE

TABLE DES MATIÈRES

REMERCIEMENTS

Mes premiers remerciements vont à Dieu
Créateur et Père de toutes choses sans qui je
n'aurai pas eu le souffle de vie pour aller au
bout de ce projet.
Mes remerciements ensuite à toutes ces
personnes qui me soutiennent de près ou de
loin et qui ont toujours cru en moi dès les
premières lettres.
A toutes ces personnes aimées, je vous dédie ce
livre

Prologue

Le détenu №03071980

Un homme ventripotent, la quarantaine révolue se dirigea vers les deux femmes d'un pas nonchalant. On aurait dit qu'il traînait avec peine sa carcasse. Arrivé à leur hauteur il s'adressa à elles la mine grincheuse :

— Encore vous ? Mais ma parole vous ne vous fatiguez donc jamais ? Ce n'est pas un lieu pour des dames !

— Oui nous le savons que trop bien monsieur l'agent et ce n'est pas non plus un lieu pour les hommes surtout quand il s'avère que ceux-ci n'ont rien à y faire ! Répondit calmement Erine en se levant du banc en bois d'acajou sur lequel elle était assise depuis deux heures.

Elle fut bientôt imitée par la religieuse qui l'accompagnait. Celle-ci ne manqua pas de caresser au passage son derrière endolori et de s'étirer de tout son long pour se dégourdir les jambes.

— Ils le disent tous entre ces murs. Ici, s'il fallait suivre ton raisonnement, on les libérerait tous car ils clament tous leur innocence même ceux qui ont été appréhendés la main dans le sac. On la leur couperait qu'ils trouveraient quand-même le courage de nier les faits même avec leur main ensanglantée ! Il esquissa un sourire narquois.

Les deux femmes restèrent là sans rien dire, elles s'échangèrent furtivement un regard désabusé, leur interlocuteur parlait de ces choses avec une telle aisance que ça en devenait déconcertant.

— S'il vous plaît monsieur pourrions-nous le voir aujourd'hui ? Ne fusse que pour voir comment il va et lui remettre en main propre les vivres que nous avons apporté ! Supplia la jeune demoiselle.
— Mon fils, s'il te plaît pour l'amour de Notre Père accorde nous cette faveur, si tu ne le fais pas pour nous fais-le au moins pour Lui ! Renchérit la dame aux côtés de la jeune demoiselle en joignant les mains

comme pour attirer la sensibilité de l'homme.

— Ma sœur, ce que vous me demandez là est difficile, le détenu que vous voulez voir est spécial compte tenu des circonstances l'ayant conduit ici.

— Mais monsieur justement en parlant de ces circonstances, elles sont erronées et il y a manifestement un vice de procédure... Elle s'arrêta, prit une grande inspiration avant de poursuivre dans un soupire.

— Écoutez monsieur... Nous ne vous demandons pas de le relâcher accordez nous juste quelques minutes avec lui, nous voulons juste le voir et discuter c'est tout ce que nous ne demandons rien de plus rien de moins s'il vous plaît.

— Ma réponse reste inchangée maintenant veuillez disposer s'il vous plaît j'ai du travail ! Il les indiqua la sortie de la salle d'accueil.

— D'accord mais pouvons-nous au moins vous laisser ces vivres pour lui ? Avons-nous votre parole qu'il les recevra ? S'enquit inquiète sœur Irma Boukandou.

— Oui ma sœur, vous pouvez laisser les vivres je demanderai à un de mes hommes de les lui rapporter en cellule, il les recevra vous avez ma parole.

Il esquissa un sourire malicieux, ce qui ne rassura pas du tout les deux femmes mais comme elles n'avaient pas le choix, la nonne lui tendit donc le panier contenant les vivres puis elles tournèrent les talons et sortirent de la pièce et s'en allèrent sous le regard amusé des autres gardiens pénitenciers et confus des autres personnes qui faisaient la file à l'extérieur du bâtiment sans doute désiraient-elles également rendre visite à un parent ou un ami détenu dans les geôles de la prison.

Elles sortirent de l'enceinte du centre pénitencier de Nobag[1] sans rien dire, elles étaient dépitées et désemparées.

— Ma fille je t'avais dit que le combat dans lequel tu voulais te lancer était perdu d'avance ! Fit tristement remarquer sœur Irma en rompant le silence.
— Oui tu me l'avais dit n'empêche... Je refuse de baisser les bras. Je ne peux pas l'abandonner à son triste sort, pas après la promesse que je lui ai faite. Répondit la jeune fille en plongeant son regard dans celui de la nonne, cette dernière y vit une lueur, la lueur de la détermination. Elle sourit comme si ce petit échange visuel

---

1 Pays fictif d'Afrique.

avait ébranlé les derniers doutes qui subsistaient encore dans son esprit.

— Je te comprends mon enfant, sache que je suis là avec toi je te soutiendrai dans la prière aussi longtemps que tu mèneras ce combat.

— Je sais sœur Irma... Je sais... merci ton aide m'est très précieuse merci beaucoup. Elle prit les mains de la nonne dans les siennes et elles se regardèrent longuement sans rien dire.

Elles attendirent les taxis, au bout d'un moment l'un d'eux vint s'arrêter devant elles, sœur Irma prit congé de sa protégée en promettant de se joindre à elle demain si jamais elle avait décidé de revenir. Elles se firent la bise et le taxi démarra en direction du monastère Saint Michel-Ange. Erine quant à elle décida d'aller s'asseoir à l'abri bus afin de réfléchir à une potentielle stratégie pour demain. Elle trouva une demoiselle qui semble-t-il attendait également un taxi, elle lui dit bonjour et n'eut qu'un regard dédaigneux en guise de réponse elle décida de ne pas y prêter attention et se contenta de sourire avant de plonger dans ses pensées.

Erine eut un moment de doute, avait-elle choisi le bon combat? S'enquit-elle dans son for intérieur. Oui j'en étais convaincue, au plus profond de mon être je suis intimement convaincue que je mène le bon combat, car chaque conviction que nous entretenons en nous, influence notre destinée. Et la mienne était d'apporter la justice à mon échelle, ça semble surréaliste, voire utopique, je suis probablement une douce rêveuse mais c'est ce en quoi je crois, la hauteur de nos réalisations est déterminée par la profondeur de vos convictions et je réussirai il ne peut en être autrement. Se dit en elle-même Erine assise et pensive.

Elle se surpris à penser à sa famille outre-Atlantique, à sa mère, son frère et sa sœur, mais surtout à son père. L'image de ce dernier vint torturer son esprit, elle y vit à quel point il était déçu d'elle, un échec de sa part ne ferait que confirmer ce qu'il a toujours penser d'elle, un échec de sa part lui donnerait raison, son père avait toujours pensé que sa fille cadette avait toujours couru derrière des chimères. Mais Erine était bien décidée à lui prouver le contraire, elle remporterait cette victoire pour se prouver non seulement à elle-même qu'elle en était capable mais aussi pour prouver à son paternel que même dans un monde aussi décadent que celui dans lequel nous étions appelés à évoluer malgré nous, la justice y avait sa place.

Elle existait en terre *Nobagaine*, elle se cachait certes, sous une immense couche poussiéreuse de corruption, de mensonge et de vices en tout genre. Il fallait l'astiquer avec un énorme pinceau de persévérance ou creuser profondément avec la pelle de notre détermination pour la trouver mais elle était là. Elle se révélait à quiconque prenait la peine de la chercher. C'est sur cette idée qu'Erine se leva pour héler le taxi qui approchait pour se rendre à son tour à son domicile.

Au même moment elle entendit quelqu'un l'interpeller dans son dos:

— Mademoiselle ! Mademoiselle ! Attendez !

Elle se retourna et vit un des gardes pénitencier qui se trouvait dans la pièce tout à l'heure quand elles furent renvoyées. Elle resta immobile, perplexe et surprise.

— Le chef m'envoie vous dire qu'il a changé d'avis vous pourrez voir votre ami aujourd'hui !

Elle fut soudain parcourue par des frissons, une chaleur agréable se fit ressentir dans sa poitrine, elle y posa sa main comme pour se contenir ou cherchait-elle simplement à ressentir cette chaleur sur ses mains devenues moites? Toujours est-il qu'elle commença à sourire avant de joindre les mains et de fermer les yeux, elle semblait soulagée.

— D'accord merci beaucoup je vous suis ! Répondit Erine en emboîtant le pas du garde, enjouée.

Joseph Loueya l'invita à entrer dans son bureau, c'était une pièce différente de celle dans laquelle elles avaient été reçues plus tôt ce matin, celle-ci semblait plus spacieuse, mieux éclairée et surtout les chaises y étaient plus confortables même si on pouvait encore voir des murs dégarnis et des toiles d'araignées par endroit. Il l'observa un moment sans rien dire, il croisa ses mains sous son menton et la scruta du regard comme s'il cherchait à sonder son âme, Erine détourna les yeux, gênée. Un silence de plomb régnait à présent dans la salle. On put entendre distinctement le cliquetis de la grosse pendule suspendue sur le mur derrière l'homme qui ne lâchait pas la jeune demoiselle du regard depuis tout à l'heure, le silence devint de plus en plus pesant.

— Je ne comprends pas ! Pourquoi une *mitang*² s'intéresse à des histoires qui ne la

---

2 Terme utilisé à Nobag pour désigner les personnes dont la

concerne pas ? Quel est ton lien avec le détenu ? Et pourquoi tant d'insistance ? S'enquit-il perplexe.

— Disons que je suis convaincue qu'il est innocent et j'ai envie de lui venir en aide, personne ne semble croire en sa cause mais moi si. Je sais ce que ça fait quand on ne croit pas en toi lui et moi on se comprend raison pour laquelle je veux l'aider coûte que coûte.

Erine paraissait calme, elle joignit ses mains moites sur ses cuisses un regard fuyant qui trahit sa sérénité de façade.

— Hum ça se voit que tu n'es pas d'ici sinon tu aurais compris depuis longtemps que ta lutte est vouée à l'échec, c'est comme ça ici mais bon... Puisque tu es là et que tu es persuadée du bien fondé de ta lutte je veux bien te laisser une chance.

Au même moment quelqu'un vint frapper à la porte, Erine se retourna.

— Oui entrez. Dit le monsieur de sa voix roque et autoritaire.

La porte s'ouvrit sur un frêle jeune homme la vingtaine révolue, il pénétra dans la pièce, se

---

couleur de peau est très claire voire blanche.

mit au garde à vous pour saluer son supérieur avant de poursuivre :

> — Mon lieutenant, le détenu N⁰03071980 est là.
> — Hum bien faites-le entrer !

Le jeune garde tourna les talons pour sortir de la pièce, il revint bientôt avec un jeune homme menotté cheveux ébouriffés vêtu d'un débardeur en haillon et d'un short tout aussi vétuste, il était très maigre et affaibli. Quand elle le vit, Erine eut un pincement au cœur, elle se leva doucement pour lui faire face, des larmes commencèrent à perler dans ses yeux verts, elle posa sa main tremblante devant sa bouche comme pour réprimer un sanglot, elle était très émue. Le détenu quant à lui avait le regard vitreux, inexpressif, mais bientôt un rictus se dessina sur son visage émacié, il redressa sa tête pour mieux plonger ses yeux dans ceux de la jeune demoiselle, il semblait ravi de la voir.

Chapitre I

Sésame

Londres 1998

Erine regarda pour la énième fois sa montre avant d'aller se positionner à l'entrée pour la énième fois, elle semblait stressée, angoissée. Elle commença à faire des vas et viens incessants le long du hall manquant au passage de trébucher. Elle réajusta sa toge en regardant de gauche à droite comme pour s'assurer que personne d'autre n'avait assisté à ce petit moment de disgrâce.

— Si tu continues comme ça tu finiras par user tes talons et le sol par la même occasion ! Lui dit une voix amusée dans son dos.
— Ah... c'est toi Brittany ! Erine se retourna promptement avant de sourire timidement à celle qui semble-t-il était son amie.

— Bonjour quelque chose ne va pas ? Je te sens toute tendue ? S'enquit la dénommée Brittany en s'approchant de son amie qu'elle prit dans ses bras et lui fit des câlins.

Erine répondit chaleureusement à cette étreinte, elle en avait besoin c'est pourquoi elle savoura chaque seconde de cette accolade chaleureuse.

— Non il n'y a rien de particulier... Répondit-elle quand elle se détacha des bras de sa copine le regard baissé.
— Erine ? Je sais que quelque chose cloche dit moi qu'est-ce qu'il y a ? S'enquit-elle suspicieuse.
— En fait... Commença timidement Erine.
— Oui ? Dit Brittany persistante.
— En fait... je suis préoccupée... je stresse...
— Tu stresses ? Mais pourquoi ? Brittany la regarda étonnée.
— Je ne sais pas trop... J'angoisse. Elle se pinça la lèvre inférieur le regard fuyant.
— Mais non respire, le plus dur a été fait aujourd'hui on va récolter le sésame, tu vas récolter le sésame tu devrais être toute excitée en ce moment. Brittany la tint par les épaules.
— Oui tu as certainement raison mais...

— Il n'y a pas de mais qui tienne allez suis-moi on va aller choisir les meilleurs sièges avant que le gymnase ne soit noir de monde. Elle saisit Erine par la main et l'entraîna dans le Gymnase d'Highbury Grove où aura lieu la remise de parchemins.

Brittany Lyne Brooks communément appelée « *Brie* » par ses proches notamment sa meilleure amie Erine, était une jeune demoiselle assez loufoque, une longue chevelure rousse, des yeux verts, une corpulence fine, une taille moyenne, elle avait un an de plus que l'héroïne de notre histoire à savoir : Seize ans. Elle avait des joues creuses parsemés de taches de rousseur, de fines lèvres roses. Elles étaient amies depuis deux ans maintenant, elle fit la connaissance d'Erine lors d'un cours de littérature qu'elles avaient en commun et l'alchimie avait fonctionné dès le premier contact. C'est à croire qu'elles étaient prédestinées à se rencontrer.

Contrairement à Erine, Brittany était du genre rebelle, direct et n'hésitait pas à dire ce qu'elle pensait des gens quitte à froisser leur sensibilité. Mis à part ce côté qui fâche, c'était une fille sur qui on pouvait compter dans les bons comme dans les mauvais jours et Erine en avait pleinement conscience.

Elles arrivèrent donc dans le gymnase, vêtues de leurs toges bleues et or pour la circonstance ; elles choisirent deux sièges dans la première rangée, Erine se retourna et fit un tour circulaire de la salle qui commençait à recevoir de plus en plus de monde, elle décida de s'asseoir au bout d'une minute.

— Qu'y a-t-il ? Demanda Brittany.
— Je regardais juste pour voir si mes parents étaient arrivés apparemment non ! Répondit-elle déçue.
— Ne t'en fais pas ils viendront sois en sûre, ils ne rateraient pour rien au monde la remise de parchemin de leur fille adorée ! Brittany prit la main de son amie dans la sienne avant de la caresser tendrement comme pour la rassurer.
— J'espère... Répondit tristement Erine.
— Relaxe ils viendront et au pire des cas tu m'as moi ! Elle lui sourit ; sourire auquel répondit tendrement Erine.

Vingt minutes environ s'étaient écoulées depuis qu'elles s'étaient assises, la salle était quasiment pleine, les officiels s'assirent sur l'estrade qui avait été aménagé sur le terrain de Basketball.

— Hey ma puce. Dit une dame accompagnée d'un monsieur à l'endroit de Brittany.

— Hey maman j'ai failli attendre ! Répondit-elle en se levant avant de prendre sa mère et son père dans ses bras.

— Bonjour monsieur et madame Brooks. Erine s'était levée pour les saluer.

— Bonjour Erine comment vas-tu ? S'enquit madame Brooks qui lui fit une bise à la joue.

— Bien madame Brooks c'est fort aimable à vous j'ose espérer que vous allez bien également ?! Dit Erine en souriant.

— Je me porte comme un charme merci ! Je ne vois pas tes parents ! Fit remarquer madame Brooks.

— Ah... euh... ils sont en chemin, ils ont eu un léger contretemps mais ils seront là avant la remise des parchemins ! Dit Erine mal assurée.

— D'accord !

— Alors les filles pas trop stressées ? S'enquit cette fois monsieur Brooks sourire aux lèvres.

— Non ça va et puis tu me connais papa je suis toujours relax. Répondit Brittany enjouée elle ne tenait plus en place elle avait très hâte de tenir ce parchemin au bout de ses doigts, le fruit de longues années d'études.

— Ah tant mieux ma puce. Il lui fit un clin d'œil.

— Bien, nous serons dans la rangée réservée aux parents d'élèves nous sommes de tout cœur avec vous. Madame Brooks alla s'asseoir suivie par son époux.

— Merci maman à tout à l'heure ! Répondit Brittany surexcitée.

Brittany se tourna vers son amie et lui sourit.

— Ça y est, plus que quelques heures voire minutes avant notre sacre ; nous avons fait du chemin depuis ces nuits blanches à réviser nos leçons d'histoires, de comptabilité pour préparer les « *A-Levels* » ; plus que quelques instants avant d'entrer en possession de ce bout de papier qui conditionne l'entrée à l'université.

— Si tu pouvais savoir à quel point j'ai hâte qu'on en finisse. Erine esquissa un pâle sourire sans doute pour cacher son inquiétude.

C'est alors que Mademoiselle Patty Eastwood monta sur l'estrade et se saisit du micro :

— Mesdames et Messieurs, distingués invités, chers élèves bonjour, c'est avec une joie non dissimulée que je me tiens devant vous aujourd'hui pour vous souhaiter à toutes et à tous, la bienvenue à cette cérémonie de remise de parchemins de la 38ème promotion du lycée Highbury Grove !

Il eut un tonnerre d'applaudissements dans le gymnase ; pendant ce temps, Erine se retourna encore pour voir si ses parents avaient fini par arriver et elle fut rassurée quand elle vit sa mère, sa grande sœur et son grand frère assis dans la zone qui leur était dédiée.

— Tu vois je te l'avais dit ! Fit remarquer Brittany qui l'observait du coin de l'œil. Elle lui fit un clin d'œil amusée.
— Oui tu avais raison je me faisais du souci pour rien. Répondit Erine qui semblait plus sereine, elle fit des signes de la main à l'endroit de sa mère et ses frères, signes auxquels seules cette dernière et sa sœur répondirent enjouées son frère quant à lui avait le regard plongé sur sa montre.
— Merci ! Merci ! Bien, sans plus tarder, je vais inviter le Proviseur Jonathan Smith pour son discours de circonstance sous vos applaudissements je vous prie. Poursuivit Patty en applaudissant.

Il eut de nouveau des applaudissements qui accompagnèrent le dénommé Jonathan Smith.

— Hum. *Il se racla la gorge.* Mesdames et Messieurs, chers professeurs, chers parents, chers élèves, chers amis, chers tous.

— Je suis très honoré en tant que Proviseur de ce Lycée, de me tenir debout en face de vous pour cette trente-huitième promotion de Highbury Grove. Je tenais principalement à remercier tout le corps enseignant pour son professionnalisme mais aussi et surtout les élèves qui sont les acteurs majeurs de leur réussite, merci d'avoir préservé l'image de notre institution, en effet Highbury Grove demeure parmi les élites en Angleterre et c'est grâce à vous je voudrai qu'on fasse un tonnerre d'applaudissement à ces jeunes je vous prie.

Les personnes présentes dans le gymnase applaudirent avec entrain à la suite des paroles de monsieur Smith ; après quoi, il reprit la parole en ces termes :

— Bien sans plus tarder je vais appeler la majore de la promotion, oui parce qu'il s'agit d'une jeune demoiselle, la plus jeune diplômée de cette promotion, mesdames et messieurs je vous demande donc d'acclamer chaleureusement mademoiselle Erine HOPE NGOLO s'il vous plaît ! Il applaudit suivi par plusieurs personnes dans le gymnase.

— Youhouuu ! Super ! S'exclama Brittany en prenant sa copine dans ses bras avant d'applaudir à son tour un large sourire ornait ses lèvres et une lueur bienveillante illuminait ses yeux.

Erine paraissait gênée, elle ajusta sa coiffe et sa toge avant de se diriger timidement vers l'estrade sous les acclamations du public. Elle inspira et expira plusieurs fois afin de se calmer car elle stressait, elle se retourna vers sa famille qui l'encouragea, même son frère s'était mis à applaudir ce qui lui fit chaud au cœur. Elle croisa le regard de sa mère et put lire sur ses lèvres : « *Je suis fière de toi* ». Elle se retourna et monta sur l'estrade ; quand elle y fut, M. Smith se rapprocha d'elle et lui remit son parchemin avant de lui serrer la main.

— Toutes mes félicitations mademoiselle HOPE, je suis très fier de vous et vous pouvez être fier de vous aussi. Dit-il ravi.
— Mer...merci monsieur ! Répondit timidement Erine.
— Un petit discours s'impose ! Poursuivit monsieur Smith le sourire aux lèvres en s'écartant du pupitre.

Un discours? Elle s'y attendait mais redoutait ce moment, elle trembla comme une feuille, elle paniquait. Puis, elle entendit quelqu'un crier dans la foule une fois que les applaudissements s'estompèrent :

— Allez Erine c'est toi la meilleure !

Il s'agissait de Brittany, qui d'autre ça aurait pu être ? Se dit-elle amusée, des rires retentirent par endroit dans la salle ce qui eut le don de détendre l'atmosphère anxiogène qui y régnait quelques instants auparavant. Cette intervention abrupte de son amie lui redonna le sourire et une certaine assurance, Erine qui s'avança plus sereinement du pupitre avant de prononcer ces paroles :

— Monsieur le Proviseur, chers professeurs, chers parents, chers camarades de promotion, chers amis, chers tous, j'avoue que bien que je m'y attendais, je n'ai pas préparé de discours à proprement parlé mais qu'à cela ne tienne, je suis très émue et honorée d'avoir été invitée à prendre la parole à l'occasion de la remise des diplômes de notre promotion...

— Aujourd'hui n'est pas un jour comme les autres, c'est un jour dont nous nous souviendrons longtemps et auquel nous repenserons certainement avec nostalgie. Ce jour marque en effet la fin d'une période de notre vie que nous avons eu la chance de partager, mais également le premier jour du reste de notre vie ! Elle fit une pause au cours de laquelle elle regarda l'assistance, l'air quelque peu embarrassé, elle esquissa un sourire.

— Les élèves de la 38ème promotion par ma voix tenaient à remercier tout d'abord Monsieur Smith ainsi que toutes les personnes qui se sont rendues disponibles au cours de notre cursus, je pense en particulier à Mademoiselle Patty Eastwood, notre psychologue et conseillère pédagogique bien-aimée, merci également à l'ensemble du corps professoral : des hommes et des femmes dont l'ambition est de nourrir la nôtre, sans oublier nos familles et nos amis. Mes prochaines paroles seront dirigées à l'endroit de mes désormais anciens camarades de promotion ; désormais chacun de nous suivra un chemin différent, son chemin. Mais qu'importe le chemin que chacun empruntera, nous garderons toujours au fond de nous les valeurs qu'a su nous transmettre ce bon vieux Lycée d'Highbury Grove : *Fraternité, Intégrité et Excellence,* je vous souhaite une excellente journée merci ! Elle fit une légère révérence sous les acclamations et les cris de joies du public.

Elle fut approchée par plusieurs de ses désormais anciens camarades de classe dont Brittany qui se jeta sur elle avant de lui parsemer le visage de bisous.

— Pas mal pour un discours improvisé. Dit Siana qui s'était rapprochée d'eux.
— Merci c'est gentil ! Erine prit sa grande sœur dans ses bras quand elle eut réussi à se détacher de l'étreinte de Brittany.
— Nous sommes tous fiers de toi ma puce ! Dit cette fois Eleanor sa mère.
— Merci ça m'a tellement fait plaisir de vous voir, je craignais que vous ne veniez pas ! Répondit Erine à l'endroit de sa famille.
— Tu rigoles ou quoi ? Nous n'aurions raté ta remise de diplôme pour rien au monde ! Dit Winston avec un sourire narquois sous le regard suspicieux de Siana.
— Et papa ? S'enquit Erine qui fit aussitôt un tour circulaire de la pièce, chevauchant au passage ses camarades qui se balançaient dans tous les sens. Elle espérait trouver son père dans la foule enjouée.
— Ton père n'a malheureusement pas pu venir, il avait un rendez-vous très important

avec un de ses partenaires mais ne t'inquiètes pas il est aussi fier de toi que nous le sommes ! Eleanor caressa les joues de sa fille le regard plein d'amour.

— D'accord ! Erine déçue mais elle fit en sorte de ne pas le montrer, aussi décida t'elle d'arborer un magnifique sourire de façade.

— ÇA Y EST ! NOUS SOMMES DIPLÔMÉES ! S'écria Brittany en balançant sa coiffe dans les airs suivis par plusieurs autres élèves avant de sauter de joie avec sa copine Erine.

Une fois la remise de diplômes achevée, Erine et sa famille partirent chez eux où fut organisée une petite réception en l'honneur de la dernière de la famille HOPE fraîchement diplômée.

Chapitre II

La grande décision

Erine HOPE NGOLO était désormais diplômée du lycée de Highbury Grove. Elle avait une imposante chevelure bouclée, des lèvres fines qui avaient un charme indescriptible ; un grain de beauté sur sa joue gauche, le même que sa mère ; des yeux verts. Un teint basané fruit du merveilleux mélange des racines africaines et européennes.

Comme sa sœur et son frère avant elle, Erine fit des études de finances banque. Aussi, s'inscrivit-elle dans la meilleure école de commerce de Londres où elle en ressortit quatre ans plus tard nantie d'un *BA Hons Accounting & Finance* ; comblant ainsi de joie son père qui avait toujours voulu que ses enfants suivent ses pas en faisant des études de finances. Sa fille cadette venait ainsi de perpétuer la tradition familiale vieille de plusieurs générations; car chez les HOPE, on avait la finance dans le sang. Sa mère elle-même avait dû passer par là, son grand-père maternel avant elle, son père et maintenant elle, la boucle était pour ainsi dire bouclée.

Elle intégra donc tout naturellement l'une des Banques familiales à Londres où du haut de ses dix-neuf printemps, son mètre soixante-quinze, elle fut la plus jeune analyste financière de la boîte ce qui remplit davantage de fierté ses parents. Mais surtout son grand-père Phillip qui, pour l'occasion, lui offrit une de ses voitures de collection. Une *Morris Minor cabriolet* vert de 1966 dont il fit l'acquisition lors d'un de ses voyages en France.

Pourtant, Erine sentait qu'il lui manquait quelque chose, elle se posait des questions sur ce choix de carrière. Ce choix? Avait-elle réellement choisi de faire ces études? Ou s'était-elle contentée de suivre un chemin déjà tout tracé sans se demander s'il y en avait un autre? L'avait-elle fait par envie ou par devoir? Par peur de décevoir sa famille peut-être? Ses parents? Son père? Elle n'en était pas sûre. Pourtant en ce mardi 2 décembre 2002, assise dans son bureau au sein de la *HOPE Compagny Bank*, elle sentait comme un martèlement affreux et irrégulier dans ma poitrine. Comme si un oiseau énorme était pris au piège dans sa cage thoracique et se cognait jusqu'à en mourir pour en sortir.

Comme cet oiseau en gage, elle ne pouvait explorer l'immensité bleuté à sa guise et ne pouvait ainsi goûter aux innombrables possibilités qu'offrait l'altitude, il n'y avait plus de retour possible, elle se retrouvait prise au piège.

— Comment va la métisse aujourd'hui ? S'enquit ironiquement Dean Thomas son collègue.
— Hein ? Fit-elle comme extirpée d'un profond sommeil.
— Je disais comment va la métisse aujourd'hui ? Toujours aussi rêveuse à ce que je vois. Il s'adossa sur la porte à l'entrée du bureau de cette dernière et esquissa un sourire narquois.
— Euh... ça va merci mais j'y pense, pourquoi tu ne m'appelles quasiment jamais par mon prénom ? j'en ai un tu es au courant ? Fit remarquer Erine dépitée.
— Oui mais tu es métisse non ? Rétorqua-t-il d'un ton ironique.
— Oui j'ai un miroir dans mon appartement mais ce serait bien que tu m'appelles quand-même par mon prénom qui est :

"*Erine*" je ne t'appelle pas « *le blanc* » que je sache si ?!

— Houlala si on ne peut plus plaisanter !

— Que puis-je faire pour toi ? Coupa Erine exaspérée.

— Je venais te dire qu'on allait au restaurant chinois au bout de la rue aujourd'hui ça te dirait de te joindre à nous ?

— Je ne sais pas... Je n'ai pas très faim et puis je suis nouvelle dans cette boite bien que j'en suis à mon sixième mois d'exercice. Je n'ai pas envie de m'incruster dans votre cercle. Répondit-elle incertaine.

— Mais non, ne t'en fait et c'est encore mieux car de cette façon tu pourras faire la connaissance de tout le monde.

— Je ne sais pas... je ne pense pas que ce soit une bonne idée...

— Je ne partirai pas d'ici sans toi ! Coupa Dean insistant.

Erine le regarda surprise. Elle ne comprenait pas l'intérêt soudain de Dean pour sa personne. Dean Thomas, un homme svelte, la trentaine révolue, une chevelure poivre sel assez bien entretenue, toujours élégamment vêtu. Elle aurait pu développer de la sympathie pour lui s'il n'avait pas pris l'habitude de faire des remarques sur ses origines et notamment le fait qu'il s'évertuait à l'appeler « *la métisse* » tout le temps.

Devant sa ténacité, Erine n'eut d'autre choix que de le suivre et de rejoindre leurs autres collègues qui attendaient dans le couloir. En six mois au sein de la Banque familiale, Erine n'avait jamais déjeuné avec ses collègues, préférant la compagnie de Brittany avec qui elle parlait par téléphone à chaque pause quand elle ne s'isolait pas dans un coin du réfectoire.

Elle avança donc, d'un pas mal assuré et rejoignit les autres qui esquissèrent des sourires gênés en la voyant approcher. Danaë Peters regarda Dean d'un air curieux, Erine comprit alors qu'elle était le fameux *poil dans la soupe* de cette joyeuse compagnie. Elle pensa à rebrousser chemin mais Dean l'ayant senti, la retint par l'épaule en souriant.

— Regardez qui vient se joindre à nous aujourd'hui ?
— Ah mais c'est notre métisse adorée ! Fit Danaë en feignant un sourire ravi.

Erine se contenta d'y répondre sans plus. Ils se dirigèrent tous vers le hall d'entrée. Il faisait un *temps londonien* c'est pourquoi chacun se munit d'un parapluie avant de sortir des locaux de la Banque. Les conditions météorologiques étant ce qu'elles étaient, ils décidèrent finalement d'aller au restaurant italien plus proche que le restaurant chinois du coin de la rue, Erine se contenta de les suivre sans broncher.

Ils arrivèrent, choisirent une table dans le coin du restaurant proche de la baie vitrée. Ils s'installèrent et chacun commença à consulter la carte. Erine se contenta d'une salade quand ses collègues eux, commandèrent tantôt des *parmigianas*, tantôt des pizzas *Margherita* entre autres spécialités italiennes dont le chef Giuseppe Di Baggio avait le secret.

Pendant qu'ils attentaient leurs commandes, Danaë entama la discussion avec Erine :

— Alors ? Comment tu te sens dans la boîte ? Pas trop dur le travail ?
— Euh... ça va je m'y sens bien et ça se passe plutôt bien jusqu'ici merci. Elle sourit.
— En même temps quand on est fille à papa tu aurais pu ne pas t'embarrasser à venir travailler si ? Du moins c'est ce que j'aurais fait si j'étais à ta place. Poursuivit Danaë un sourire narquois dessiné sur le coin de ses lèvres avant de boire son cocktail sous le regard tantôt gêné et amusé des autres collègues.

Erine sourit. Ses joues avaient viré au rouge à cause de la gêne que la remarque désobligeante que cette dernière avait occasionnée.

— Ce sont tes vrais cheveux ? Puis-je les toucher ? S'enquit Danaë curieuse.

Erine n'eut même pas le temps de répondre que déjà, cette dernière s'était levée de son siege. Elle passa sa main dans son abondante chevelure frisée, sous le regard abasourdi d'Erine et Kathleen.

— Mais enfin Danaë ! S'offusqua Kathleen.
— Bah quoi ? Je ne fais rien de mal je vérifiais juste c'est tout ! Rétorqua Danaë en regagnant son siège quand elle eut fini de passer ses doigts dans les cheveux d'Erine. Elle était assez fière d'elle.

Un silence de plomb s'installa, la gêne se lisait sur tous les visages excepté peut-être celui de Danaë qui trouvait la situation assez cocasse.

— Alors ? Tu ne m'as jamais vraiment dit tu es originaire d'où exactement ? S'enquit Dean pour rompre le silence.
— De Londres ! Répondit calmement Erine en tentant de se recoiffer.

— Oui mais je veux dire tu es originaire d'où ? Insista-t-il un sourire narquois dessiné au bord de ses fines lèvres.

Danaë, qui avait saisi la subtilité de sa question, commença bientôt à sourire à son tour les yeux rivés vers Erine attendant patiemment sa réponse.

Erine le regarda un moment d'un air curieux avant de prendre une grande inspiration et de répondre :

— Je suis née à Wimbledon et j'ai grandi à Londres, ma mère y est également originaire. *Elle marqua une pause.* Mon père lui, est originaire de *Slavecity*[3] capitale de Nobag[4], un pays d'Afrique.
— Ah d'où ta couleur de peau alors. J'aurai parié que c'était ta mère qui était disant....
— Je crois que tu veux dire *"noire"* ! Coupa Erine de cette voix douce et calme qui la caractérisait mais à laquelle un esprit avisé aurait pu aisément déceler une légère pointe d'agacement.

Mais, visiblement, à cette table, personne n'y était parvenu. Kathleen peut-être, mais en

---

3 Ville fictive
4 Pays fictif

éternelle suiveuse qu'elle était, elle se contenta de porter aussitôt son verre de vin rouge à ses lèvres le regard fuyant.

— Oui exactement ! Dean sourit avant de se saisir de son verre de bière et d'en boire le contenu.

Erine sourit tout simplement avant de jeter un coup d'œil furtif à sa montre. Elle vit qu'ils étaient là seulement que depuis quinze minutes, elle commença bientôt à trouver le temps long. Au même moment, une jeune demoiselle s'approcha de leur table avec les commandes dans ses mains. C'était une jeune femme mince, une longue natte soyeuse d'un noir intense ornait sa tête, un teint basané, elle devait probablement avoir des origines indiennes. Sa frimousse juvénile et ce magnifique sourire qu'elle arborait fit penser à Erine, qui l'observait avec admiration, qu'elle devait avoir à peine franchit le seuil de la majorité.

— Bonjour Mesdames et Messieurs je m'appelle Arundhathi et c'est moi qui suis chargée de vous servir tout au long de votre dîner. Elle esquissa un gracieux sourire en déposant les plats commandés sur la table.

Mais au moment où elle allait poser l'assiette

contentant la salade commandée par Erine en face d'elle, la jeune serveuse perdit l'équilibre et renversa l'assiette sur Erine sous le regard ébahi de cette dernière et des autres. Le fracas de l'assiette en porcelaine au contact du sol attira l'attention des autres clients du restaurant ainsi que celle du maître des lieux Giuseppe qui fulminait à l'autre bout du restaurant.

— Ô mil excuses madame, je suis sincèrement navrée je n'ai pas fait exprès je vous demande pardon. Se confondit en excuse la pauvre serveuse apeurée en se servant de la serviette qu'elle avait sorti de la poche de son pantalon pour essuyer la robe jaune moutarde d'Erine.

— Mais non ce n'est rien ça peut arriver ne vous en faites pas. Répondit calmement cette dernière d'une voix douce et rassurante, mais elle ne put apaiser la serveuse qui continuait à trembler apeurée.

Arundhathi lança un regard vers son patron qui avançait vers la table d'un pas pressant. Elle se retourna de nouveau vers Erine et lui dit à voix basse :

— Je vous en conjure madame j'ai besoin de ce travail si vous vous plaignez je me ferai virer à coup sûr. La jeune fille plongea ses yeux noisette dans ceux d'Erine comme pour se rassurer qu'elle ne dise rien.

— Mais je vous assure qu'il n'y a vraiment pas de mal ça arrive ne vous inquiétez pas je ne dirai rien. Elle posa sa main sur les siennes en le caressant.

— Je suis vraiment navré madame, nous allons vous proposer un autre plat offert par la maison. Dit le patron quand il fut arrivé à leur hauteur avant de lancer un regard sombre à la serveuse qui baissa le sien aussitôt.

— Mais non il n'y a vraiment pas de mal et comme je le disais déjà, ce sont des choses qui arrivent et puis de toute façon je n'avais pas très faim. Je vais retourner au bureau si ça ne vous dérange pas. Erine se tourna vers Dean qui avait assisté à la scène sans rien dire.

— Euh... Tu es sûre ? Prend au moins un dessert non ?

— Non vraiment ça ira nous nous verrons au bureau tout à l'heure et bon appétit à vous.

Les autres se contentèrent d'hocher la tête en guise de réponse ; Erine se tourna cette fois vers Giuseppe :

— Je tiens à signaler que ce n'est pas sa faute, elle a trébuché ne lui en tenez pas rigueur s'il vous plaît.

— D'accord si vous le dites. Il regarda méchamment Arundhathi, celle-ci toujours le regard baissé partit vers une autre table prendre les commandes des autres clients qui venaient d'entrer.

— Au plaisir de vous revoir Madame. Il sourit à l'endroit d'Erine embarrassé.

— Merci à la prochaine. Elle sortit du restaurant et se dirigea vers la Banque pour y regagner son bureau.

Sans le savoir, Arundhathi venait de lui sauver la mise face à une situation qui promettait d'être de plus en plus incommodante. En y pensant, elle commença à sourire en marchant d'un pas léger, elle aurait bien voulu esquisser quelques pas de danse si l'image de la pauvre serveuse ne s'était pas incrustée dans ses pensées. Erine espérait de tout cœur que cette dernière ne perdrait pas son travail à cause de cet incident.

Il était dix-sept heures quand Erine sortit des locaux de la *Hope Company Bank*, la pluie avait cessé depuis plusieurs heures déjà ; elle décida de marcher pour se dégourdir les jambes mais surtout, pour éviter de se retrouver dans le même bus que ses collègues car le parking dans lequel elle avait garé son véhicule était assez loin, une trentaine de minutes en bus environ. Elle marchait depuis une vingtaine de minutes déjà quand elle vit droit devant elle, une silhouette de dos qu'elle n'eut pas de mal à reconnaître, c'était Arundhathi. Cette dernière traînait les pas, les épaules basses on aurait dit qu'elle portait le poids du monde. Plus tard Erine apprit qu'elle avait malheureusement finit par perdre son emploi.

C'est ce jour-là précisément qu'Erine HOPE NGOLO eut un déclic, quelque chose se passa au plus profond d'elle.

"Ce n'est pas parce que l'oiseau est en cage, que cela l'empêche de chanter"

Chapitre III

L'invisible

Je faisais partie au collège, au lycée et même à la fac, de ces gens, que beaucoup appréciaient mais que tout le monde oubliait : « *les invisibles* » c'est comme ça que je nous appelais ; les gens comme moi. Ces gens-là qui savaient ou du moins, qui avaient appris très tôt que le bonheur naît de l'altruisme et le malheur de l'égoïsme.

J'avais du mal à parler aux gens, c'est toujours le cas aujourd'hui mais désormais je ne peux plus fuir étant dans un milieu où je suis emmenée à discuter et échanger avec les autres constamment. Je ne suis pas ce qu'on pourrait qualifier de fille bavarde car je crains qu'on ne m'écoute pas. Je crois que je suis plutôt fait pour écouter. Alors, beaucoup des gens se confient à moi. Il n'est pas rare qu'on me dise souvent cette phrase : « *Personne ne m'écoute comme tu le fais, c'est agréable, merci* ».

Alors, au fond de moi, j'ai souvent cette voix qui me murmure en secret : « *Mais qui m'écoute moi ?* » mais bien souvent, je l'étouffe avec un sourire après tout, ne dit-on pas que si aujourd'hui tu reçois un sourire, transmets-le à tous les cœurs qui soupirent et regarde dans leurs yeux l'étoile qui brille ? Je suis de ces gens-là qui ont toujours éprouvé une certaine joie à donner qu'à recevoir et un sourire est cette chose qu'on peut donner indéfiniment sans jamais s'appauvrir pour autant.

Donc oui, face à l'abandon ; l'ingratitude et l'oubli j'ai toujours opté pour le sourire. Le sourire est un merveilleux antidote contre nos peines, il réconforte quand nous sommes tristes et aide à combattre nos soucis.

Les personnes qui comptent énormément pour moi ne cessent de me répéter que je ne suis la *psy de personne*, je pense notamment à ma sœur Siana et ma mère. Elles me répètent parfois, je dirai même plus assez souvent, que j'ai assez de problèmes comme ça pour écouter ceux des autres, que je n'ai rien à y gagner, et elles ont raison, je n'y gagne rien. Pourtant, je ne peux m'y résoudre ; je suis comme ça et je ne peux aller à l'encontre de ma nature profonde.

Les gens parlent puis s'en vont, sans se soucier de moi, sans m'aimer plus que ça et je deviens invisible, seule, parce que le plus grand des bonheurs c'est le bonheur des autres partout autour de soi. Oui, je suis parfois triste parce que je suis seule, comme si j'étais enfermée dans une bulle, oui je suis invisible, mais quelque fois c'est bien de l'être.

En écoutant l'histoire de cette pauvre fille, Arundhathi, je me suis dit que je devais faire quelque chose ; il le fallait. Oui tu serais peut-être tenté de me dire que je ne peux pas porter tout le poids du monde sur mes épaules et que je ne réussirais jamais à résoudre la misère de ce monde ; que je ne suis pas mère Thérèsa et je te répondrai que tu as sans doute raison. Mais, je ne peux rester sans rien faire, j'ai horreur de l'injustice et l'histoire de cette fille m'a fait prendre conscience de quelque chose : Je n'étais clairement pas à ma place dans cette Banque, dans ce milieu, je suis appelée à faire de grandes choses mais pour cela il faudrait que je prenne mon courage à deux mains, sortir de ma zone de confort. Il faudrait que je surmonte cette peur de décevoir mes parents car après tout, il s'agit de ma vie, c'est à moi de tracer mon chemin, de suivre ma propre voie.

Quand elle eut fini son monologue Erine se sentit comme libérée, apaisée, elle sourit le regard illuminé par une certaine quiétude retrouvée avant de le poser sur la boule de poil blanchâtre qui l'observait de ses yeux bleus perçants. L'animal garda une attitude zen tout le long du monologue d'Erine, on aurait dit qu'il comprenait ; qu'il compatissait par ses miaulements sourds et les remous de sa queue. Erine trouva la situation dans laquelle elle se trouvait assez cocasse, c'est pourquoi elle ne put se retenir d'avoir un fou rire sous le regard curieux des occupants de la table voisine.

Il était 12 heures, la jeune londonienne avait décidé de se rendre à un café au bout de la rue, le *Workshop Coffee*. Situé sur Clerkenwell Road, elle avait pris l'habitude de s'y rendre depuis qu'elle fut par hasard intriguée par ce même chat qui était toujours assis à cette même table, dans un coin de la terrasse. En dehors de ce psychologue circonstanciel, ce qui attira aussi Erine en ce lieu c'était que le café y était exceptionnel. Les grains y étaient torréfiés sur place et cela se ressentait lorsqu'on était curieux et qu'on s'aventurait dans la dégustation du *flat white*, la spécialité de la maison.

L'enseigne préparait aussi de savoureux repas : beignets de maïs, des toasts, des *halloumis* et des œufs brouillés. Mais Erine en bonne anglaise qu'elle était, aimait accompagner son café de *scones*, la viennoiserie par excellence pour se ragaillardir et achever la journée de fort belle manière.

— Bonjour Erine, j'espère que ce bon vieux Hubert ne t'a pas trop enquiquiné ?! S'enquit Poppy Woodington la maîtresse des lieux.

C'était une sexagénaire, des cheveux poivre sel qu'elle attachait en chignon, des yeux clairs, une paire de lunette ornait le bout de son nez, elle était un peu grassouillette et forte aimable. Hubert était son chat, un persan et accessoirement le thérapeute d'Erine aujourd'hui.

— Mais non bien au contraire, il a été très sage on discutait et apparemment lui et moi avons un goût prononcé pour les scones. Elle sourit en posant son regard sur la vieille dame.
— Tu dois indubitablement avoir quelque chose de spécial car d'aussi loin que je m'en souvienne je ne crois pas qu'il ait un jour

admit quelqu'un à « *sa table* » tu es bien la première personne depuis six ans d'ouverture. Fit remarquer Poppy à la fois intriguée et amusée en esquissant un sourire à l'endroit de la jeune demoiselle avant de caresser au passage son félin qui ronronna.

— Ah Oui ? Eh bien, il faut croire que oui. Elle reporta son regard amusé sur le chat qui faisait sa toilette impassible.

— Bien, si tu as besoin d'autre chose préviens moi d'accord ?

— D'accord Poppy merci encore. Elle sourit en regardant la dame s'engouffrer dans son local.

Elle regardait à présent le félin qui avait fini sa toilette ; il plongea également son regard dans celui d'Erine. Hubert commença à ronronner de nouveau, à remuer sa queue doucement avec grâce, cette même grâce qui caractérisait si bien son règne animal. Hubert avait-il compris Erine ? l'avait-il sondé ? L'avait-il percé à jour ? Avait-il découvert son mal-être ? Ou comme le dit Geoffrey Household un jour, *ce que les chats préféraient dans l'être humain n'était pas son habilité à le nourrir, ce qu'ils trouvaient normal, mais le fait qu'il fût distrayant.* Avait-il trouvé Erine distrayante ? Elle ne put le dire, mais une chose est sûre, ce jour-là, assise à cette table, dans ce café sympa du quartier, elle se sentit écouter pour la première fois depuis une vingtaine d'années.

Une fois la pause achevée, elle repartit malgré elle retrouver son poste à la Banque où elle en ressortit en fin d'après-midi. Elle repartit s'asseoir au Café de Poppy et y commanda un thé et un cup cake en attentant son rendez-vous de l'après-midi.

Quelques minutes plus tard, elle la vit arriver, au pas rapide et au regard fuyant, dans ce beau sari qui rappelle ses origines. Erine la vit sourire et se leva pour la rencontrer.

— Bonjour Arundhathi sois la bienvenue comment vas-tu ? Elle lui fit un câlin.
— Bonjour vous pouvez m'appeler « *Dati* » si vous voulez. Répondit timidement la jeune demoiselle en prenant Erine dans ses bras.
— D'accord Dati mais s'il te plait tutoyons-nous ça vaut mieux.
— Euh… d'accord si vous… si tu veux.
— Oui ça ne me dérange pas le moins du monde, mais je t'en prie assois-toi donc ! Erine lui indiqua la chaise à sa droite.
— Merci c'est gentil.

— Tu veux boire ou manger quelque chose ? Ce que tu veux je t'invite.

— Euh... non... non ça ira merci. Répondit-elle honteuse.

— Mais tu n'as pas à avoir honte j'insiste qu'est-ce que tu veux ? Erine lui sourit en posant sa main sur son épaule avant de plonger son regard dans le sien.

— D'accord... euh... je prendrai bien un milkshake à la mangue si c'est possible.

— Ça marche !

Erine fit signe à Margaret. C'était la petite fille de Poppy qui était venue donner un coup de main à sa mamie l'après-midi.

— Oui que puis-je faire pour vous ? Elle leur sourit.

— Euh je prendrai un milkshake à la mangue pour mon amie s'il vous plaît merci.

— D'accord je vous l'apporte tout de suite.

— Merci bien ! Dit Erine tout sourire avant de reporter son attention sur son invitée.

— Alors ? Ça va ? Tu tiens le coup ?

— Si on veut... Je ne sais pas. Arundhathi baissa son regard.

— Je comprends ce n'est pas évident mais comme je t'ai dit, je ne vais pas t'abandonner je vais t'aider ça ira.

— Justement, je ne comprends pourquoi tu fais tout ça pour moi ? On ne se connaît même pas.

— Oui c'est vrai nous ne nous connaissons pas mais, ça ne m'empêchera pas de t'aider. Erine sourit.

— Si vous voulez mais je ne pourrais pas te payer. La tonalité de sa voix trahit une certaine gêne.

— Crois-moi Dati, l'argent n'est pas ma source de motivation.

— Euh d'accord. *Elle garda le silence un moment et parut réfléchir.* C'est quoi ta source de motivation ? S'enquit Arundhathi incrédule.

— La justice. Dit Erine quand elle eut fini d'avaler sa gorgée de thé.

— C'est un peu utopique comme source de motivation je trouve.

— Oui c'est vrai, ma sœur aînée me répète sans cesse que je suis une idéaliste, une grande rêveuse mais je n'y peux rien c'est plus fort que moi j'ai toujours cette envie d'aider mon prochain.

— Tu es probablement la seule personne que je connaisse avec une si grande gentillesse. C'est noble de ta part en même temps effrayant car ce monde est cruel et je crains qu'un jour, tu n'y perdes des plumes.

— Je suis une légendaire optimiste. Elle lui sourit, Dati répondit timidement à son sourire et au même moment Margaret arriva avec sa commande.

— Voilà mesdemoiselles un milkshake à la mangue n'hésitez pas à m'appeler si vous avez besoin d'autres choses.

— Nous n'y manquerons pas merci c'est aimable à toi.

Margaret se retira et laissa les deux jeunes demoiselles discuter tranquillement.

Arundhathi « *Dati* » Wadee, était une jeune demoiselle de vingt ans, une corpulence fine et une taille moyenne, une longue chevelure noire et soyeuse. Elle était originaire de l'état de Kerala[5] en Inde. Elle avait dû quitter son pays natal pour trouver du travail étant ingénieure en agronomie, elle avait rejoint l'Angleterre grâce à un passeur véreux qui avait disparu du jour au lendemain avec tous ses documents.

Aujourd'hui sans papier, elle ne pouvait néanmoins pas se résoudre à rebrousser

---

5 État austral de l'Inde, l'état de Kerala est célèbre pour ses plages de la mer d'Oman parsemées de palmiers et sa série de magnifiques backwaters de Kerala qui peuvent être explorés en bateau. Vous ne devez également pas manquer de visiter le parc national de Periyar et la réserve de tigres de Parambikulam pour avoir un aperçu de la faune locale.

chemin car elle était investie d'une mission qui, selon ses dires, la conduirait en Afrique où un étrange destin l'attendait elle n'en dit pas plus à Erine ce jour-là et cette dernière n'insista pas. Et c'est pour subvenir aux besoins de sa famille restée en Inde et préparer au mieux son périple pour l'Afrique qu'elle avait postulé dans le restaurant de Giuseppe en qualité de serveuse mais désormais au chômage, sa situation redevint de plus en plus précaire jusqu'au ce qu'elle croise le chemin de sa bienfaitrice assise en face d'elle avec ce sourire qui jamais ne quittait ses lèvres.

Erine avait su garder cette humanité, cette simplicité qui, semble t'il, avait déserté le cœur des personnes de « *son rang* ». Le rang, les classes, Dati savait ce que c'était de naître, de grandir et de vivre dans une caste sans pouvoir en sortir car la société dans laquelle elle était appelée à évoluer était ainsi façonnée.

Elle ne le savait peut-être pas encore mais c'était probablement cette sensation d'être prisonnière, la sensation d'être un oiseau en cage, qui telle une force invisible, intangible et indescriptible, avait poussé les deux jeunes demoiselles à se rencontrer, à se rapprocher.

Erine avait prévu d'engager un avocat afin

d'obtenir le paiement de dommages et intérêts pour le licenciement abusif qu'avait subi Dati et en parallèle, elle l'aiderait à régulariser sa situation administrative. C'est donc ravies qu'elles se séparèrent ce jour-là, Erine était apaisée, comme elle le disait toujours, elle n'était pleinement heureuse que lorsqu'elle les autres l'étaient.

Chapitre IV

La force des convictions

Plusieurs mois passèrent depuis qu'Erine s'était inscrite dans une prestigieuse *Law School*[6] de Londres mais elle avait décidé de garder cette information secrète jusqu'à aujourd'hui. En effet, elle comptait en parler avec sa sœur aînée autour d'un café chez Poppy, dans un cadre agréable et apaisant. Le café de Poppy était sans doute l'endroit où elle s'y sentait le mieux à Londres en dehors de la demeure de ses parents. Erine comptait

---

6 Ecole de Droit.

s'assurer du soutien de sa sœur aînée pour ce qui suivrait.

C'est donc un peu anxieuse qu'elle passa sa journée de travail ce jour-là, observant à plusieurs reprises les secondes, minutes, heures qui la séparaient de son entrevue de l'après-midi. Il était Douze heures, c'était l'heure de la pause et Erine décida, comme chaque jour, de se rendre chez Poppy pour se restaurer. Elle ferma son bureau à double tour, puis munie de son sac à main, elle arpenta le couloir qui la conduirait au hall d'entrée. Elle arriva bientôt devant le bureau du Directeur qui discutait avec certains collaborateurs dont Dean. Ceux-ci se turent quand ils la virent passer, Arthur Sturridge l'interpella :

— Mademoiselle Hope pourrais-je m'entretenir avec un moment je vous prie ?

Sa requête lui parut un peu curieuse mais elle s'arrêta et franchit le seuil de son bureau sous le regard crispé de Dean et Robert qui s'y trouvaient déjà.

— Bonjour messieurs. Dit-elle de cette voix doucereuse qui la caractérisait si bien.
— Bonjour. Répondit sèchement Robert quand Dean et Arthur se contentèrent d'un rictus en guise de réponse.

— Messieurs veuillez nous laissez s'il vous plaît nous continuerons cette conversation plus tard si vous n'y voyez pas d'inconvénients.

Les deux hommes s'exécutèrent, Dean lança un sourire narquois à Erine au passage, celle-ci y répondit sans grande conviction étant encore un peu confuse à la suite de cette curieuse convocation. Il faut savoir qu'en un an d'exercice au sein de cette Banque, elle se s'était pour ainsi dire jamais vu avec le directeur parce que d'une part, leurs bureaux respectifs étaient diamétralement opposés et d'autre part, ce dernier était assez souvent affecté à une autre banque implantée dans une autre ville londonienne. Donc oui, debout devant le quinquagénaire au regard perçant bleu à la barde fournie et entretenue, elle ne savait pas trop à quoi s'attendre.

— Je vous en prie asseyez-vous.

Erine s'exécuta sans broncher en joignant ses mains devenues moites sur ses genoux, elle angoissait bien qu'elle ne sache trop pourquoi d'ailleurs. D'aussi loin qu'elle se souvienne, elle avait toujours été une employée modèle, consciencieuse, organisée, assidue. C'est pourquoi au fond d'elle Erine appréhendait la suite de cette entrevue surprise, son cœur battait la chamade mais pour faire bonne figure elle arbora un sourire gracieux comme elle savait si bien le faire.

— Hum... Dites-moi, vous êtes nouvelle ici ?
— Euh... Non monsieur, je travaille ici depuis un an environ maintenant.
— Tiens donc ! Pourrais-je savoir quel poste occupez-vous au sein de cet établissement ?
— Je suis l'analyste financière... Monsieur. Elle avala sa salive.
— Hum je vois, nous n'avons jamais eu l'occasion de nous rencontrer il me semble.
— Euh... je crains que non monsieur. Erine le regarda perplexe.

Arthur joignit ses mains sous son menton et regarda fixement Erine en fronçant les sourcils, une tension glaciale se fit ressentir dans la pièce.

— Bien, commençons donc cette petite entrevue par les formalités d'usage. Je suis Arthur Sturridge, Directeur de cette Banque. *Il marqua une pause.* —Je sais déjà qui vous êtes ce qui nous emmène au but de votre présence dans mon bureau, avez-vous pris connaissance du règlement intérieur de cet établissement mademoiselle Hope ?

— Euh oui dès mon embauche on m'a transmis un exemplaire.... Monsieur.

— D'accord vous savez donc que toutes tenues et coiffures extravagantes sont donc proscrites n'est-ce pas ?

— Je crains ne pas comprendre monsieur. Erine paraissait confuse.

— Je vais être plus clair donc ce cas. *Il se racla la gorge.* Votre coiffure n'est pas appropriée, les coupes de cheveux dites "*afro*", les cheveux crépus ou en bataille ternissent l'image de notre compagnie vous pourrez éborgner quelqu'un à force. Aussi, je vous saurai gré de changer de coiffure pour la prochaine fois !

Erine demeura interdite, elle ne comprenait pas en quoi sa coupe de cheveux "*afro*" pouvait embarrasser quiconque ou la gêner dans l'exercice de ses fonctions. Par ailleurs, en personne consciencieuse et minutieuse qu'elle était, elle avait pris le soin de parcourir chaque article dudit règlement intérieur de la Banque et il ne figurait nulle part la proscription d'une coupe de cheveux afro ; elle trouva la remarque du directeur absurde mais surtout vexante voire raciste et ce d'autant plus que jusqu'ici, on ne s'était jamais plaint de son travail. Elle remplissait chacune de ses missions et tâches avec un professionnalisme qui au fil des ans, lui avait même valu tantôt les médisances tantôt l'admiration de ses collègues à l'instar de Danaë qui lui vouait une inimitié dont les causes étaient aussi mystérieuses que l'identité des architectes des *Stonehenge* [7].

Mais s'il y avait bien quelque chose qu'elle savait faire en plus de sourire, c'était l'art de la diplomatie et de la concession. Erine décida donc de se faire toute petite et se contenta de sourire là où d'autres, dans sa situation, seraient sortis de leurs gonds :

— D'accord monsieur je tâcherai de faire plus attention la prochaine fois.
— Très bien ! Vous pouvez disposer !

Erine se leva et sortit du bureau en pregnant le soin de refermer délicatement la porte derrière elle. En se rendant vers le hall, elle croisa au passage Danaë et Kathleen.

— Alors ? Il parait que tu as été convoquée au bureau du directeur ? Que s'est-il passé ? S'enquit Danaë amusée.

---

7 Le plus célèbre monument mégalithique au monde, dont le nom signifie « les pierres suspendues », situé à treize kilomètres au nord de Salisbury, et à quatre kilomètres à l'ouest d'Amesbury (comté du Wiltshire, en Angleterre).

— Rien de spécial... Euh navrée ce n'est pas que je ne veuille pas papoter avec vous mais je dois y aller il ne me reste que peu de temps avant la fin de ma pause. Et sans même attendre son reste, Erine pressa le pas et sortit de la banque.

Cet après-midi, assise à la terrasse du café de Poppy, Erine resta plongée là dans ses pensées, sous le regard impassible de Hubert qui, comme à son habitude, avait gardé son attitude calme et flegmatique qui caractérisaient si bien les membres de son espèce. Il se contenta se remuer fébrilement sa queue et ronronner. Poppy sut que quelque chose n'allait pas chez la jeune demoiselle ; aussi vint-elle s'asseoir à sa table.

— Alors jeune demoiselle dure journée ?
— Hein ? *Fit-elle rêveuse.* Euh oui si on veut, ça n'a pas été une journée de tout repos aujourd'hui je dois l'avouer. Elle lui sourit.
— Je vois, je pense qu'un bon smoothie framboise et banane te fera le plus grand bien.
— Oui vous avez sans doute raison.
— Nous en sommes encore là depuis le temps ? Je t'en prie tu peux me tutoyer voyons. Elle lui fit un clin d'œil.

— Euh d'accord on se tutoie alors. Elle paraissait gênée. Aussi décida-t-elle de passer ses doigts délicatement dans le pelage soyeux d'Hubert qui se laissa faire sans broncher, il semblait apprécié.

— J'aime mieux ça ! Bien je t'apporte ça tout de suite. Elle se leva et se rendit dans son café.

Erine en profita pour regarder la montre accrochée à son poignet. C'était une montre en or incrustée de *lépidolite*, cristaux rares que l'on trouve dans les mines en dessous de l'ancienne cité Inca de *Cuzco*[8]. C'était un cadeau de son amie Brittany à l'occasion de son dix-neuvième anniversaire. Elle vit sur le cadran qu'il était marqué : « 17h43 », le rendez-vous avec sa sœur aînée était prévu pour 18h. Elle avait encore le temps pensa t'elle-même si l'angoisse que suscitait l'ordre du jour de leur entrevue lui fit paraître le temps bien trop long.

— Et voilà, un smoothie framboise banane, très énergique idéal pour reprendre du poil

---

8 Cuzco, souvent orthographié Cusco, est une ville du sud-est du Pérou, située près de la vallée Urubamba appelée « *la Vallée Sacrée des Incas* » dans la cordillère des Andes, la plus grande chaîne de montagnes du monde. Elle est la capitale du département de Cuzco.

de la bête et à voir ta mine déconfite tu en as grand besoin et ne t'en fait pas c'est la maison qui offre. Elle posa le verre de smoothie devant elle sourire aux lèvres.

— Mais non je ne peux pas accepter.
— Non ne t'en fais pas jeune demoiselle, je te l'offre de bon cœur et j'insiste !
— D'accord c'est aimable à vous... euh à toi je voulais dire. Rectifia Erine en voyant que Poppy avait levé un sourcil. Elle la remercia avant de commencer à déguster sa boisson.

Poppy se contenta de lui sourire avant d'aller sur une autre table non loin pour s'occuper des autres clients, suivi de près par Hubert. Il était 17h50 quand Siana se présenta à elle, vêtue d'une tailleur vert pin assorti à son sac à main et ses boucles d'oreilles.

— J'espère que je ne t'ai pas fait trop attendre. Siana prit sa petite sœur dans ses bras.
— Un peu mais je te pardonne. Erine répondit langoureusement à ses câlins, elle en avait grand besoin.
— Euh... d'accord tu es sûre que ça va ? Je veux dire ça me fait très plaisir de te voir et de te serrer dans mes bras mais je sens que quelque chose te préoccupe ou je me trompe ? Et puis tu me serres trop fort. Fit-elle remarquer amusée.

— Ma chère Siana toujours aussi perspicace.... Asseyons-nous, nous y serons plus à l'aise pour discuter.

Siana fit signe à Poppy et commanda un café.

— Allez, vas-y dit moi tout qu'est-ce qu'il y a ?
— Rien de spécial... Enfin ça dépend. Elle s'arrêta et pris une grande inspiration.

Cette attitude enquiéta Siana qui la regarda d'un air curieux mais elle ne dit mot, attendant que sa petite soeur *passe à table*.

— Ça fait plusieurs mois que je me suis inscrite dans une *Law School* en temps partiel en parallèle avec mon job à la Banque. *Poursuivit-Erine doucement.* Et je compte, après l'obtention de mon GDL[9] devenir *Barrister*[10] si tout se passe bien.

À la suite de ces paroles, Siana avala de travers son café, elle passa un mouchoir sur ses lèvres humidifiées avant de regarder sa sœur cadette d'un air curieux. Elle resta silencieuse un moment elle semblait à la fois amusée et

---

9-Graduate Diploma in Law.
10- Avocat autorisé à comparaître à l'audience d'un tribunal pour plaider la cause d'un client. Il faut avoir été admis au barreau dans l'une des quatre confréries de barristers (Middle Temple, Inner Temple, Gray's Inn et Lincoln's Inn).

consternée.

— Attends, tu parles sérieusement ?

— Oui. Répondis timidement Erine en passant sa main dans sa grosse chevelure crépue.

— Waouh... Euh je ne sais pas trop quoi te dire. Tu me prends de cours... Pourquoi me le dire que maintenant ?

— Je ne sais pas... peut-être avais-je besoin de temps pour déterminer si oui ou non je faisais le bon choix. Erine prit une gorgée de son smoothie avant de poser de nouveau ses yeux sur sa sœur qui la regardait telle une bête curieuse.

— Euh... D'accord. Et maintenant ? Tu sais ?

— Je suis toujours un peu indécise mais moins qu'il y a deux semaines auparavant.

— Je vois... quoi qu'il en soit tu as mon soutien, ce serait sympa d'avoir une banquière juriste dans la famille ça va nous changer. Siana lui sourit l'air admirative. Elle se saisit de sa tasse de café et la porta à ses lèvres avant d'en boire le contenu.

— Euh... Oui justement... en parlant de ça...

— Oui ? Que vas-tu encore m'annoncer comme nouvelle ? S'enquit Siana sarcastique. Elle esquissa un sourire espiègle à l'endroit de sa petite sœur qui la fuyait du regard.

— Je crois... que je vais arrêter de travailler à la Banque.

— Comment ça « *tu vas arrêter de travailler à la Banque* » ? Tu parles d'arrêter un temps, partir en congé dans les caraïbes ? En même temps je te comprends avec ce gris perpétuel au-dessus de nos têtes tout le temps n'importe qu'elle personne normalement constituée aurait des envies d'ailleurs. Mais bon, que veux-tu petite sœur ? C'est ça Londres et comme dit ce bon vieux John Kieran : « *Le mauvais temps semble toujours pire lorsqu'on le regarde à travers une fenêtre* ». Elle but de nouveau une gorgée de son café amusée.

— Non Siana... tu ne comprends pas c'est plus qu'une envie d'aller voir ailleurs, d'ailler bronzer au soleil sur les plages des caraïbes. *Elle soupira.* J'ai vraiment envie d'arrêter et pour de bon !

— Tu es consciente de ce que tu dis ? Siana regarda sa sœur cadette stupéfaite.

— Oui je sais c'est fou mais c'est une décision mûrement réfléchie. Je ne pense pas être faite pour évaluer dans le milieu bancaire, oui je sais que c'est la tradition qu'il en a toujours été ainsi depuis plus de deux générations mais je ne m'y sens pas à ma place encore moins aujourd'hui.

Erine marqua une pause, elle ferma les yeux en expirant bruyamment, comme pour s'imprégner de la gravité de la situation dans laquelle elle se trouvait et se trouvera dans un futur proche si tant est, qu'elle était bien décidée à aller jusqu'au bout de son projet.

— Encore aujourd'hui j'en ai eu la preuve... Siana je ne suis pas faite pour ça. Savais-tu que ce matin le directeur de la Banque m'a convoqué dans son bureau parce que soi-disant, ma coupe de cheveux allait à l'encontre du règlement intérieur de la boîte ?

— Non tu parles sérieusement ? S'enquit Siana interloquée.

— Je n'ai jamais été aussi sérieuse ! Et tu sais ce qui est le plus drôle dans tout ça ? Cette règle n'existe nulle part dans le règlement intérieur. Je l'avais scruté de fond en comble, ligne par ligne, page après page et aucune interdiction relative à une quelconque coiffure "*afro*". Poursuivit Erine dépitée avant de boire son smoothie.

— Tu sais petite sœur... Il faut parfois se fondre dans la masse, faire des concessions je l'ai fait je n'en suis pas morte pour autant et puis c'est plus pratique crois-moi. Elle marqua une pause au cours de laquelle elle regarda tendrement sa sœur cadette.

— Plus tu te fonds dans la masse, poursuivit-elle, moins tu as des soucis tu devrais essayer. Suggéra Siana résignée.

— Mais justement c'est ça le problème ! Tu n'en as pas marre de faire comme tout le monde ? Être comme tout le monde ? Être *"madame tout le monde"* ? Rentrer dans les cases sans pour autant savoir si tu ne te sentirais pas mieux en dehors ?

— Tu es encore jeune avec le temps tu comprendras.

— Je ne pense pas Siana. Vouloir à tout prix rentrer dans des cases pour se fondre dans la masse de peur d'être critiquée ou repoussée par le milieu dans lequel on vit c'est manquer cruellement de personnalité. Je suis certes, une personne introvertie contrairement à toi mais, j'ai une personnalité, on peut la critiquer mais je n'attendrai pas qu'on me dicte qui je suis. C'est un peu comme toi et le fait que tu veuilles à tout prix que je me lisse les cheveux tu...

— Tu ne vas pas remettre cette conversation sur le tapis si ? Coupa Siana en fronçant ses sourcils.

Les deux femmes se regardèrent sans mot dire, un silence gênant s'installa entre elles.

Siana, était une belle jeune femme longiligne d'un mètre soixante-dix-sept, âgée de vingt-cinq ans, teint mate, des yeux légèrement brides en amandes, des joues creuses. Elle avait une longue chevelure noire lisse. Siana était de celles qu'on pouvait qualifier de « *femmes accomplies* ». Fiancée à un banquier écossais, à la tête de sa propre Banque à Kensington après avoir travaillé, comme sa sœur cadette aujourd'hui, au sein d'une des nombreuses banques de la famille Hope, elle avait su s'imposer à une époque où, le rôle et la place d'une femme dans le milieu des affaires étaient assez marginalisés.

Elle avait dû faire des concessions, se faire violence afin de se trouver une place au soleil, elle avait dû se frayer un chemin en empruntant la voie sinueuse des préjugés, du sexisme et du machisme ambiant. C'est du reste cette nature un peu « *flexible* » et « *malléable* » à son goût qui fit hésiter Erine aussi longtemps à aborder la question de son futur abandon de la tradition familiale. Cependant, elle avait conscience que sans son soutien, elle ne pourrait pas trouver la force nécessaire pour mener cette fatidique conversation avec leur père. Alors, elle décida de ne pas insister. Erine se contenta de sourire comme à son habitude afin d'apaiser la tension naissante.

— D'accord je ne remettrai pas cette discussion sur le tapis et oui, tu as probablement raison... Mais si je t'en ai parlé c'est parce que j'aimerais savoir si je peux compter sur ton soutien pour l'annoncer aux parents.

— Mais bien sûr que tu peux compter sur moi petite sœur.

— Me voilà soulagée. Erine posa sa main sur sa poitrine comme pour apaiser son cœur qui battait la chamade depuis tout à l'heure.

La conversation se poursuivit, les deux sœurs parlèrent de tout et de rien avant de se séparer en se promettant de se retrouver dans une semaine à la demeure familiale où aurait lieu la célébration des noces d'argent de leurs parents. Erine pensa que le moment était approprié espérant sans doute profiter du moment de liesse pour attendrir le cœur de son père qui avait toujours su se montrer inflexible envers eux.

Le jour suivant, Erine alla poser sa démission pour se consacrer entièrement à ses cours de Droit. La perspective de ne plus devoir se coltiner ses collègues, notamment Dean et Danaë lui fit doucement sourire quand un matin du 21 juillet, elle chargea sa voiture dans le parking de la Banque avec les cartons contenant ses affaires sous le regard abasourdis de ses collègues. La nouvelle de sa démission fit le tour de la boîte en moins de temps qu'il n'en faux mais Erine était bien décidée à aller jusqu'au bout. Elle ne regrettait pas, sa seule crainte était la réaction qu'allait avoir ses parents quand elle les leur annoncera.

En chemin, elle eut une conversation téléphonique avec Dati, elles avaient finalement réussi à obtenir gain de cause, Giuseppe fut condamné à lui payer des dommages et intérêts. Erine parvint également à régulariser sa situation administrative et dans la foulée, cette dernière l'annonça qu'elle partirait pour sa « *mission* » en Afrique le lendemain. Aussi, Erine décida d'aller lui rendre une dernière visite dans son quartier à Harlesden, l'un des quartiers le plus cosmopolites de Londres.

Dati y louait un petit appartement au deuxième étage d'un immeuble miteux couvert de plusieurs fresques murales aussi belles les unes que les autres. L'une d'elles attira particulièrement l'attention de la jeune demoiselle. C'était une copie conforme d'une fresque dont l'originale se trouvait à Lecce en

Italie. Erine s'attarda devant l'immeuble où était peinte l'immense fresque « *First Fire* » de Bifido et Julieta KLF. Elle en profita pour prendre quelques photos avant de poursuivre sa route.

Bien qu'ayant l'habitude de fréquenter des endroits plus chics et plus sûrs, Erine ne fut pas pour autant dépaysée. Au contraire, elle n'avait aucun complexe, elle était très enthousiasmée devant la joie qui s'y dégageait, les personnes qui y vivaient n'avaient peut-être pas le tiers de ce qu'elle avait mais, elles semblaient croquer la vie à pleine dent.

Elle s'arrêta de nouveau pour un moment mais cette fois, ce n'était plus la vue d'une fresque murale qui attira son attention mais plutôt un groupuscule de personnes agglutinées à quelques mètres de l'endroit où elle avait garé. Elle se rapprocha dudit groupe, elle vit des musiciens caraïbéens qui donnaient un concert en pleine rue. Il faut savoir que le quartier de Harlesden a toujours été connu comme un quartier avec une forte population afro-caribéenne, c'était pour ainsi dire le berceau du reggae à Londres.

Pourtant, vers la fin des années 90, il avait la réputation d'être le quartier avec le plus haut taux d'agressions à Londres, mais depuis lors, les chiffres avaient considérablement baissé. En écoutant ces rythmes, Erine eut une sensation étrange, elle qui avait toujours voulu connaître et en savoir un peu plus sur ce pan de son histoire dont elle ignorait tout, se trouva comme emportée, elle fut parcourue de frissons, elle se sentait bien.

Son père était originaire de Nobag pourtant, ce dernier avait toujours montré une certaine réticence à chaque fois qu'elle lui avait montré son intérêt pour cette facette de son histoire qu'elle ne connaissait pas. Sa mère lui avait fait comprendre une fois que c'était par rapport aux conditions dans lesquelles il était arrivé en Angleterre et que son passé était assez douloureux pour l'évoquer. Par respect, elle n'insista pas ce jour-là même si cette curiosité vorace n'avait jamais quitté son esprit bien au contraire, elle avait toujours été convaincue par le fait que savoir d'où l'on venait et où l'on se trouvait pouvait aider à dessiner la suite du chemin.

"La curiosité est souvent une qualité, mais peut être un défaut. Parfois, ce que l'on découvre ne nous apporte que des maux". Mais Erine était prête à les surmonter, sa soif de vérité était plus forte qu'une hypothétique

douleur qu'elle pourrait rencontrer au bout de la voie brumeuse d'une partie de l'existence de son paternel et par extension, la sienne. Soudain, elle sentit une main se poser sur son épaule, elle sursauta avant de se retourner pour faire volte-face.

— Désolée je ne voulais pas te faire peur. Dit Dati navrée.

— Ah c'est toi Dati ? Non ce n'est rien, j'étais en train d'écouter ces musiciens ils sont très talentueux. Erine lui sourit avant de reporter son attention sur eux les étoiles plein les yeux.

— Oui j'y ai droit chaque jour. Fit remarquer Dati tout sourire. Tu viens ? Je vais te monter chez moi.

— Oui je te suis. Erine fouilla dans la poche de son sac à main et sortit un billet de 50£ qu'elle posa dans le chapeau au sol devant l'un des membres de la joyeuse troupe.

Un jeune homme d'environ 25 ans, noir, de longues locks un bonnet en laine multicolore ornant sa tête. Il esquissa un large sourire à l'endroit de leur bienfaitrice celle-ci y répondit gênée avant de suivre Dati en direction de son appartement.

C'était un logement assez soft, un coin

cuisine, des photos encadrées étaient suspendues sur le mur en-dessous duquel une télévision était posée sur la table. Sur une autre table était dressé un autel avec des bougies et de l'encens qui émettaient des effluves agréables et apaisantes. En parcourant la pièce du regard, Erine vit une image de Shiva accrochée au mur.

— *Shiva*. Fit-elle remarquer à son hôte.
— Tu connais le dieu Shiva maître de la connaissance universelle ? S'enquit Dati surprise en apportant une tasse de thé à son invitée après lui avoir indiqué une chaise en face d'elle où elle s'assit.
— Oui je m'intéresse beaucoup à la culture indienne, nippone et coréenne. Erine se saisit de la tasse de thé en arborant un large sourire.
— Décidément ! Dati sourit à son tour les yeux scintillant d'admiration pour cette demoiselle pleine de surprises.

Elles discutèrent pendant une heure environ puis Erine prit congé d'elle, elles s'étreignirent pendant un moment, en se promettant de se revoir dès son retour de sa mission, Dati lui promit avant de fondre en larmes émue par sa bonté et sa gentillesse. C'est donc, quelque peu émoustillée qu'Erine franchit le seuil de la porte de leur maison sise au quartier huppé de Greenwich. Elle rangea discrètement ses affaires de bureau dans son énorme penderie avant d'aller s'affaler sur son lit, il lui fallait prendre des forces pour mieux se préparer à ce qui arrivait : La confrontation avec ses parents.

"*La curiosité est souvent une qualité, mais peut être un défaut. Parfois, ce que l'on découvre ne nous apporte que des maux*".

Chapitre V

L'alignement des astres

Paulo Coelho affirma un jour qu'à tout être humain ont été concédées deux qualités : *le pouvoir et le don.*

Le *pouvoir* conduit l'homme à la rencontre de son destin ; le *don* l'oblige à partager avec les autres ce qu'il y a de meilleur en lui et Erine, assise au fond de l'amphithéâtre, allait bientôt faire l'expérience de cette force intangible ; elle s'apprêtait à bénéficier d'un coup de pouce de l'univers aux répercussions dont elle ne pouvait déterminer l'étendue.

Elle rangea ses affaires dans son sac promptement car elle comptait s'entretenir avec la professeure de Droit pénal avant que cette dernière ne sorte de l'amphithéâtre. Elle se dirigea d'un pas pressant vers l'estrade en se mettant sur le côté attendant sagement son tour car Madison Taylor était assez appréciée des étudiants et pour cause, elle dispensait ses cours avec tant d'amour et de passion. Amphithéâtre était toujours noir de monde à ses heures de cours.

Madison Taylor était une femme de taille moyenne, 1m67 environ, ronde, une chevelure rousse attachée en chignon. Elle avait une voix douce et un sourire qui ne quittait jamais ses lèvres. Madison était originaire de la ville de Darlington dans le Comté de Durrham. Elle était âgée de quarante-cinq ans et dispensait les cours de Droit Pénal général au sein de l'école depuis deux décennies maintenant.

Quand vint son tour, Erine avança timidement en serrant son sac contre sa poitrine.

— Eh mais c'est cette chère mademoiselle Ngolo ! Comment allez-vous ?

Erine fut quelque peu surprise. D'habitude, les autres professeurs qu'elle avait eu jusqu'ici avaient toujours préféré l'appeler par le nom de sa mère jugé plus commode à retenir et à prononcer et que dire de cette prononciation ? Parfaite. Erine sourit, elle en éprouva une certaine fierté.

— Oui je vais bien Madame c'est fort aimable de votre part.

— Ravie de l'entendre comment avez-vous trouvé le cours d'aujourd'hui ?

— Très intéressant, je dirai même plus, très passionnant je vous remercie.

— Vous m'en voyez ravie. La dame sourit avant de continuer à ranger ses affaires dans sa mallette en cuir. Vous vouliez me parler de quelque chose en particulier ?

— Euh... oui j'aimerais évoquer avec vous certains points du projet sur lequel vous voulez que je travaille si vous avez du temps à me consacrer.

— J'ai toujours du temps pour mes étudiants surtout pour une étudiante aussi brillante que vous. *Elle fit un clin d'œil.* Mais si vous n'y voyez pas d'inconvénients nous discuterons en marchant car voyez-vous, j'ai un train à prendre dans une vingtaine de minutes.

— Euh oui ça me va nous pourrons discuter en marchant.

Les deux femmes sortirent donc de l'amphithéâtre et s'entretinrent un moment jusqu'au parking réservé aux professeurs.

— J'aime beaucoup votre approche sur l'affaire *Ruth Ellis*[11] et il me tarde de vous voir l'exposé devant tous vos camarades lors du procès fictif. Toutefois, si je peux me permettre une dernière suggestion, vous pourrez essayer de creuser un peu plus vos moyens de défense auquel vous n'avez peut-être pas penser car trop évident n'oubliez jamais ceci : « *chaque détail compte* » de plus...

— « *...Toutes les évidences ne sont pas mauvaises à dire. Il arrive même parfois que ce soit en tirant les conséquences des évidences les plus évidentes que l'on découvre les vérités les moins évidentes* ». Poursuivit Erine les étoiles pleins les yeux.

— Exactement ! Vous voyez comme je disais déjà, vous êtes une brillante étudiante. Madame Taylor sourit avant d'ouvrir la portière de sa coccinelle beige. Elle posa sa mallette avant de se retourner vers son étudiante.

— Maintenant que j'y pense, dans un mois aura lieu à Blackpool un colloque sur *la règle de la légalité en matière pénale* est-ce que ça vous dirait de m'accompagner ?

---

11 Ruth Ellis tristement célèbre pour être la dernière femme à avoir été exécutée au Royaume-Uni. Reconnue coupable du meurtre de son amant David Blakely, elle fut pendue à la Prison d'Holloway de Londres par Albert Pierrepoint le 13 juillet 1955.

— Moi ? Ou... Oui... j'en... je veux dire j'en serais très honorée. Erine parut émoustillée par cette annonce. Elle ne s'y attendait pas mais se maîtrisa aussitôt pour contenir sa joie face à cette dame qui l'inspirait tant.

La dernière fois qu'Erine avait été dans cet état remonte à ses dix-sept ans, un soir de printemps où elle fut prise en photo avec Phil Collins son idole par sa comparse de toujours à la fin du concert que ce dernier donnait au Heaven, la salle de concert la plus populaire de Londres.

— Toujours aussi enthousiaste ! Je vous donnerai plus de détails lors de notre prochain cours sur ce, je vous souhaite de passer un agréable après-midi mademoiselle Ngolo et à la prochaine.
— Merci Madame Taylor à la prochaine excellent après-midi à vous également. Elle esquissa un large sourire sous le regard amusé de la dame qui lui fit des signes de la main depuis son véhicule avant de s'en aller.

Erine se dirigea vers le parking des étudiants et s'installa dans son véhicule. Au même moment elle reçut un appel de Siana. Elle décrocha.

— Allô Siana ?

— Hello petite sœur j'espère que tu vas bien ?

— Ça va super merci et toi ?

— Ça va je t'appelle pour prendre des nouvelles est-ce que la situation a évolué entre papa et toi depuis la dernière fois ?

À cette question, Erine se crispa, elle devint pâle. Ça faisait une semaine qu'elle avait annoncé à son père son envie de quitter son job à la Banque afin de se consacrer à ce qu'elle avait toujours voulu faire : le *Droit*. Comme elle s'y attendait, ce dernier n'avait pas vraiment apprécié, il lui avait dit à quel point il était déçu d'elle et qu'il avait honte d'elle. Même son épouse qui était toujours parvenue à l'apaiser et lui faire entendre raison quand il était contrarié n'avait pas réussi à lui faire changer d'avis pas même Siana. Winston quant à lui, comme à son habitude se rangeait toujours du côté du paternel, ce qui ne surpris pas pour autant Erine qui n'en attendait pas tant de lui.

Aussi, bien que vivant sous le même toi, François Ngolo avait décidé de ne plus adresser la parole à sa fille ni même lui échanger un simple regard jusqu'à nouvel ordre. L'atmosphère devint morose, glacial mais Erine ne se récusa pas pour autant. Elle était bien décidée à aller au bout de son choix quitte à ne plus adresser la parole à son géniteur, elle s'excuserait quand le moment sera venu pensa t'elle ce jour-là quand elle vit la déception luire au fond des yeux de son père, ça lui fondit le cœur mais elle se devait d'être forte.

— Allô ? Tu es là ?
— Euh oui je suis là... euh... disons qu'on ne s'adresse toujours pas la parole. Dit-elle tristement.
— Waouh... ça fait une semaine je savais que ça ne l'emballerait pas d'apprendre que sa fille cadette ne veuille pas suivre ses pas mais ce que je n'avais pas, qu'on n'avait pas prévu c'est que ça prendrait de telles proportions. *Siana soupira à l'autre bout du fil.* Tu le vis comment
— Ça me fait mal je ne te le caches pas. *Elle soupira.* Encore plus mal de savoir que je l'ai déçu mais je suis convaincue d'avoir fait le bon choix je m'excuserai quand le moment sera venu.
— Je comprends. En tout cas, sache que tu as tout mon soutien et d'ailleurs si tu veux t'éloigner de la maison quelque temps tu sais que les portes de ma maison te sont grandement ouvertes.

— Oui je sais c'est gentil je répondrai peut-être à ton invitation. Pour l'heure, je vais attendre un peu peut-être que la situation évoluera dans le bon sens d'ici-là et je te dis tout ça sans grande conviction. Elle gloussa nerveusement. Siana et elle rirent de bon cœur avant de mettre fin à l'appel.

Le temps s'écoula, Erine et madame Taylor se rendirent à Blackpool[12] comme convenu. Là-bas, Madison lui présenta à certains personnages émérites du milieu juridique Britannique tels que les doyens des facultés de Droit d'Oxford et de Cambridge puis ce fut au tour des membres *d'Amnesty International*[13] Londres dont certains étaient venus des quatre coins de l'Angleterre voire d'outre Atlantique pour assister à cet évènement.

Madison et Erine s'approchèrent d'un groupe de nonnes dont une était albinos.

— Ma vielle amie Boukandou comme je suis contente de te revoir. Madison enjouée alla prendre la dame dans ses bras.
— Moi de même ma vieille amie tu n'as pas beaucoup changé tel un bon vin tu t'es bonifiée avec l'âge. La dénommée

---

12 Ville côtière du nord-ouest de l'Angleterre ayant le statut d'autorité unitaire.
13 Organisation non gouvernementale (ONG) internationale qui promeut la défense des droits de l'Homme et le respect de la Déclaration universelle des droits de l'Homme.

Boukandou tout aussi enjouée répondit à l'étreinte chaleureuse de sa vieille amie.

— J'aimerais te présenter une de mes étudiantes les plus brillantes qui m'a accompagné à ce colloque.

Elle se retourna vers son étudiante et l'invita à se rapprocher.

— Erine, j'ai l'honneur de te présenter Irma Boukandou, une vieille amie de la faculté d'Oxford et membre d'Amnesty International Nobag.

À l'écoute du nom du pays d'origine, Erine se figea.

— Quelque chose ne va pas ? Demanda la nonne perplexe.
— Hein ? Euh... non rien de spécial. C'est juste que je me suis rendue compte que le monde était définitivement très petit car voyez-vous, mon père est originaire de Nobag. Elle sourit.
— Vous parlez sérieusement ? Je suis très heureuse de retrouver une sœur aussi loin de chez moi. La nonne vint littéralement se jeter sur elle en lui faisant des câlins sous le regard amusé de Madison.

Irma Boukandou était une femme de taille

moyenne, une tête ornée d'une coiffe noire laissait transparaître quelques mèches de sa chevelure blonde et abondante. Des yeux gris, des lèvres roses et fines. Un visage rougit par endroit à cause des coups de soleil. Comme toute religieuse qui se respecte, Irma Boukandou était vêtue d'une robe noire s'arrêtant en dessous des genoux. Une collerette blanche intégrée à la robe. Une ceinture blanche ornait son tour afin d'ajuster la robe à sa morphologie. Elle avait des ballerines aux pieds.

Les deux amies discutèrent pendant des heures, se remémorant leurs souvenirs d'antan, à une époque lointaine où elles étaient membres actives des associations estudiantines, leurs quatre cents coups avant que Irma ne décide de suivre les voies du Seigneur et de repartir vers sa terre natale pour y servir dans un couvant. Elles avaient néanmoins su garder le contact et vingt ans plus tard, elles se retrouvaient à Blackpool avec la sensation de s'être quitter la veille. Telle était l'essence d'une amitié. La vraie amitié ce n'était pas d'être inséparables, c'était d'être séparées et de constater, des années plus tard, que rien n'avait changé.

En regardant les deux femmes rires aux

éclats de leurs anecdotes passées, Erine fut prise d'une certaine nostalgie. Elle espérait, au fond d'elle, connaître une telle amitié un jour. Elle espérait qu'avec Brittany ce serait le cas. Madison et Irma présentèrent l'organisation à la jeune fille qui parue très intéressée. Irma lui parla un peu de Nobag, comment était le système judiciaire complètement différent de celui de l'Angleterre étant entendu que celui de Nobag était calqué sur le système du droit *romano-germanique*.

— Nous menons souvent des missions humanitaires en Afrique tu devrais venir un jour c'est aussi chez toi après tout. Lui suggéra Irma tout sourire.

— Ça me ferait très plaisir je viendrai avec joie il faudrait que j'en parle avec mes parents avant, je suis née ici et je n'y ai jamais mis les pieds.

— Je comprends mais si jamais tu te décides saches que je me ferai un plaisir de t'accueillir au sein de notre couvant. « *No matter where you go, remember the road that will lead you home* » en d'autres termes : « *Peu importe où tu vas n'oublie jamais le chemin qui te mènera à la maison* ». Je sais que mon accent laisse un peu à désirer je m'excuse j'ai perdu l'habitude de converser dans la langue de

Shakespeare. Fit remarquer la nonne amusée.

— Mais non ne vous en faites pas j'ai parfaitement compris le message que vous souhaitiez faire passer et j'adhère complètement. Erine répondit à son sourire.

Irma marqua une pause et parut comme plongée dans ses pensées, elle semblait nostalgique.

— C'est cette phrase que je me répétais chaque fois quand j'étais ici pour mes études loin des miens, de chez moi mais j'imagine bien que dans ton cas n'ayant jamais connu un autre pays, un autre monde que celui-ci qui t'a vu naître, grandir et devenir la jeune demoiselle belle, intelligente et talentueuse dont n'a cessé de me vanter les mérites ma chère amie Madison, ça ne doit pas être évident cette citation.

— Merci ma sœur c'est fort aimable à vous. En effet, comme je vous disais déjà je n'y ai jamais mis les pieds mais c'est dans mes projets.

— Je t'en prie mon enfant c'est normal. D'accord je vois. *Elle sourit avant de fouiller dans sa sacoche.* Si jamais ton projet se concrétise, je te laisse mes coordonnées n'hésite surtout pas à me contacter si besoin.

Irma lui tendit une carte où étaient marquées toutes ses coordonnées, c'est sur cet échange que les trois femmes prirent congé l'une des autres se promettant de se revoir le plus vite possible. Erine était comblée, elle en savait un peu plus sur le pays d'origine de son père, de plus, elle avait la possibilité d'y aller un jour prochain encore faudrait-il qu'elle obtienne l'approbation de ses parents. Car elle était encore sous leur responsabilité. Mais elle était sereine, optimiste et c'est donc apaisée et comblée qu'elle prit le train de retour vers Londres en compagnie de madame Taylor.

*« Peu importe où tu vas
n'oublie jamais le chemin qui
te mènera à la maison »*

Chapitre VI

Celle promise à un avenir radieux

Nous étions le 27 mars 2003, les anglais s'apprêtaient à célébrer avec faste le « *Easter Monday* », le lundi de Pâques. Pour l'occasion, Erine et Brittany avaient décidé de passer ce moment ensemble c'est pourquoi Erine se dirigea gaiement ce jour-là vers la gare de *Paddington* avec *Imagine* de John Lennon pour lui tenir compagnie le long du trajet.

Il était 14h10 quand elle aperçut l'imposante infrastructure de la station ; l'arrivée de sa comparse était prévue pour 14h20, par chance, elle put rapidement trouver une place pour garer sur le parking non loin de l'entrée la gare. Elle alla bientôt se positionner sous le tableau d'affichage où elle vit les arrivées et parmi les trains, celui en provenance de *Heatherfield*[14]

14 Ville de l'East Sussex, dans le High Weald située près de la

l'intéressait plus particulièrement. Elle remarqua que ce dernier serait à l'heure aussi estima-t-elle qu'elle avait encore du temps pour déguster un thé glacé. Elle se dirigea donc dans l'un des magasins et en ressortit quelques minutes plus tard avec sa boisson avant de s'asseoir sur un siège de marbre blanc à proximité d'une petite fille qui jouait du violon.

Quelqu'un vint bientôt poser ses mains sur ses yeux la faisant ainsi sursauter ; mais la frayeur fut de courte durée quand elle réalisa de qui il s'agissait :

— Tu m'as fait peur Brittany. Erine fit la moue.
— Moi aussi je suis ravie de te revoir ma puce. Dit Brittany amusée.

Erine était très contente de revoir son amie d'autant plus que la dernière fois qu'elles s'étaient vues elles finissaient à peine le lycée, c'est donc avec beaucoup de nostalgie qu'elles s'étreignirent ce jour-là à la gare en faisant abstraction des regards curieux des personnes qui s'y trouvaient. Le temps et l'espace n'avaient plus d'importance pour elles tout ce qui comptait c'était l'instant présent. Pendant qu'Erine enlaçait son amie, les yeux fermés

frontière du Kent.

pour ressentir la magie de ce moment privilégié qu'elle partageait avec Brittany, elle se souvint du poème de Lucy Green :

« *Je suis ici*

J'y suis maintenant.

Que cela me plaise ou non,

Il ne saurait en être autrement.

J'habite mon corps,

Qui habite le temps

Ou serait-ce l'inverse ?

Peu importe finalement.

Mes pensées parfois voyagent

Loin, très loin de mon destin.

Illusion qu'ici est ailleurs

Et maintenant, un autre temps.

Et pourtant, inexorablement,

Je me réveille de ce doux sommeil.

Toujours ici

Toujours maintenant

Avec ce désagréable sentiment

D'avoir perdu mon temps

En vaines chimères, entre jadis et naguère.

J'ai appris, les ans passant

Que personne n'échappe au temps.

Il ne se gagne, il ne se perd,

Mais sait être clément,

Avec qui l'accepte pleinement.

Il efface les regrets du passé,

Apaise qui craint que l'avenir ne soit pire.

Par un jour de grand vent, tout délicatement,

Il s'est approché de moi et a chuchoté
lentement :

« Hier est révolu. Le changer, tu ne peux plus.

Demain n'est pas encore, tu n'y peux rien non
plus.

Mais ce moment t'appartient.

Chaque seconde qui s'écoule est tienne,

Avant que passé elle ne devienne.

Ce moment, si tu le saisis, est source de magie.

Pour cela, il te suffit

De vivre pleinement

L'instant présent. »

— Tu m'as énormément manqué. Poursuivit Brittany quand elle eut fini d'étreindre son amie.
— Toi aussi si tu savais.

Erine était émue ; des larmes perlaient au fond de ses yeux. Elle prit les mains de Brittany dans les siennes.

Elles restèrent dans cette position quelques minutes, on aurait dit qu'elles se disaient des choses que seul le silence et un regard plein d'affection mutuelle pouvaient exprimer.

Elles sortirent bientôt de la gare et montèrent dans la voiture d'Erine avant de se diriger à la demeure des Hope Ngolo. Une fois sur les lieux, les deux demoiselles furent accueillies par Eleanor, la mère d'Erine qui du reste était très heureuse de revoir Brittany qu'elle ne tarda pas à prendre dans ses bras.

— Je suis ravie de te revoir Brittany ça faisait longtemps.

— En effet madame Hope, je suis également très heureuse de vous revoir et merci de m'accueillir dans votre demeure.

— Mais non voyons tu es la meilleure amie de ma douce Erine et tu fais déjà partie de la famille donc pas de ça entre nous.

— D'accord merci encore. Brittany esquissa un sourire.

Elles entrèrent toutes dans la maison, Erine installa son amie dans sa chambre, elles avaient du temps à rattraper et elles comptaient bien mettre à profit cette semaine de vacances.

Brittany était désormais agent immobilier, elle avait décidé de s'installer à Heatherfield avec son petit ami. Ses parents quant à eux, avaient choisi d'aller couler des jours heureux aux Shetland[15]. Erine était heureuse pour son amie, et ne put néanmoins s'empêcher d'avoir un certain pincement au cœur car elle réalisait que son avenir à elle était encore loin d'être tracé comme celui de son amie. Elle en éprouva

---

15 Archipel britannique situé en Écosse. Il s'agit d'un archipel subarctique, au nord des Orcades, au sud-est des îles Féroé et à l'ouest de la Norvège, entre l'océan Atlantique à l'ouest et la mer du Nord à l'est.

presque qu'une certaine envie à son égard. Brittany avait su choisir sa voie. Elle travaillait dans un milieu qui lui plaisait, bien loin de celui de son père ingénieur dans le nucléaire ou encore celui de sa mère qui excellait dans le secteur des assurances. Brittany, à la différence d'Erine, avait eu le soutien de ses parents. Mais Erine restait optimiste comme à chaque fois et était plus que jamais convaincue d'une chose concernant son avenir : Il sera radieux quels qu'en seraient les prévisions météorologiques des prochaines années de son existence.

La semaine s'écoula aussi vite qu'une brise printanière, Erine raccompagna son amie à la gare, elles se promirent de se voir aussi vite et aussi souvent que leurs emplois du temps respectifs le permettraient. C'est avec un pincement au cœur que les deux demoiselles s'enlacèrent donc ce jour-là à la gare de King Cross.

— Cette semaine a été trop courte. Dit tristement Brittany.
— Oui. Mais je ne regrette rien j'ai profité de chaque seconde passée en ta compagnie c'était bon de te revoir. Erine sourit.
— Moi également Erine même si ton frère est toujours aussi casse-noisette. Fit remarquer Brittany sarcastique en parlant de Winston.

— À qui le dis-tu ? Je le supporte depuis une vingtaine d'années à force on s'y habitue tant et si bien qu'on finit par apprécier.

— Ma pauvre il t'a eu à l'usure. Elles s'esclaffèrent sans pudeur en faisant fi des personnes agglutinées çà et là dans le hall qui les dévisagèrent.

— Je suis vraiment navrée que ta relation avec ton père se soit autant dégradée et dire que vous étiez très proches.

— Je suis aussi navrée que toi. Mais que veux-tu ? C'est ainsi. Mais ne t'en fait pas va, tout ira bien pour moi tu peux partir le cœur tranquille.

— D'accord. *Elle marqua une pause et soupira en regardant tristement son amie.* J'espère que tu viendras me voir ?

— Dès que je pourrais je t'en fais la promesse. Erine la caressa l'épaule comme pour la rassurer.

— Tu as intérêt à tenir ta promesse.

— Je la tiendrai comme toujours depuis plus de dix ans. Retorqua Erine de sa voix douce et mielleuse.

Elles gardèrent le silence comme une semaine auparavant, ce silence assourdissant que seules elles pouvaient en saisir la quintessence profonde. Elles savaient que le silence était un ami qu'elles avaient en commun à cet instant précis et qu'il ne les trahirait jamais. Elles avaient compris, depuis plus d'une dizaine d'années d'amitié fusionnelle, que la parole perdait parfois ce que le silence gagnait et qu'il y avait certains mots, certaines phrases que le silence exprimait avec plus de justesse et de dextérité que le son de leurs voix.

Les deux amies s'étreignirent encore une dernière fois avant que Brittany ne pénètre dans le train, Erine tourna les talons et sortit de la gare sans se retourner essuyant au passage le torrent de larmes qui coulait le long de ses joues.

Les mois s'agrainèrent tel le sable d'un poudrier et comme dit un jour Jules Romains : « *Le temps passe et chaque fois qu'il y a du temps qui passe, il y a quelque chose qui s'efface* ». En effet, une année s'était écoulée et dans le cas d'Erine, c'étaient ses doutes et sa réticence qui furent effacés car dans une semaine exactement elle se rendrait à Nobag dans le cadre d'une mission humanitaire organisée par la faculté de Droit. Mais ce n'était qu'un prétexte car Erine avait décidé de se rendre de son propre chef en Afrique, la terre mère, à Nobag. Cette contrée lointaine où le soleil avait élu domicile, où les montagnes flirtaient avec les étoiles, où on pouvait encore respirer l'odeur verte de la nature. C'était le pays qui vit naître son père un jour de pluie à l'ombre d'un bananier et son père avant lui.

Mais pour le moment, elle devait se rendre à sa remise de diplôme car oui, elle était désormais diplômée de Droit après une année de labeur acharné, ce choix l'avait éloignée de son père, avait accru l'indifférence de son frère mais elle ne regrettait rien ; d'autant plus que son professeure madame Taylor la soutenait de fort belle manière notamment quand elle dût trouver un stage de douze mois requis au sein des *Chambers*[16] pour devenir une *Barrister*[17] pleinement qualifiée de vingt-un an.

Elle s'y rendit avec sa mère qui décida de prendre sa journée pour assister à la cérémonie. En chemin, Erine eut à cœur de discuter avec celle-ci. Depuis qu'elle avait décidé de suivre une autre voie, sa voie, les deux femmes n'avaient jamais eu l'occasion de le faire surtout que bientôt, elle partirait loin d'elle et Dieu Seul sait quand elle reviendrait.

— Maman... J'aimerais te parler si tu veux bien.

---

16 Cabinets juridiques.
17 C'est un avocat qui est autorisé à comparaître à l'audience d'un tribunal pour plaider la cause d'un client.

— Mais bien sûr ma chérie dit moi de quoi veux-tu qu'on parle ? Eleanor jeta un furtif coup d'œil à sa fille assise à sa gauche avant de reporter son attention sur la route.

— Depuis la fête de votre anniversaire de mariage, depuis le jour où je vous ai annoncé que j'avais décidé d'arrêter de travailler au sein de la Banque familiale les choses ont beaucoup changé et pas seulement entre papa et moi...

Un silence pesant s'installa, silence que même les courants d'air provoqués par les roues de voiture fondant le bitume londonien ne virent troubler. Eleanor soupira avant de faire passer les mèches de cheveux qui lui obstruaient la vue derrière ses oreilles.

— Tu as raison ma chérie... J'avoue que je ne t'ai pas assez soutenu je regrette j'aurais dû, j'aurai pu en faire plus mais je ne l'ai pas fait. Tu sais comment est ton père, borné, obstiné, il a un égo surdimensionné mais ça ne veut pas dire qu'il ne t'aime pas ma chérie... Pardonne lui.

— Les parents ne sont-ils pas censés soutenir leurs enfants et ce quels que soient les choix qu'ils font ? Qui plus est si ceux-ci peuvent les rendre heureux ? As-tu déjà eu l'impression de faire fausse route en sachant que si tu fais marche arrière tu pourrais certes souffrir mais qu'au final tu te sentirais mieux ? Eh bien c'est l'impression que j'ai eu en démissionnant ce jour-là !

— Tu as parfaitement raison ma chérie. Je regrette sincèrement mais tu sais, chaque parent ne rêve que du bonheur de ses enfants certains ont des méthodes qui parfois peuvent s'avérer peu orthodoxes mais la finalité demeure la même : *le bonheur et l'épanouissement de ses enfants.* Mais, je l'avoue, je n'ai pas été d'un grand soutien et je regrette sincèrement. Néanmoins, je suis prête à changer ça je te soutiendrai à cent pour cent à compter d'aujourd'hui et je vais en reparler à ton père à notre retour.

— Je ne pense pas qu'il changera d'avis tu l'as dit toi-même, il est inflexible quand les choses ne se passent pas comme il le souhaite.

C'est sur cette dernière parole qu'Eleanor arriva au parking de *St Mary's University.* Elle s'arrêta avant de se retourner vers sa fille.

— J'ai bien compris tout ce que tu m'as dit et j'en tiendrai compte j'espère que tu ne m'en veux pas trop ma chérie ?!

— Non maman je ne t'en veux pas soit tranquille. Erine esquissa un sourire auquel ne tarda pas à répondre sa mère avant qu'elle ne la prenne dans ses bras.

Il eut une petite collation pour l'occasion, Erine en profita pour présenter sa professeure à sa mère ainsi que son encadreur au sein de la *Chambers*.

— Maman, j'ai l'immense honneur et plaisir de te présenter madame Madison Taylor, mon mentor et professeur de Droit pénal général de la faculté !

— Je suis ravie de vous voir enfin en chair et en os, ma fille m'a longtemps parler de vous. Eleanor lui tendit la main.

— Je suis flattée. Je suis ravie de vous voir également, il me tardait de voir la dame qui avait mis au monde la plus talentueuse de mes étudiantes. Elle serra la main qui lui était tendue.

— Et lui c'est monsieur Edwards Weasley, mon encadreur au sein de la Chambers où j'ai effectué mon stage !

Edwards Weasley était un homme de grande

taille, une barbe imposante mais bien entretenue tout comme l'était sa coupe de cheveux, des bras robustes qui paraissaient être à l'étroit dans son costume trois pièces, un agréable effluve d'eau de Cologne émanait de lui et venait continuellement chatouiller les narines des trois dames. Il tendit la main à Eleanor avant d'y poser un baiser.

— Bonjour madame, ravie de vous rencontrer également.
— Plaisir partagé. Répondit Eleanor timidement et quelque peu troublée par tant de grâce de la part d'un homme dont l'apparence imposante lui aurait aisément fait passer pour un rustre si tant est, qu'on était enclin à se fier à la vétusté d'une couverture pour juger du mauvais contenu d'un livre.

Une heure passa, Erine et sa mère décidèrent de prendre congé et regagnèrent leur demeure.

C'est cette nuit-là, allongée dans son lit douillet que Erine réserva son billet d'avion pour la destination qui hantait ses pensées aussi ardemment que la passion que se vouaient réciproquement Roméo et Juliette parut comme une amourette de jeunesse à côté. Elle prit une grande inspiration, puis cliqua sur le bouton. Elle réserva pour un vol direct pour Nobag.

Erine savait qu'elle ne reviendrait jamais de ce voyage car elle avait appris très tôt, à travers ses différentes lectures ou à travers les innombrables documentaires qu'elle avait regardé, que quand on partait, on ne revenait pas la même personne.

Parce qu'elle pensait déjà, s'imaginait déjà, savait déjà, anticipait, devinait, pressentait, pour ne pas être attrapée trop brusquement par l'inouï, par un monde dont elle avait hâte de découvrir les secrets et qu'elle redoutait en même temps.

Dans cette quête de l'inconnu, dans la recherche de la solution de l'équation dont elle était l'inconnue, Erine voyagera seule, sans avertir ses parents pas même Siana. Elle le regrettait un peu, mais elle savait que c'était nécessaire. Sa sœur ne comprendra peut-être pas sa décision, mais la perspective d'éviter un regain de tension entre elles conforta Erine dans sa décision.

Elle se redressa de son lit et alla vérifier sa valise une énième fois, elle s'assura que les différents présents qu'elle avait prévu pour sa grand-mère et ses cousins y étaient toujours, bien emballés entre deux piles de linges.

Chapitre VII

D'ailleurs mais d'ici

Aujourd'hui était le grand jour, l'Airbus A380 de la compagnie British Airways longea le tarmac de l'aéroport international de Nobag. Les hôtesses de l'air procédèrent au débarquement des passagers. Erine fut prise d'un certain frisson quand elle se présenta à la porte de l'avion. Elle fut baignée d'une brise légère et chaleureuse, elle eut du mal à réaliser mais elle l'avait fait, elle était belle et bien de retour à la terre mère, la terre de ses ancêtres.

Elle marcha sur la passerelle de débarquement émerveillée, les couleurs, les sons, les odeurs, les gens, tout fut passer au crible et se présentèrent à elle telle un jeune faon qui découvrait le monde après l'hibernation.

Elle arriva bientôt au poste de contrôle. Un policier se présenta à elle et lui demanda son passeport et la raison de sa venue sur le territoire Nobagain. La langue officielle du pays était le Nobagain et le français était la langue secondaire, Erine n'avait aucune notion en Nobagain aussi éprouvait-elle une grande difficulté quand le policier en face d'elle commença à perdre patience. C'est alors qu'une policière s'avança vers eux, d'une corpulence rondouillarde, un énorme chignon en guise de coiffure, un visage plus détendu, elle inspirait confiance du moins, c'est l'impression qu'eut Erine quand leurs regards se croisèrent.

— Bonjour mademoiselle, je suis l'officière Carole Makita j'appartiens à la brigade de police des frontières est-ce que vous parlez français ?

— Oui je parle un peu français. Répondit Erine enjouée dans un français approximatif, elle paraissait apparemment ravie de croiser quelqu'un qui parlait un langage commun au sien.

— C'est bon tu peux aller sur l'autre file d'attente je me charge de celle-ci ! Dit Carole à l'endroit de son collègue grincheux qui s'en alla en marmonnant des paroles inaudibles mais elle n'y prêta guère attention.

— Alors, ce que mon collègue vous demandait c'étaient les raisons de votre venue ici ? Et votre pièce d'identité ainsi que votre passeport s'il vous plaît !

Erine fouilla dans la banane qu'elle avait autour de la taille et en ressortit toutes les pièces demandées par l'agent.

— Je suis venue faire du tourisme ! Elle sourit timidement.
— D'accord et vous comptez passer combien de temps ici ? S'enquit la policière en scrutant méticuleusement les pièces que lui avait tendu la jeune fille.
— Deux mois tout au plus.

— Hum je vois, tout semble être en règle je n'ai plus qu'à vous souhaiter un excellent séjour en terre Nobagaine j'espère que vous vous y plairez. Elle lui tendit ses documents en esquissant un sourire.
— Je m'y plais déjà ! Merci beaucoup madame et excellente journée. Répondit Erine contente en récupérant ses documents avant de les ranger de nouveau dans sa banane puis franchit le portique de sécurité et se rendit comme les autres passagers vers le hall pour récupérer ses valises.

Quand ce fut fait, elle chercha du regard la

personne censée l'attendre à son arrivée. Elle ne tarda pas à la voir, aux côtés de plusieurs autres personnes qui attendaient également les passagers. Irma la cherchait du regard en brandissant une énorme pancarte fluorescente avec l'inscription : « *Erine Hope Ngolo* ». Erine sourit et se dirigea vers elle.

— Hello sœur Irma !
— Hello Erine je suis contente de te revoir. Irma la prit dans ses bras.
— Moi aussi je très contente de te revoir. Erine l'enlaça à son tour.
— Tu as fait un bon voyage ?
— Oui c'était bien même si j'ai trouvé le temps long sans doute parce que j'étais impatiente, il me tardait d'arriver.
— Je te comprends j'avais ressenti la même chose que toi quand je revins définitivement ici après tant d'années passées en Angleterre. Viens allons-y tu dois être épuisée.
— D'accord je te suis. Erine se saisit de son sac à dos et Irma s'empara de l'énorme valise puis elle se dirigèrent vers la sortie.

Un jour avant son départ, Erine décida finalement de parler de son voyage à sa mère, celle-ci bien qu'inquiète avait décidé de la laisser partir, afin de l'aider dans ses recherches, Eleanor confia à sa fille l'album familial de son époux à son insu. Cet album lui serait d'une grande aide une fois à Nobag quand il faudra chercher la famille de son père. Sa mère avait pris le soin de noter les noms de chaque personne dans le dos de chaque photo correspondante.

Une fois à l'extérieur de l'aéroport, Irma héla un taxi puis elles embarquèrent pour une destination inconnue, du moins pour Erine mais elle avait entièrement confiance en la religieuse, après tout c'était une religieuse donc une personne digne de confiance elle n'avait pas à s'en faire. Le taxi emprunta une voie proche du bord de mer, Erine observa le paysage les étoiles pleins les yeux, les cocotiers qui jonchaient le long du littoral, les immeubles, la couleur des taxis, les gens, elle était excitée comme une puce.

— Cette statue que tu vois c'est celle du premier président de la République. Dit Irma en désignant une statue de dix mètres de haut par la portière.

Erine sortit son téléphone et prit des photos de chaque endroit où passa le taxi, chaque rue, chaque monument. Elles arrivèrent bientôt devant une grande bâtisse qui faisait un peu tâche dans un décor où les bâtiments autour étaient d'une architecture qu'on pourrait qualifier de contemporaine bien que vétustes. C'était un édifice qui devait dater de l'époque Victorienne et son architecture ressemblait à s'y méprendre à celle de l'Abbaye de Westminster. Erine sortit son téléphone et prit une photo.

— C'est ici que tu seras logée aussi longtemps que tu le souhaites, bienvenue au monastère Saint Michel-Ange de Slavecity !
— Waouh c'est impressionnant, j'ignorais que vous aviez de tel édifice ici. Erine semblait subjuguée.

Elle scruta la bâtisse, chaque pierre, chaque statut, chaque vitrail fut passé au peigne fin et pris en photo sous le regard amusé d'Irma qui comprenait son ahurissement. Il y a une vingtaine d'années auparavant, c'est elle qui se trouvait dans cette situation c'est pourquoi elle fut prise d'une certaine nostalgie en observant Erine.

— Crois-moi ce n'est pas ce qui manque ici ce bâtiment à l'instar de tant d'autres qu'on aura l'occasion de visiter fait partie de notre héritage coloniale mais je t'en prie entrons.

Irma tendit un billet au chauffeur de taxi

pour payer le trajet qu'elles avaient effectué et elles franchirent le seuil de l'immense cathédrale. Erine fut tout de suite interloquée par la voûte de la cathédrale notamment les merveilleuses fresques colorées qui la décoraient. En grande amatrice d'art qu'elle était, Erine ne tarda pas à reconnaître l'une des fresques la plus célèbre de Michel-Ange : « *La création d'Adam* ». La religieuse lui fit faire le tour de la cathédrale, elle la présenta également à tous les autres membres de la congrégation.

Erine fit donc la connaissance de Orphée Pigha, une jeune demoiselle de la même tranche d'âge qu'elle, de taille moyenne, des joues un peu pleines, des yeux légèrement bridés. C'était une orpheline qui avait été recueillie par la mère supérieure Grace Boubanga alors qu'elle était à peine âgée de huit ans.

Il y avait également Héraïs Missono. C'était une charmante demoiselle, ayant deux ans de plus qu'Erine soit vingt-trois ans, elle avait des épaules arrondies qui se trouvent dans l'alignement de ses hanches voluptueuses, des cuisses rondes avec une taille bien marquée qu'on pouvait voir se dessiner à travers sa robe bien qu'ample. Elle avait un magnifique teint noir, des lèvres pulpeuses et un grain de beauté en dessous de sa lèvre inférieure.

— Bienvenue parmi nous. Lui dit la dénommée Héraïs enjouée en la serrant dans ses bras.

— Merci beaucoup de me recevoir chez vous. Ça me touche. Répondit Erine émue dès qu'elle se détacha de l'étreinte.

— Mais non la maison de Dieu est grande ouverte pour tous. Héraïs sourit.

— Tu partageras la chambre d'Héraïs si tu veux je vois que vous êtes automatiquement trouvées des atomes crochus. Fit remarquer Irma tout sourire.

— Oui ça me ferait tellement plaisir.

— Ça veut dire que tu en as déjà marre de nous c'est ça ? S'enquit Orphée amusée.

— Mais non ma sœur tu sais que je t'aime beaucoup mais ça fait toujours plaisir de voir de nouveaux visages surtout qu'elle vient d'une autre contrée j'ai hâte d'en apprendre davantage sur son pays d'origine. Se justifia Héraïs amusée.

— Oui mère Irma nous a dit que tu venais d'Angleterre peux-tu nous en dire plus s'il te plaît ? Demanda Orphée enjouée.

— Houlà mesdemoiselles, je suis sûre que vous aurez le temps de parler de tout ça mais pour l'heure notre invitée a besoin de se reposer. Héraïs, je te la confie s'il te plaît emmène la dans vos appartements et on se retrouvera à l'heure du soupé.

— D'accord mère Irma tu viens ? Je vais te montrer la chambre tu verras elle est spacieuse tu t'y sentiras très bien.

— Je te suis. Dit Erine amusée en emboîtant le pas de sa nouvelle amie.

Héraïs rangea la valise de leur hôte dans l'immense placard en bois d'acajou, une essence de bois très prisé dans le pays, c'était un bois de très haute valeur. Erine s'installa sur le lit à côté de celui d'Héraïs et elles discutèrent pendant un moment avant qu'elle ne décide d'aller prendre une douche réparatrice.

Il était 20h quand elles allèrent retrouver les autres religieuses dans la grande salle commune où ces dernières prenaient habituellement leurs repas. Là-bas, Erine rencontra la mère supérieure Grace Boubanga. C'était une dame de taille moyenne, la soixantaine révolue, d'une silhouette pleine, des jambes légèrement arquées, un teint noir, des cheveux crépus qu'elle dissimulait sous sa coiffe. Elle avait une dentition d'une blancheur immaculée, des joues pleines, elle esquissa un grand sourire quand elle vit Erine arriver.

— Bonsoir mon enfant, bonsoir et soit la bienvenue au sein de ce couvant ! Je suis la responsable, je suis la mère supérieure Grace sœur Irma m'a beaucoup parlé de toi ! Elle la prit dans ses bras chaleureusement.

— Enchantée de faire votre connaissance et merci encore de m'accueillir chez vous. Erine parue gênée.

— Mais non, tu es ici chez toi mon enfant ! Mère Grace sourit en plongeant son regard dans celui de leur invitée.

— Prend place mon enfant nous vous attendions pour commencer à dîner !

La jeune demoiselle s'exécuta. Les religieuses se tinrent par la main pour dire le bénédicité. Chez les Ngolo, on était catholique de mères en filles aussi, Erine ne fut guère déroutée au contraire, ce soir-là, assise au milieu de ces parfaites inconnues qui l'avaient accueilli à bras ouverts, elle voulut marquer sa profonde gratitude au Dieu Créateur qui avait permis qu'elle vienne à la terre promise saine et sauve. Elle ferma les yeux et pria en silence. Une fois le bénédicité prononcé par la Mère Grace achevé, elles mangèrent.

Erine leur parla de l'Angleterre, de sa famille, de ses études, son futur métier, la raison de sa venue ici. Mère Grace désigna Héraïs comme guide, elle lui confia la mission d'emmener Erine partout où cette dernière voudrait aller ; ce qu'elle accepta avec joie.

Le lendemain, les deux jeunes demoiselles commencèrent leurs investigations pour retrouver la famille perdue d'Erine. Elle se rendirent donc à *Gosbane*, l'un des quartiers populaires de *Slavecity*, la capitale de Nobag. Elles prirent un taxi pour atteindre leur destination, une fois sur les lieux, elles s'engouffrèrent dans les bas-fonds de Gosbane, se renseignant au passage auprès de chaque personne qu'elles croisèrent. Entre les regards curieux adressés à Erine et les moqueries à l'endroit d'Héraïs, Erine semblait perplexe.

— Pourquoi ces personnes rient quand ils te regardent ? S'enquit Erine.
— Rien ! n'y prête pas attention. Coupa Héraïs en marchant l'air dépité.

— D'accord. Erine n'insista pas. Elle se contenta de suivre son guide attitrée en faisant à chaque fois attention où elle mettait les pieds car l'état des routes était bien loin de celui qu'offraient les beaux quartiers londoniens.

Les ruelles devinrent de plus en plus sinueuses,

boueuses, nauséabondes par endroit, Erine eut des nausées à plusieurs reprises mais elle se retint. Elle réalisa qu'elle était bien loin du *Trafalgar Square*, du *Oxford Street* et de tous ces lieux chics et branchés qu'elle avait laissé à Londres. Le bitume avait fait place à la boue, aux nids de poules, les tas d'ordures jonchant le sol avait remplacé les fleurs qui ornaient les trottoirs des rues Londoniennes.

Erine compris qu'elle était loin du confort qu'elle avait toujours connu jusqu'ici, loin de ces odeurs délicieuses de café ou des scones au détour d'une ruelle mais tout ceci ne l'horrifia pas et n'ébranla en rien sa soif de découverte. Elle se sentit dépaysée certes, mais elle s'y était préparée.

Les investigations furent infructueuses, apparemment personne ne connaissait la famille de son père. Se pouvait-il que sa mère lui eût fourni des informations erronées ? Ou peut-être qu'elles fouillaient dans le mauvais quartier, interrogeaient les mauvaises personnes, telles étaient les questions que se posait intérieurement Erine. Les deux jeunes femmes arrivèrent bientôt chez un épicier où Héraïs invita Erine à prendre un rafraîchissement. Elle estima qu'elles en avaient grand besoin après les longues heures de marche qu'elles avaient effectué. Il fallait qu'elles s'hydratent surtout qu'il était déjà midi et à cette heure l'astre du jour était à son zénith et avec lui une chaleur suffocante d'autant plus en cette période de l'année : *c'était la saison sèche.*

Quand elles arrivèrent à la supérette la plus proche, elles virent un groupe de garçons assis à l'entrée des bières en main.

— Eh ma sœur, ne nous juge pas il fait extrêmement chaud et on avait besoin de se désaltérer avec une bonne bière bien fraîche ! S'exclama l'un d'eux à l'endroit de Héraïs d'un ton ironique.

Cette dernière ne réagit pas et se contenta de poursuivre son chemin en s'engouffrant dans la supérette suivie de près par Erine. C'est alors qu'un autre saisit cette dernière par le poignet.

— Tu es très belle ma chérie tu es nouvelle dans le quartier ? Je demande parce que je ne t'ai jamais vu auparavant.
— Euh... Commença Erine déroutée. Elle ne savait pas trop quoi répondre surtout que ce geste quelque peu déplacé à son goût l'avait pris de cours. Elle prit peur et regarda Héraïs comme pour l'appeler à la rescousse.

— Laisse la tranquille s'il te plaît ! Héraïs vint se placer entre Erine et l'impudent jeune homme. Elle ôta la main du garçon du poignet d'Erine avant d'entraîner cette dernière à l'intérieur du magasin.

— C'est une métisse elle doit être une sacrée chaudasse entre quatre murs. Poursuivit un autre et ses comparses s'esclaffèrent sans retenue.

— Mais de quoi ils parlent ? Demanda troublée Erine en se tournant vers Héraïs quand elles furent à l'intérieur.

— Laisse tomber n'y prête pas attention. Héraïs prit deux canettes de soda au jus de mangue avant de se diriger vers la caisse.

— J'ai envie de savoir s'il te plaît. Insista Erine.

Héraïs soupira, avant de se décider à répondre :

— En fait le garçon sous-entend que tu es une dévergondée car ici ce qu'il faut savoir c'est que dans la conscience populaire de certains d'entre eux et à mon grand regret, de certaines filles également, les filles claires de peau ou tout simplement métisses comme toi ont la réputation d'être des filles faciles, frivoles et matérialistes. Elles se donnent au premier venu pour peu qu'il ait suffisamment d'argent pour assouvir leur moindre caprice.

Erine écarquilla les yeux. Elle était choquée d'apprendre à quel point les gens pouvaient créer des préjugés en se basant uniquement sur la couleur de la peau. Elle se retourna vers la bande de garçons à l'extérieur de la supérette ceux-ci ne les avaient pas quittés des yeux depuis leur passage. L'un d'eux lui fit même un clin d'œil.

— N'y prête pas attention tiens partons ! Héraïs tendit une canette à Erine qui s'en saisit.

Elles passèrent de nouveau au milieu des garçons en pressant le pas sans se retourner malgré les interpellations de ces derniers. Elles marchèrent encore pendant une trentaine de minutes en poursuivant leurs recherches. Épuisées et affamées, Héraïs décida qu'elles reprendraient les recherches le lendemain elles regagnèrent donc le couvant.

Le lendemain à la même heure, elles se rendirent cette fois dans le deuxième quartier qui figurait sur les notes confiées à Erine par sa mère : *Lenem*. Comme Gosbane, Lenem était un quartier populaire, réputé pour abriter l'un des plus grands centres psychiatriques du pays, il n'était donc par rare de voir traîner ici et là des malades mentaux abandonnés à leur triste sort. Les gens allaient et venaient sans s'en offusquer, leur présence à chaque coin de rue, au détour d'une ruelle, proche d'un ramassis d'ordures ménagères ou allongés dans une marre d'eau boueuse semblait être aussi normale qu'une fleur sur un trottoir.

À maintes reprises Erine dû se barrer les yeux pour éviter de regarder les bijoux de familles de certains qui les exposaient à l'air libre sans pudeur ni gêne. Elles recommencèrent à interroger toutes les personnes qu'elles croisèrent photos à l'appui jusqu'à ce qu'elles tombent par hasard sur une jeune demoiselle assez belle de petite taille, 1m55 environ, des hanches tout aussi voluptueuses que celles d'Héraïs, un teint marron, des yeux en amandes, de fines lèvres mais sensuelles des cuisses rondes, des fesses galbées.

— Excusez-nous mademoiselle, bonjour, pouvez-vous nous accordez quelques minutes de votre temps s'il vous plaît ? C'est pour un renseignement. Dit humblement Héraïs.

— Bonjour. Oui bien sûr, dites-moi comment puis-je vous aider ? Répondit d'une voix doucereuse l'inconnue sourire aux lèvres.

— Je me présente, je suis Héraïs et elle, c'est Erine. Nous habitons le couvent Saint Michel-Ange et nous sommes à la recherche des membres de sa famille. Je vais vous montrer quelques photos et si jamais un visage vous est familier n'hésitez pas à nous le dire.

Elle lui tendit l'album d'Erine.

— Je dois quand-même vous prévenir, ces photos datent de très longtemps et la personne qui nous les a confiés nous a dit que les chances que ces personnes vivent encore dans ce quartier, si jamais c'est le bon, sans infimes. Mais bon sait-on jamais. Héraïs sourit nerveusement.

— D'accord faites voir. La demoiselle se saisit de l'album et commença à faire défiler les photos sous ses yeux. Soudain, ses sourcils se froncèrent, puis progressivement son regard s'illumina.

— Mais je connais ces personnes, celle-là c'est ma mère, celle-ci c'est ma grand-mère, lui c'est mon défunt oncle et lui c'est mon défunt grand-père maternel.

En écoutant les paroles prononcées par cette inconnue, Erine ne put s'empêcher d'exprimer sa joie, elle se jeta dans les bras de la demoiselle avant de prendre la parole dans un français toujours aussi approximatif et surtout marqué par son accent « *so British* ».

— Je suis vraiment la fille la plus heureuse si vous pouviez savoir. Si la femme sur cette photo c'est votre mère ça fait donc de nous des cousines car c'est la sœur de mon père. Erine se ventila le visage en remuant ses mains avant de prendre une grande inspiration et de poursuivre. —Je suis Erine Hope Ngolo, la fille cadette de François Ngolo.

— NOOOOOOOOOOOOOOON ! JE N'Y CROIS PAS ! La demoiselle regarda tour à tour Héraïs et Erine.

— Quelle heureuse coïncidence. Dit Erine enjouée. Et toi quel est ton nom ?

— Moi ? Je... waouh... je m'appelle Ariane Moukagny et ma mère c'est Ayèla[18] Ngolo j'ignorais que mon oncle avait eu des enfants avant sa mort et qui plus est, des enfants blancs. Dit Ariane abasourdie en

---

18 Être accablé et désespéré dans une des langues majoritaires de Nobag.

regardant Erine partagée entre émoi et confusion.

— Vous habitez loin d'ici ? Demanda Héraïs.
— Non. La maison familiale se trouve à vingt minutes de marche, je n'y habite plus depuis deux ans aujourd'hui. Je suis juste venue rendre visite à la famille c'est vraiment la providence qui vous envoie aujourd'hui. Ariane sourit.
— Excuse-moi... je peux te tutoyer ? S'enquit Erine confuse.
— Mais oui bien sûr on est sœur pas de formalité entre nous.
— D'accord euh... depuis tout à l'heure je t'entends dire que mon père est décédé je ne comprends pas car celui que j'ai laissé à Londres il y a quelques jours est bel et bien vivant et en bonne santé à moins qu'on ne parle pas de la même personne.

Erine fouilla dans la galerie de son téléphone à la recherche d'une photo récente de son paternel. Quand elle trouva, elle tendit son téléphone à Ariane.

— C'est bien de lui dont on parle ? C'est le même que sur la photo que tu as vu tout à l'heure mais avec quelques années en plus, sur la photo de mon téléphone il a cinquante-quatre ans et sur la photo là il en a vingt-neuf je crois.

Ariane examina les deux photos avec attention avant de conclure :

— Effectivement il s'agit de la même personne mais ma mère et les autres m'ont toujours dit qu'il était décédé peu de temps après son arrivée en Europe. Je suis aussi perdue que toi mais peut-être que les autres membres de la famille auront des explications à nous donner. Et si on y allait d'ailleurs ?!
— D'accord nous te suivons. Dit Héraïs enthousiaste.
— Je n'arrive toujours pas à croire que tonton François soit en vie et qu'il a eu des enfants c'est fou ça. Ariane se retourna et regarda sa cousine Erine enjouée avant d'esquisser un grand sourire.
— Eh oui comme quoi, *les voies du Seigneur sont impénétrables.* Répondit Héraïs amusée et elles rirent de bon cœur toutes le trois.

Vingt minutes environ plus tard, elles se retrouvèrent dans une grande cour assez bien entretenue, un duplex dont la peinture était écaillée par endroit avait néanmoins fière allure.

— Voilà, nous sommes arrivées au terrain familial. *Ariane excitée prit la main d'Erine dans la sienne.* J'ai tellement hâte de voir la tête des gens quand ils sauront qui tu es.

Elles arrivèrent bientôt à la terrasse où elles virent une vieille dame assise sur un vieux fauteuil en lianes en train de tricoter. Une autre dame d'âge mûr, était assise à ses côtés elle découpait des légumes.

— Bonjour tout le monde. Dit Ariane enjouée.
— Bonjour ma fille quelle heureuse surprise. Répondit chaleureusement la dame qui, à priori, était sa mère.
— Bonjour Mesdames. Lança Héraïs dans le dos d'Ariane d'une voix douce et calme.
— Bonjour mademoiselle. Ayèla parue intriguée en voyant la religieuse qui accompagnait sa fille.

Son regard se posa bientôt sur celui d'Erine qu'elle dévisagea sans pudeur en la regardant de haut en bas.

— Bonjour Mamie.
— Bonjour ma copine. La vieille dame esquissa un sourire en abaissant sa grosse paire de lunette retenue au bout d'une ficelle torsadée jadis blanche. Elle se figea à la vue d'Erine qui lui sourit.

— Mais asseyez-vous donc les filles. Proposa
Ariane en indiquant deux coussins qui se
trouvaient là, Erine et Héraïs s'exécutèrent.

— Je dépose ça à la cuisine et je reviens tu ne
vas pas croire ce que je vais te raconter
maman. Ariane pénétra dans la maison
enjouée laissant sa mère et sa grand-mère
perplexes.

— Ce sont tes amies ? S'enquit Ayèla auprès de
sa fille quand cette dernière revint les
rejoindre à la terrasse.

— Si je te dis tu ne vas pas me croire apprêtes-
toi à tomber des nues quand tu vas
entendre ce que je m'apprête à te dire.

Ariane marqua une pause en regardant tour à
tour sa mère, sa grand-mère, son petit frère et
sa petite sœur qui étaient venus les rejoindre à
la terrasse après qu'ils aient remarqué la
présence des deux demoiselles qu'ils n'avaient
jamais vu auparavant. Elle regarda aussi Erine
avant de sourire, elle était surexcitée.

— Maman, Eyè[19], Hamaya[20], mamie Tsaya[21] je
vous présente Héraïs c'est l'amie d'Erine la
fille d'oncle François elle vient de Londres,
en Angleterre. Nous nous sommes croisées

---

19 Celui qui sait attendre dans l'une des ethnies Nobagaine.
20 Arrivé dans une des ethnies Nobagaine.
21 La joie dans une des ethnies Nobagaine.

par hasard à la supérette du quartier et figurez-vous qu'elle cherchait la maison familiale comme quoi.

Les autres demeurèrent bouches bées. Eyè et Hamaya d'abord surpris, commencèrent à sourire, la vieille Tsaya commença à sangloter dans son coin le visage enfoui dans ses mains ridées et tremblantes. Ayèla quant à elle, eu le regard froid à l'encontre d'Erine, sa mine s'assombrit, on pouvait lire le ressentiment au fond de ses yeux.

— QU'EST-CE QUE CETTE BÂTARDE VIENS FAIRE ICI ? QU'EST-CE QUE TU NOUS VEUX ? Hurla Ayèla furieuse.
— Mais enfin maman ? S'offusqua Ariane les yeux écarquillés. Qu'est-ce qui te prends ? C'est comme ça que tu reçois ta nièce après tant d'années ? Tu pourrais être plus enthousiaste non ? Tu...

Commença Ariane interloquée par la réaction de sa mère même ses deux petits frères regardèrent leur mère d'un air curieux. Mais le regard farouche que lui lança Ayèla lui fit taire instantanément. C'est alors que Tsaya fondit en larmes, elle devint inconsolable. Ce qui attira l'attention de sa fille qui se retourna vers elle la respiration haletante, comme si elle réprimait avec beaucoup de peine la rage sourde qui fulminait en elle, tel le Vésuve elle risquait d'exploser à tout moment. Mais elle parvint tant bien que mal à se calmer et s'adressa à la vieillarde :

— Tu le savais ? Tu savais que ton fils était en vie quelque part et qu'il avait eu des enfants je suppose ?

Elle n'eut aucune réponse si ce n'est les sanglots de celle qui l'avait mis au monde, un silence coupable conclut Ayèla qui, au fond d'elle, connaissait déjà la réponse à la question. L'atmosphère devint maussade, glaciale, bien loin des retrouvailles chaleureuses auxquelles la pauvre Erine s'attendait.

— Toi la blanche ! Dit Ayèla en s'adressant cette fois-ci à sa nièce. Je ne sais pas ce que tu es venue faire ici mais tu n'es pas à ta place. Tu n'es pas une vraie africaine, tu ne connais rien à l'Afrique, encore moins de nous, tu auras beau avoir le même nom que notre père, que dis-je ? MON PÈRE tu ne seras jamais l'une des nôtres. Tu n'es pas une vraie noire, tu ne connais rien, absolument à notre culture. « *Un tronc d'arbre aura beau passé mil ans dans un fleuve il ne deviendra pas pour autant un caïman* ». Tu es née à l'étranger rentre chez toi !

Erine resta bouche bée, elle tremblait de toutes parts, chaque parole prononcées par la femme qui était censée être sa tante la laceraient le corps tel un tigre s'acharnant sur sa proie. Elle se sentit souillée, humiliée, elle ne s'en rendit pas comme mais des larmes avaient commencé à couler le long de ses joues devenues écarlates. Elle s'empressa de les essuyer le regard baissé. Elle se leva et partit en courant suivie par Héraïs qui s'excusa pour leur visite impromptue et pour le désagrément orchestré par cette dernière puis suivit Erine avec Ariane qui l'emboîta le pas non sans avoir jeté un regard dépité à sa mère qui resta stoïque.

Ce soir-là, allongée sur son lit, Erine eut du mal à trouver le sommeil. Elle était en proie à plusieurs questions existentielles, elle était perdue, elle se remettait en cause. Avait-elle fait le bon choix en suivant la voie qui l'avait conduit aux confins de l'Afrique, terre de ses origines ? Nouer un lien avec cette partie d'elle-même que son paternel lui avait si souvent dissimulé ? En se remémorant toutes les paroles crues et violentes de sa tante elle en vint à penser que c'était peut-être pour la protéger que son père l'avait toujours gardé loin de tout ça.

« *Tu n'es pas une vraie africaine* », « *tu es née à l'étranger ! rentre chez toi* ». Tel un marteau sur l'enclume, ces paroles la martyrisait et assaillaient son esprit fragilisé par la rude épreuve qu'elle avait subi tôt dans la journée.

Ses origines étaient désormais remises en cause par les paroles cinglantes prononcées par la femme qui était censée l'accueillir à bras ouverts, la rassurer comme une mère. Après tout, n'était pas ça la particularité de l'Afrique ? Cet amour et cette harmonie qui existent au sein des familles ? S'était-elle fourvoyée ? Avait-elle trop idéaliser l'Afrique au point de fonder des espoirs trop grands bien loin de la réalité ? Qu'avait-elle bien pu faire pour mériter ça ? Pourquoi sa tante lui vouait-elle une haine si viscérale ? À moins que ce fut plutôt à son père qu'elle en voulait mais pourquoi ? Qu'avait-il bien pu lui faire ? Qu'avait-il bien pu faire à sa famille pour qu'à leurs yeux il était considéré comme mort ? Erine ne comprenait pas.

Elle pleura toute la nuit ce jour-là, en silence, le cœur meurtrit. Erine commença à regretter sa décision, elle se souvint des avertissements de sa mère auxquels elle avait jugé bon de faire abstraction. Elle commençait à comprendre la réticence de son père, elle en vint même à comprendre l'indifférence de sa sœur. Siana savait-elle ? Avait-elle anticipé les réactions qu'auraient eu les membres de leur famille en revenant sur *terre mère* ? Pour agir avec prudence, il faut savoir écouter mais s'il y a bien un sujet sur lequel Erine était sourde c'était celui relatif à ses origines peut-être qu'en écoutant elle aurait pu s'éviter ça.

Contre toute attente, Erine se ressaisit. Elle avait bravé la colère de son père, traversé l'Atlantique, voguer dans l'inconnu, si elle avait fait tout ça ce n'était certainement pas pour renoncer à la moindre difficulté. Elle décida que quoi que cela puisse lui coûter, elle renouerait avec les racines de son père, ses racines et si pour ça il fallait qu'elle subisse le courroux de sa tante elle était prête. C'est sur cette idée qu'elle ferma les paupières et se laissa guider lentement mais sûrement par la symphonie du feuillage au passage de la brise vers le royaume de Morphée.

Café au lait

Chapitre VIII

Ohana

C'était dimanche, comme chaque journée dominicale qui se respecte, celle d'aujourd'hui fut marquée par le retentissement de la cloche de la Cathédrale à 8h00. N'ayant pas l'habitude de ce vacarme inopiné de si bon matin, Erine se leva en sursaut sous le regard amusé d'Héraïs assise sur le lit d'en face.

— Bonjour comment vas-tu ce matin ? Tu as quand-même pu trouver le sommeil après ce qui s'est passé hier ? S'enquit sa colocataire tristement.
— Bonjour. Répondit Erine le visage livide avant de s'étirer et de bailler. Je t'avouerai que la nuit a été assez difficile. Ce qui s'est passé hier je ne m'y attendais absolument pas j'ai été prise de cours. Elle passa ses mains sur son visage blafard.

— J'imagine bien. Héraïs se tut un moment le regard compatissant. Je suis vraiment navrée pour toi j'espère que ça ira ?!

— Je l'espère aussi et puis de toute façon je ne compte pas baisser les bras. Je suis venue ici pour ça alors je ne repartirai pas sans faire la connaissance de ma famille paternelle même si pour certaines personnes je ne suis pas la bienvenue. Elle prononça cette dernière phrase avec un certain pincement au cœur.

— Ça veut dire que tu comptes repartir les voir ? Héraïs parue étonnée.

— Oui aujourd'hui même. Je vais essayer aussi longtemps que je pourrai j'aimerai au moins apprendre à mieux connaître ma grand-mère, j'aimerais repartir à Londres la tête pleine de souvenirs et non le cœur rempli de regrets. Elle soupira. Même si c'est dur de se faire rejeter par sa famille, je suis prête, si c'est le prix à payer je le paierai quoi que cela m'en coûte.

Héraïs regarda Erine admirative, elle garda le silence se contenta de sourire en s'étirant à son tour avant de prendre la parole amusée :

— Tu n'en as pas l'air comme ça, à première vue on pourrait penser que tu es une personne fragile. Pourtant si on creuse un peu on se rendra très vite compte que tu es dotée d'une détermination de fer et crois-moi, il le faut. Elle se leva et alla s'asseoir sur le lit d'Erine.

— Quoi que tu décides je serai là je suis quand-même ton guide après tout. Elle rit.

— Oui c'est vrai merci encore pour tout Héraïs je ne sais pas ce que j'aurais fait sans ton aide.

— Mais il n'y a pas de quoi. Elle prit la main d'Erine dans la sienne. Je ne sais pas si c'est moi qui en prends l'habitude ou si c'est toi qui a fait du progrès en si peu de temps, mais j'ai l'impression que ton accent s'est vachement amélioré en l'espace de deux jours.

— Ah oui ? Je ne sais pas c'est plutôt bien non ?

— Oui mais ne change pas trop j'aime bien ton accent *British* et tes cheveux touffus.

Quand elle dit ça, elle regarda la grosse tignasse bouclée d'Erine avec envie. Comme j'aimerais tant avoir les mêmes.

— Ah... euh merci c'est gentil c'est sans doute l'héritage génétique de mon père. La beauté du métissage. Erine parut quelque peu gênée mais fit en sorte de le dissimiler à sa camarade de chambre et guide.

Quand elles eurent fini de papoter, elles partirent chacune à leur tour prendre leur douche avant de se rendre dans la salle commune pour le petit déjeuner. Elles furent accueillies par la Mère supérieure Boubanga et sœur Irma. Il y avait également Orphée qui esquissa un large sourire quand elles arrivèrent.

— Bonjour avez-vous bien dormi ?
— Quel enthousiasme Orphée. Fit remarquer Héraïs amusée. Oui nous avons bien dormi et toi ?
— Oui ça va merci et toi Erine ? J'espère que le son de la cloche n'a pas écourté ton sommeil ?
— Non ne t'en fais pas j'ai passé une agréable nuit, le matelas était très douillet merci beaucoup. Bonjour Mère supérieure Grace, bonjour sœur Irma. Erine s'adressa aux deux dames en faisant une légère révérence sous le regard amusé d'Orphée.
— Bonjour mon enfant tu peux juste m'appeler Mère Grace ça suffira et puis tu n'as pas besoin de t'incliner devant moi mon enfant, nous ne nous inclinons que devant Dieu, Père de toutes choses. Fit remarquer la quinquagénaire amusée.
— D'accord c'est noté Mère Grace.

— Bonjour Erine viens t'asseoir on ne va pas tarder à prendre le petit déjeuner vous avez eu un timing parfait. Poursuivit cette fois sœur Irma en indiquant une chaise libre.

Erine alla prendre place à la droite de la sœur Irma autour de l'immense table en bois. Elles dirent le bénédicité, prirent rapidement leur petit-déjeuner avant d'aller vaquer à leurs occupations. Sœur Irma décida de prendre Erine à part afin de s'entretenir avec elle, elles n'avaient pas eu le temps d'échanger hier sur le déroulement de ses recherches, elle voulait savoir si elles avaient été concluantes. C'est pourquoi elle lui proposa de faire une balade dans l'immense cour intérieur au milieu des innombrables pots de fleurs en céramiques.

— Alors ma chère Erine, et si on faisait le bilan de tes premiers jours à Nobag ? Comme tu trouves ce pays ? Est-il fidèle à l'image que tu t'en faisais avant d'arriver ici ? Est-il tel que tu l'imaginais ? Elle sourit en joignant ses sur ses cuisses.

— De ce que j'ai déjà pu voir... j'aime beaucoup, déjà il fait beau on est bien loin du panorama grisonnant de Londres c'est déjà un bon point. À cela s'ajoute le fait que les gens dans les rues paraissent plus heureux, il y a de la musique un peu partout, l'ambiance y est telle que nos pubs Irlandais auraient très bien pu pâlir de jalousie. Donc mon premier bilan s'annonce assez positive et je suis sûre que ce pays a encore bien de choses à me montrer. Elle parut tellement extasiée en parlant que ça fit sourire son interlocutrice.

— Je suis ravie que ce pays te plaise, après tout c'est également le tien. Tu verras, malgré ses innombrables manquements, ce pays a de très belles choses à offrir à ceux qui veulent bien et ce n'est pas par chauvinisme exacerbé que je le dis c'est vraiment le cas. Mais bon je l'avoue, du chauvinisme à petite dose, un chauvinisme édulcoré. Irma se mit à rire et Erine en fit autant.

— Je te comprends et je veux bien te croire de toute façon je le verrais bien j'aurai le temps pendant mon séjour.

— Je l'espère. Et sinon ? As-tu trouvé ce que tu cherchais ?

— Oui tu ne me croiras peut-être pas mais le second jour de nos recherches s'est très bien passé figures-toi que la première personne que nous interrogeâmes se trouvait être ma cousine, la fille de la sœur de mon père.

— Ah bon ? Mais c'est une très bonne nouvelle ça ! J'imagine que ça a été un choc pour elle et comment s'est passé la rencontre avec les autres membres de la famille ?

Erine se crispa, le silence s'installa, elle arrêta de marcher un moment. Elle baissa le regard. Irma comprit alors que quelque chose clochait. Elle se rapprocha d'elle et posa sa main sur son épaule et demanda d'un air inquiet :

— Erine ? Ça va ? Qu'est-ce qu'il y a ?
— Ça ne s'est pas passé aussi bien que je l'aurais souhaité sœur Irma, ma tante n'était pas très enchantée de me revoir et elle m'a dit des choses tellement dures si tu savais. Erine eut la gorge nouée par les émotions qui la submergèrent. Elle réprima un sanglot mais ne parvint malheureusement pas à refouler ses larmes.

Irma la prit dans ses bras et lui fit des câlins en caressant son dos tout doucement comme l'aurait fait sa mère en de telles circonstances. Erine posa sa tête sur son épaule et répondit à ses câlins. Quand elle eut repris ses esprits et qu'elle fut plus apaisée Irma reprit la parole.

— Tu sais ma fille, je vais te raconter mon histoire, peut-être que ça t'aidera.

Elle prit une grande inspiration avant de poursuivre :

— Ça n'a pas été facile pour moi également, ma naissance a été une succession de drames, mes parents ne voulaient pas de moi car j'étais albinos pour eux, j'étais la réincarnation d'un esprit, un mauvais présage aussi décidèrent il de me jeter dans une poubelle. Heureusement pour moi, une bonne samaritaine passa par là et me confia au couvent Saint Michel-Ange où je reçus l'amour, la protection et l'affection que ne pouvaient me donner mes géniteurs.

— En grandissant, j'ai également dû faire face aux moqueries, railleries durant tout mon cursus scolaire que ce soit à l'école primaire, au collège, au lycée et même à l'Université à Londres. J'ai même une fois était couverte de suie par un groupe de garçons à Londres car ils estimaient qu'en tant qu'africaine je devais absolument avoir la peau plus foncée, aujourd'hui encore certains me dévisagent lorsque j'arrive quelque part. Nous les albinos, avons naturellement des problèmes de peau et le soleil nous rend la vie impossible encore plus dans un pays tropical comme le nôtre à cela s'ajoutent tous les autres aléas dont je t'ai fait l'exégèse donc crois-moi, le rejet je sais ce que ça fait je l'ai vécu toute mon enfance.

— Les mots que t'a dit ta tante, poursuivit sœur Irma en prenant délicatement la main de son interlocutrice, sont souvent entendus par pas mal de personnes issues de la deuxième génération d'immigration comme toi, c'est-à-dire ceux qui comme toi sont nés et ont grandi hors de leur pays d'origine du moins le pays d'origine de leurs parents, ce pays parfois qu'ils connaissent peu, pas assez ou pas du tout.

Elle fit une pause et invita Erine à s'asseoir sur un banc de pierre couvert de mousse par endroit par le poids du temps. À côté, une fontaine de jardin offrait à ce cadre verdoyant une atmosphère idyllique. Erine vit un couple de moineaux qui faisait trompette dans la vasque pleine, ce spectacle lui fit doucement sourire. Elle rejoignit donc Irma sur le banc en s'essuyant délicatement à son tour. Elle essuya ses lunettes imbibées de ses larmes avant de plonger son regard sur celui de la religieuse.

— Le plus triste dans tout ça, poursuivit calmement Irma, c'est que ces mots sont souvent adressés par d'autres noirs, par d'autres africains, eux, étant issus de la première génération c'est-à-dire ceux qui sont nés au sein de la *terre mère*, qui y vivent et qui y ont grandi. Je ne les blâme pas, je ne condamne pas ta tante au contraire, Dieu dans son immense bonté nous apprends à faire preuve de compassion et de bienveillance envers notre prochain. Je crois que c'est justement parce qu'ils n'ont pas voyagé, qu'ils n'ont pas quitté le berceau de leurs origines pour s'ouvrir au monde que certains ont l'esprit aussi étriqué. Or, S'il est vrai que les différences existent entre les générations d'immigrants, cela devrait-il être un motif supplémentaire de discrimination ? Je ne le pense pas.

— Quand on ne se discrimine pas sur base du pays, de l'ethnie ou de la tribu, on le fait sur base de critères subjectifs comme le niveau d'intégration dans la culture des autres ou le lieu de naissance et d'éducation entre autres et je trouve ça vraiment dommage car ces contrastes, toutes ces différences ne devraient pas être des facteurs de discrimination mais de communion, de fraternité. Elle marqua une énième pause.

— T'es-tu déjà demandée ou sinon imaginée un seul instant à quoi aurait pu ressembler un arc-en-ciel s'il n'avait qu'une seul couleur ? Ou un martin pêcheur avec un plumage d'une seule couleur à la manière d'un corbeau par exemple ? À ce moment-là, les deux exemples que je t'ai cités ne te paraîtront-ils pas fades ? Ternes ? inintéressants ? Je crois savoir sans risquer de me tromper que la réponse à cette question est "OUI". Nous pouvons être africain, être né dans son pays et y vivre, sans pour autant maîtriser sa propre culture et être un exemple au niveau de l'identité et vice versa. On ne choisit pas son lieu de naissance, tout comme on ne choisit pas ses parents, on ne choisit pas non plus son éducation quand on est un enfant. Il en est de même de la polémique autour du cure chevelu assez récurrente ici, certains estiment que garder ses cheveux naturels reflète un certain encrage à notre africanité, ce que je trouve à mon humble avis complètement absurde.

— Mon enfant, ma très chère enfant, les temps ont changé. L'heure est désormais à la mondialisation c'est un phénomène qui est déjà en marche et même les plus réfractaires n'y pourront rien elle est le nouveau visage de l'aventure humaine, rien ne stoppe le progrès, comme disait déjà Henry Ford, « *Se réunir est un début ;*

rester ensemble est un progrès ; travailler ensemble est la réussite », tout ça pour dire qu'il serait judicieux pour tous de réfléchir à comment vivre ensemble tout en renforçant et préservant son identité et en sauvegardant ce qui est la quintessence profonde de chacun à savoir ses us, ses coutumes, ses traditions. Ça surprendra plus d'un ma façon de raisonner, notamment sur ce dernier point relatif aux us et coutumes, ces deux aspects qui font de nous qui nous sommes vraiment. Je suis de celles-là qui croient dur comme fer que nos traditions et ma foi chrétienne pour laquelle j'ai décidé de me vouer corps et âme ne sont en rien incompatibles.

Elle fit de nouveau une pause après sa tirade. Irma regarda tendrement Erine qui demeurait interdite après toutes les révélations qu'elle lui avait faites. Irma lui sourit avant de poursuivre.

— Je sais, je suis partie un peu dans tous les sens mais si tu t'en es rendue compte je veille à dire « *notre pays* » dans mes phrases car tu es ici chez toi quand bien-même certains pourraient penser le contraire.
— Waouh... je suis sans voix... ça a dû être difficile pour toi.

— J'en ai bavé en effet, mais aujourd'hui ça va je suis passée à autre chose. J'ai trouvé la paix intérieure entre ces murs, j'aide mon prochain, j'ai trouvé un but à ma vie c'est le plus important.

— Je comprends... Tu m'as conforté dans mon idée car moi aussi je ne comptais pas lâcher en si bon chemin, je compte bien revoir mes parents aujourd'hui j'aimerais beaucoup apprendre à les connaître c'est le but de ma présence dans ce pays.

— Oui tu fais bien tu veux que je t'accompagne ?

— Non ça ira Héraïs s'est proposée de le faire nous irons cet après-midi.

— D'accord et surtout n'hésite pas si tu as besoin de quelque chose, si quelque chose te chiffonne sache que je suis là, tout à l'heure je te montrerai mon bureau et ma chambre tu pourras venir me voir au moindre souci et tu n'hésites pas peu importe l'heure ma porte te sera toujours ouverte d'accord ?

— D'accord sœur Irma et encore merci beaucoup pour tout ce que tu fais pour moi.

— Mais je t'en prie ma fille. Alors tu veux bien faire la visite du couvent ? Car jusqu'ici les seules pièces que tu connais sont la cuisine, la salle à manger et la chapelle tu verras, il y a plein d'endroit sympas tu n'es pas au bout de tes surprises. Là par exemple nous sommes à l'endroit que je préfère le plus, ce banc proche de cette fontaine, au plein cœur de ce jardin verdoyant, de ses fleurs.

— Je crois que c'est également mon endroit préféré, j'aime la verdure, les grands espaces verts et la douce et légère mélodie émise par l'eau de la fontaine est un ravissement pour mes oreilles, elle est apaisante. J'ai hâte de faire la visite je te suis.

Les deux femmes se levèrent et poursuivirent leur marche à travers les murs de pierre du couvent Saint Michel-Ange.

La Congrégation des Sœurs de Saint Michel-Ange fut fondée en 1954 par le Père Basilio Walker, un missionnaire américain, qui, en 1996, un peu avant de mourir, la confia aux soins de l'abbé Mathieu De La Vega qui la confia par la suite à la Mère supérieure Grace Boubanga en 1996. Les activités du couvent étaient diverses et variées et réparties en trois branches principales : la branche orphelinat était sous la direction de la sœur Orowa, la branche bénévolat était confiée à la sœur Niva et enfin la branche soutien et visite aux personnes nécessiteuses était confiée à Irma.

Les journées au couvent se déroulaient comme suit : Celles-ci commençaient toujours par la prière du matin, Orphée, Amendjé et Nyanto sous la direction de le sœur Orowa se chargeaient de l'étude et du travaille au potager des orphelins recueillis par le couvent tandis que d'autres Sœurs s'occupaient de l'entretien de la Chapelle, du couvent et du jardin intérieur. La formation des novices et postulantes était à la charge de la Mère supérieure qui supervisait également toutes les trois principales branches d'activités. De manière générale, toutes les Sœurs du couvent pratiquent la couture, la broderie et pour celles qui disposaient en plus de la broderie, d'une fibre artistique à l'instar d'Héraïs, des ateliers de peintures étaient mis à leur disposition.

L'enseignement du catéchisme aux enfants était à la charge tantôt de le sœur Irma tantôt de la sœur Niva ou Orowa en fonction de la disponibilité de chacune. Les sœurs prenaient soin des personnes âgées à leurs maisons de retraite et visitent les prisonniers une fois par mois dans le but de les aider à se réinsérer dans la société une fois qu'ils bénéficieraient d'une remise de peine, de grâce présidentielle ou tout simplement à leur sortie quand ils auraient fini de purger leur peine.

Quand sœur Irma et Erine arrivèrent au bureau de la religieuse, Héraïs vint les rejoindre essoufflée, apparemment elle avait couru. Elle décida donc de s'accorder quelques minutes afin de reprendre son souffle.

— Excusez-moi sœur Irma, Erine il y a ta cousine qui demande à te voir.
— Pardon ? Fit Erine interloquée, elle échangea un regard hébété avec Irma avant de reporter son attention sur Héraïs.
— Euh d'accord je te suis. Elles partirent toutes les trois vers la chapelle où les attendait Ariane.

Quand elles arrivèrent, elles la trouvèrent assise dans un coin du jardin discutant avec un des enfants de l'orphelinat. Celle-ci se leva quand elle les vit arriver.

— Bonjour tout le monde. Elle sourit en venant se jeter dans les bras de sa cousine.
— Bonjour quelle heureuse surprise, que fais-tu là ? S'enquit Erine étonnée et heureuse en même temps de la revoir. Elles n'avaient pas eu l'occasion de se dire au revoir dans les règles la dernière fois qu'elles s'étaient vues.
— Bonjour mademoiselle, je suis la sœur Irma ravie de faire votre connaissance.

— Bonjour ma sœur, je suis également très enchantée de vous rencontrer et merci d'héberger ma sœur chez vous, Dieu vous bénisse abondamment. Ariane prit les mains de la religieuse dans les siennes avant d'y poser un baiser.

— Amen mon enfant.

Ariane se retourna vers sa cousine.

— Je suis venue te chercher pour aller faire un tour et reprendre là où on s'est arrêtée hier, nous n'avions pas fini d'en apprendre l'une de l'autre. Elle esquissa un sourire angélique.

— Oui tu as raison, ça tombe bien je comptais revenir vous voir aujourd'hui.

— Mesdemoiselles je vais prendre congé de vous, je vous confie donc Erine prenez soin d'elle et de vous.

— D'accord ma sœur. Répondirent en chœur Héraïs et Ariane, elles s'échangèrent un regard amusé avant de pouffer de rire.

Elles sortirent donc de la cathédrale, montèrent dans le véhicule d'Ariane et partirent à la conquête de *Slavecity*. Ariane les emmena dans un endroit très prisé de la capitale, un *lounge* au bord de mer. Elles commandèrent des rafraîchissements et discutèrent.

— Alors sœurette, parle-moi de toi, parle-moi de mon tonton que je n'ai jamais vu et que j'espère voir un jour en venant à Londres qui sait ? Ariane était enthousiasmée à l'idée de faire plus ample connaissance avec cette cousine dont elle ignorait l'existence soixante-douze heures auparavant.

— Par où pourrais-je commencer ? *Erine posa son menton sur sa main pensive.* Disons que je suis la cadette d'une fratrie de trois enfants, il y a ma sœur aînée Siana, tu vas l'adorer elle est très sympa et presqu'aussi drôle que toi. Puis, notre grand frère Winston que notre mère a eu en premières noces. Tout le contraire de Siana, il est grincheux mais je l'aime quand-même. De nous trois je suis la seule qui vit encore sous le toit de nos parents. On a un duplex dans un quartier Londonien. Siana et Winston quant à eux, ont chacun leur appartement mais on se retrouve souvent à passer les week-ends ensemble quand nos agendas nous le permettent.

— Non pinces-moi je rêve ! tu plaisantes ? Siana c'est le deuxième prénom de maman, quelle merveilleuse coïncidence. J'espère les voir un jour. *Elle fit une pause au cours de laquelle elle esquissa un sourire espiègle à l'endroit de son interlocutrice.* Et sinon toi ta vie qu'est-ce que tu fais ? Sentimentalement tu en es où ?

Erine rougit à la suite des questions que venait de lui poser sa cousine, elle esquissa un sourire gêné.

— Je travaillais au sein d'une banque de notre famille puis j'ai démissionné. Je n'étais pas à ma place ; désormais, je suis *Barrister*. C'est l'équivalent d'avocat dans le système judiciaire romano-germanique, j'ai intégré le barreau Londonien il n'y a pas longtemps.

— Félicitations une avocate dans la famille c'est une très bonne nouvelle ! Ça mérite un toast allez levons nos verres et trinquons à ça ! S'extasia Ariane sous les regards amusées d'Erine et Héraïs qui s'exécutèrent.

— Et niveau sentimental ? S'enquit Ariane malicieuse faisant, par la même occasion, avaler à Erine de travers son vin blanc.

— Je suis célibataire. Put-elle répondre entre deux quintes de toux. Ma vie est un immense condensé de remise en question et de quête permanente. Je ne crois pas qu'un homme dans ma vie actuellement soit une bonne idée. Erine parut embarrassée. Poursuivit-elle presque dans un soupire.

— Je comprends. Mais d'un autre côté, il pourrait être un soutien pour toi tu ne l'avais pas envisagé comme ça ? Mais bon... J'en parle mais je ne suis pas la mieux placée pour te faire des reproches, étant mère célibataire. Ariane avala une gorgée de sa coupe de vin blanc avant de poursuivre.

— Moi comme je disais déjà, je suis une mère célibataire. Mon fils a six ans, c'est ma joie et ma fierté. Je travaille dans une entreprise d'évènementiel et j'espère, dans un futur proche, travailler à mon propre compte et ouvrir ma propre boite.

— C'est un milieu que je ne connais pas beaucoup tu m'excuseras si je te parais un peu larguée.

— Mais non voyons, il n'y a pas de mal.

— D'accord... ça te plaît ? Et comment s'appelle ton fils ? J'aimerais bien le voir lui et tout le reste de la famille même si, je doute fort que tata Ayèla ait le même enthousiasme que moi. Erine parut triste tout à coup.

— Oui je n'ai pas à me plaindre c'est un milieu que j'aime beaucoup. Pour ce qui est de la rencontre avec mon fils bien sûr que tu le verras. *Elle but une autre gorgée de sa coupe de vin.* Après notre petite vadrouille d'aujourd'hui nous irons à mon appartement comme ça tu pourras voir où j'habite et tu en profiteras pour le rencontrer par la même occasion ; on fera d'une pierre deux coups. Il se prénomme Yami ce qui veut dire « *ce qui est à moi, ce qui m'appartient* » en langue *Hunup*[22], c'est l'ethnie à laquelle on appartient.

— C'est bon à savoir merci d'enrichir mon vocabulaire.

— Mais je t'en prie je suis là pour ça. Elle répondit au sourire enjoué de sa cousine en l'agrémentant d'un clin d'œil. Pour maman, ne t'en fais pas va ça lui passer tu as déjà regardé le film d'animation *Lilo & Stitch* ?

— Euh... oui je crois... mais les souvenirs sont assez lointains. Erine fronça les sourcils perplexe.

— Ce n'est pas grave. En fait, il y avait un passage sur l'importance de la famille, la base de toute société, l'atome de tout individu, le commencement. Ce passage était le suivant : « ***Ohana*** *veut dire famille et* ***Famille*** *signifie que personne ne doit être abandonné, ni oublié* » et ça vaut pour toi également tu es de la famille alors crois-moi quand je te dis que ça ira. Ariane lui

---

22 Ethnie fictive.

sourit, ce sourire l'apaisa, elle reprit confiance et répondit chaleureusement à ce sourire si gracieux, rempli de tant de bienveillance qu'elle en fut émue.

— J'ai tellement de chose à apprendre et ce prénom attribué à ton fils est bien trouvé. Erine sourit émerveillée par tant d'informations sur ses origines.

Le monde ne mourra jamais par manque de merveilles, mais uniquement par manque d'émerveillement. Et dans le monde qu'elle était en train de construire, l'émerveillement y avait une place de choix.

Une heure environ s'écoula, les trois demoiselles décidèrent de partir. Elles firent le tour de la ville, visitèrent les endroits historiques tels que le vieux port autrefois haut lieu du débarquement des esclaves lors de la sombre époque de l'esclavage. Comme à son habitude, Erine prit des photos de tous ces lieux visités. Elles se rendirent enfin chez Ariane.

Celle-ci louait un appartement dans un des rares quartiers chics de la commune, *Oulis*.

C'était un bel appartement, bien équipé, bien rangé. Ariane avait du goût en termes de décoration c'est pourquoi Erine et Héraïs purent voir des toiles accrochées aux murs, les pots de fleurs posés par endroit donnaient une touche particulière à l'ensemble.

— Je vous en prie entrez et faites comme chez vous. Ariane les indiqua la salle de séjour où Yami était en train de regarder la télévision avec un jeune homme dont le visage parut assez familier à Erine et pour cause, c'était le garçon qu'elle avait vu en arrivant au terrain familial hier.

— Je crois savoir que tu connais déjà mon petit frère, le dernier enfant de maman.

— Nous nous étions vus hier au terrain familial si je ne m'abuse. Bonjour. Erine se dirigea vers lui et lui tendit la main toute souriante.

— Bonjour. Il tendit également la main avant de répondre à son sourire.

— C'était quoi ton prénom s'il te plaît ? S'enquit Erine en s'asseyant sur le coussin.

— Eyè toi c'est Erine n'est-ce pas ? Enchanté.

— Oui c'est ça je suis ravie de te rencontrer, vraiment ravie. Erine sourit.

— Moi aussi. Je suis vraiment navré pour la réaction de notre mère hier... Commença Eyè gêné.

— Mais non ne t'en fait pas, c'est déjà oublier ne t'en fais pas pour ça. Elle sourit.

— Yami vient que je te présente à ta nouvelle tata. Le petit garçon s'avança timidement vers sa mère le pouce à la bouche.

— Je te présente tata Erine c'est la fille de ton grand tonton qui vit loin dans le pays des blancs. Dit Ariane amusée en caressant la tête de son fils. Va donc lui dire bonjour mon chéri.

Le petit garçon s'exécuta, Erine le prit dans ses bras avant de le couvrir de baisers sur les joues et le front. D'abord intimidé, mais finit par s'y habituer au bout de quelques minutes. Il fit des câlins à Erine, caressant au passage sa coupe de cheveux afro.

— Il est trop chou ton fils. Il est gentil et très mignon je trouve qu'il te ressemble beaucoup. Dit Erine extasiée.

— Je confirme il est très mignon tu as fait du bon boulot. Renchérit Héraïs amusée en caressant à son tour les joues du jeune homme.

— Merci les filles c'est gentil.

Puis elles discutèrent de tout et rien comme une bande de copines qui se connaissaient depuis toujours.

Ariane prit et Erine se dirigèrent vers la cuisine pour préparer le repas, les deux sœurs avaient deux décennies de potin à rattraper et elles allaient se donner à cœur joie. Même si c'était loin d'être l'activité favorite d'Erine, elle se prêta au jeu. Héraïs resta dans la pièce de séjour avec Eyè et Yami ils firent connaissance également de leur côté.

Pour l'occasion, Ariane fit un des plats typiques de l'ethnie à laquelle appartenait la famille. C'était un plat de légume fait à base de crevettes séchées, du piment, une huile rougeâtre et du poisson fumé. Comme accompagnement, Ariane opta pour du manioc et bien évidemment elle prit le soin d'expliquer chaque étape à Erine ainsi que le nom de chaque ingrédient.

La *néo-nobagaine* était émerveillée par les effluves alléchantes qui emplirent bientôt la cuisine mais aussi et surtout par la diversité culinaire que pouvait receler l'ethnie de son père, son ethnie et par extension les autres ethnies de Nobag. Elle était ravie, c'était aussi à cause de ça qu'elle avait effectué ce voyage, découvrir ces saveurs et cette richesse culinaire du terroir qu'on ne trouvait nul autre part ailleurs.

Erine observait avec beaucoup d'admiration Ariane, la dextérité avec laquelle elle coupait les oignons, la souplesse de son poignet quand elle remuait la mixture dans la marmite elle le fit d'ailleurs remarquer.

— Tu es un véritable cordon bleu j'aimerais tellement apprendre à cuisiner ces plats avec autant d'aisance et de dextérité que toi ça a l'air tellement bon je suis toute excitée à l'idée de goûter.

— Question d'habitude, avec un peu d'entraînement tu verras que tu seras aussi meilleure que moi. « *La cuisine est l'art de comprendre le subtil mariage des aliments afin d'engendrer une odeur mais aussi et surtout un goût inoubliable* ».

— Je suis entièrement d'accord avec toi. Acquiesça Erine enjouée.

Quand le repas fut prêt, elles se rendirent dans un coin de la salle de séjour, s'installèrent sur la table et dînèrent dans la joie et la bonne humeur.

Il était 16 heures quand Ariane, Héraïs et Erine prirent le chemin du terrain familial. Erine appréhendait, comment allait réagir sa tante ?

Café au lait

Chapitre IX

Les blessures invisibles

Les trois demoiselles partirent donc rendre visite à la famille Ngolo comme le souhaitait Erine bien que cette deuxième visite l'angoissait au plus haut point. Cette dernière n'avait émis aucun son de sa bouche demeurée close tout le long du trajet.

Elle se contenta de contempler le paysage le regard vide. Pourrait-elle encaisser une seconde salve d'injures et de paroles acerbes? Serait-elle assez solide pour encaisser une nouvelle déferlante de haine ? Elle le saura quand elle y sera. Mais pour l'heure, le véhicule qui les transportait était arrivé dans le quartier.

L'endroit étant impraticable en voiture, Ariane stationna plus loin et elles poursuivirent le trajet à pied. Elles arrivèrent à la maison et virent Hamaya qui jouait aux échecs avec une de ses amies.

— Bonjour ! Dirent Erine et Héraïs en chœur.

— Bonjour ! Répondirent les deux filles surprises.

— Tu es toute seule ? Ariane s'approcha de l'amie de sa cadette pour la saluer.

— Non, mamie est à l'intérieur probablement en train de tricoter.

— Et Maman ?

— Elle s'est absentée un moment une affaire urgente selon ses dires.

Erine fut soulagée par cette réponse, elle lâcha la pression et soupira furtivement.

— D'accord. Tu viens Erine ? On va voir mamie.

— Je te suis.

— Je vais vous attendre ici à la terrasse je vais en profiter pour apprendre les bases du jeu d'échecs avec ta sœur si ça ne la dérange pas bien sûr ?!

— Bien sûr que non ! Mais je t'en prie viens donc t'asseoir. Hamaya tapota la chaise plastique à sa droite afin d'inciter la religieuse à leur rejoindre.

— Merci c'est gentil. Elle s'assit avant de reporter son attention sur Erine. J'imagine que tu as beaucoup de choses à dire à ta grand-mère je vais vous laisser toutes seules.

— D'accord Héraïs, merci encore, merci beaucoup. Erine la tint par la main avant de sourire.

— Mais je t'en prie à tout à l'heure.

Elle s'engouffra donc dans la maison. Erine trouva Tsaya sa mamie assise sur un fauteuil, lunette accrochée au bout du nez, les yeux fixés sur sa pelote de laine et ses crochets.

— Bonjour mamie. Dit Ariane enjouée en allant lui faire des câlins.

— Ah c'est toi Endo bonjour. La vieille dame prit sa petite fille dans ses bras avant de se crisper en voyant Erine dans son dos.

— Euh... bon... bon... bonjour madame. Dit timidement Erine.

Elle avait une envie irrépressible de se jeter dans les bras de sa grand-mère mais elle se retint, par gêne, mais surtout par peur d'être une nouvelle fois rejetée même si lors de sa première visite la vieillarde ne lui avait aucunement parut hostile. Aussi jugea-t-elle de rester là, debout à quelques mètres de Tsaya qui la regardait émue.

— Approche mon enfant n'ai crainte. La vieille dame tendit les bras.

Erine regarda tour à tour Ariane et sa grand-mère, elle hésitait mais le regard chaleureux qui lui lança Ariane la rassura quelque peu. Cette dernière lui fit signe de la tête pour l'inciter à se rapprocher. Erine s'exécuta, elle se rapprocha lentement, timidement de la matriarche avant de plonger dans ses bras.

Elles s'enlacèrent pendant un long moment, Erine commença à pleurer, Tsaya fit couler des larmes en serrant très fort contre elle cette petite fille qu'elle avait toujours, au plus profond de son être, voulu voir, toucher, sentir contre elle avant de rejoindre le royaume des ombres, avant son grand voyage sans retour.

Devant tant d'effusion de tendresse et de larmes, Ariane qui était de nature très émotive et sensible ne put s'empêcher de faire couler des larmes d'allégresse à son tour. Quand elles purent enfin reprendre leurs esprits, Tsaya invita Erine à s'asseoir à côté d'elle, Ariane leur proposa une limonade préparée par ses soins.

Tsaya plongea son regard dans les yeux verts de cet être cher à son cœur qu'elle touchait et pour ainsi dire voyait en chair et en os pour la première fois après plus de deux décennies. Elle prit ses mains dans la sienne tandis qu'avec sa deuxième main elle commença à caresser le visage d'Erine qui se laissa faire.

Elle fit glisser ses doigts sur chaque courbe de son visage, en passant par son nez, ses yeux. Elle glissa ses doigts dans les cheveux bouclés de sa petite fille. On aurait dit qu'elle tenait à immortaliser ces courbes dans sa mémoire tactile mais aussi visuelle car elle ne l'avait pas quitté des yeux depuis qu'elle avait franchis le seuil de la porte.

— Comme tu es belle mon enfant... je suis la femme la plus heureuse de la terre j'ai tellement rêvé de ce jour où je pourrais enfin te serrer contre moi.

Elle marqua une pause au cours de laquelle elle posa sa main sur la joue d'Erine. Tsaya espérait faire durer cet instant le plus longtemps possible ; son corps, son être entier était parcouru de cette chaleur douce et légère. Elle était reconnaissante envers ses ancêtres, envers les forces de la nature, envers ces forces qui transcendent l'entendement humain et qui avaient permis que cette rencontre tant espérée ait enfin lieu. La seul fausse note dans cette symphonie de bonheur fut l'absence de son cher et tendre, qui, contrairement à elle, n'avait pas eu droit à ce privilège.

— Je sais tu dois avoir plein de questions j'y répondrai volontiers mais pour l'heure laisse-moi encore te contempler un moment... ma petite fille, ma tendre et belle petite fille. Tsaya sourit émue.

— Je suis également heureuse de te connaître mamie... Puis-je t'appeler mamie ?

— Mais bien sûr, tu es ma petite fille, chair de ma chair, sang de sang.

— D'accord mamie... j'ai longtemps rêvé de ce jour, ce jour où je rencontrerai ma famille, la famille de mon père, il a toujours été assez réticent d'ailleurs à l'idée de me parler de vous et le fait que je puisse vous rencontrer un jour était source de tension entre lui et moi il ne sait même pas que je suis ici.

Erine marqua une pause, la voix tremblante, submergée par l'émotion elle contempla sa grand-mère les yeux scintillants.

— Pour lui je participe à une mission humanitaire quelque part en Afrique mais certainement pas ici avec vous... s'il savait, il le prendrait probablement très mal. Elle soupira. J'avais besoin de vous voir ça en devenait presque vital, sans vous, sans vous rencontrer, j'avais l'impression d'être incomplète, j'avais l'impression qu'il manquait une partie de mon être, j'avais l'impression que j'avais un vide et il fallait absolument que je le comble. Et en venant ici, en vous rencontrant, je crois l'avoir comblé même si j'ai encore beaucoup à apprendre de vous tous ; même de ma tante bien qu'elle ne fut pas très heureuse de me voir la dernière fois. Conclut tristement Erine en baisant le visage.

— Je te comprends mon enfant, ne sois pas triste. Tsaya releva la tête d'Erine en la tenant par le menton. Je m'excuse pour la manière dont ma fille, ta tante t'a accueilli, mais je t'en prie ne lui en veux pas quand je t'aurai expliqué tu comprendras.

— Je ne lui en veux pas mamie... Ce n'est pas sa faute. Au fond de moi je la comprends.

— Tu as bon cœur c'est bien... Maintenant que je te regarde de plus près je constate que tu as le même nez que ton père ainsi que ses fossettes.

— Ah bon ? c'est la première fois qu'on me le dit. Erine sourit.

La grand-mère prit un air grave avant de soupirer. La gorge nouée elle prit la parole :

— Je vais t'expliquer, je vais te dire tout ce que tu as besoin de savoir sur cette famille, sur ta famille, tu sauras pourquoi ton père n'a jamais voulu te parler de nous, de son passé et la cause de son voyage pour l'Europe.

La vielle Tsaya prit un air grave, elle ferma les yeux un moment avant de les rouvrir et de regarder sa petite-fille Erine, elle lui sourit.

— Tout commença bien des années avant ta naissance...

* * * * * * * * *

Slavecity 24 mars 1977

Awuta Ngolo, ton grand-père, sortit de la maison se dirigea d'un pas pressant au quartier *Akoala*, siège de son parti politique qui, du reste, était l'unique parti que comptait le pays aux mil plaines, c'est ainsi que les colons surnommèrent Nobag à cette époque. C'était un membre actif et influant du parti, il en était le secrétaire général. Aujourd'hui devait se tenir la célébration du septième anniversaire dudit parti.

La politique étant une affaire d'hommes, c'est pourquoi quand son fils François, ton père, eut atteint sa vingtième saison, il estima qu'il était temps de l'emmener avec lui à ses rencontres politiques et d'y l'initier très tôt dans l'espoir sans doute, qu'il prenne la relève plus tard.

Awuta, ton grand-père, maîtrisait avec maestria l'art de la rhétorique, il avait compris bien très tôt, tout paysan qu'il était, que pour se hisser jusqu'au soleil, il lui fallait, comme Hercule et le lion de Némée, dompter cet art, avoir une langue affûtée dont les paroles chirurgicalement choisies touchaient presque toujours le cœur des gens à qui elles étaient destinées telles les flèches de *Guillaume Tell*[23] qui jamais ne rataient leur cible.

Il excellait tant est si bien dans l'art oratoire qu'il ne tarda pas à gravir les échelons du parti jusqu'à occuper le poste qui lui était dévolu aujourd'hui. Le discours politique était destiné à donner aux mensonges l'accent de la vérité, à rendre le meurtre respectable et à donner l'apparence de la solidarité à un groupe d'individus désœuvrés et séparés par des clivages qui, à bien des égards, avaient été créés et entretenus par le système et ça aussi mon mari l'avais compris. J'étais une femme, bien que n'approuvant pas ce choix quant à son investissement dans ce qui s'assimilait plus à une fausse aux lions, je décidai de garder le silence contre mon gré. Mon rôle en tant que campagne se limitait à m'occuper du foyer,

---

23 Héros légendaire des mythes fondateurs de la Suisse. Son histoire est évoquée pour la première fois dans le livre blanc de Sarnen et dans le Tellenlied.

éduquer nos enfants et de temps en temps, être cette oreille attentive qui écoutait et cette sagesse qui conseillait quand les choses ne se passaient pas comme il le souhaitait.

Ma fille, sœur jumelle de ton père, donc ta tante, quant à elle, restait à la maison avec moi, c'est là qu'était également sa place quand elle n'était pas à l'école. Place assez privilégiée compte tenu de l'époque, dans les années 70, la place des filles fussent t'elles en milieux urbains ou ruraux, étaient dans les champs ou auprès de leurs mères à veiller sur le foyer ou apprendre les bonnes manières en prélude à leur mariage proche ou lointain.

Tous se passa bien, les années défilèrent au rythme des saisons, nous ne manquions de rien. Mais François devint de plus en plus réfractaire à l'idée d'œuvrer dans la manipulation d'un peuple qui n'avait rien, peuple qu'on berçait avec des vaines promesses. Il estimait que ceci n'était pas juste, il estimait mériter meilleur destin et il croyait que c'était également le cas pour son père. Il fit part de son opinion à ce dernier qui, tu dois t'en douter, n'approuva pas le comportement de son fils.

À compter de ce jour, les rapports entre eux

devinrent quelque peu tendus. Ils se disputaient tout le temps, voulurent en venir aux mains plusieurs fois n'eut été Ayèla et moi qui nous interposions à chaque fois à nos risques et perils manquant au passage de prendre des coups en plein visage. Était-ce le déni ? Ou tout simplement mon compagnon qui se plaisait dans les privilèges modiques que lui procurait sa position au sein du parti inique qui bien qu'unique, était loin de faire l'unanimité dans le cœur des Nobagains ? Je n'eus pas de réponses à cette époque et aujourd'hui avec du recul, je me dis que c'était probablement la deuxième hypothèse.

Ton père décida d'aller en Angleterre à la recherche d'une vie meilleure comme tous les autres Nobagains de son âge qui idéalisaient l'Europe perçu comme le paradis terrestre, le dernier Eden. François tenait coûte que coûte à mettre une distance entre lui et le monde politique dans lequel il avait été traîné un peu contre son gré et auquel il tenait aujourd'hui à se détacher de toutes ses forces. L'autre raison était qu'il désirait aussi s'éloigner de son père. Il prit donc le chemin de l'Europe le 5 mars 1980, il avait vingt-neuf ans.

Les années passèrent et avec elles, un vent de pensée qui allait bientôt ébranler l'ordre établie. Nous étions dans les années 90 et partout dans chaque bas-fonds de la république, des voix dissidentes se firent entendre avec insistance, comme dit le diction, « *à force de tirer sur la corde, elle finit par rompre* ». Des émeutes éclatèrent un peu partout dans le pays, la nouvelle génération plus consciente et instruite avait soif de changement, de justice, le monopartisme vivait ses dernières heures de gloire.

Comme en 1789 en France, les privilégiés du régime et de la république furent pris pour cible à la chute du régime, ton grand-père Awuta, figure du parti politique déchu fut pris à partie par des manifestants en colère, il faillit perdre la vie ce jour-là n'eut été la compassion de certains contestataires. Il n'eut aucun soutien de ses anciens collaborateurs qui préfèrent mettre leurs familles à l'abri ou se terrer dans l'arrière-pays en attendant que le vent tourne et que les choses reviennent à la normale. Il mourut de ses blessures quelques mois plus tard dans l'indifférence des membres d'un parti auquel il avait consacré sa vie.

Ayèla ne comprit pas l'abandon de son frère qui n'avait même pas daigner se rendre au chevet de son père pour les derniers heures qu'il devait passer dans ce monde d'ingrats, leur père leur appris le *Ohana*, ça voulait dire que personne ne devait être abandonné, ni oublié au sein de la famille, quelles que furent les divergences, les querelles, la famille était sacrée et se plaçait au-dessus de tout ça. Depuis ce jour-là, Ayèla estima que son frère était mort en même temps que son père, si François n'avait pas pu surmonter ses divergences d'opinions et respecter les dernières paroles de leur paternel mourant, elle ne voyait pas pourquoi elle serait la seule à respecter ce précepte sacré avec lequel ils avaient pourtant grandis tous les deux. Je ne perdis donc pas qu'un mari ce jour-là, je perdis également une fille, un fils, une famille.

Le temps s'écoula allègrement et un soir, je reçus la lettre de mon fils. Il me fit part de son mariage, de la naissance de sa première fille et qu'elle portait le nom de sa grande sœur Siana. Il avait certes mis une croix sur sa terre natale mais il n'en avais pas pour autant oublier sa famille. Sachant la haine que lui vouait sa sœur, il me fit promettre de garder le silence sur le fait que nous étions en contact. J'acceptai.

Je me dis qu'ils finiraient un jour par se

retrouver, se réconcilier, j'avais bon espoir qu'au fond de leur cœur le *Ohana* existait encore, qu'il n'était pas encore complètement mort. Nous échangions d'abord par le biais de lettre, puis les enfants d'Ayèla m'initièrent à la technologie, je devais évoluer avec mon temps. Nous communiquions désormais par téléphone portable et ce en toute discrétion. C'est comme ça que j'appris ta naissance, il m'envoyait chaque photo de toi, de vous, de vos naissances, tous vos anniversaires respectifs jusqu'à ce jour.

Tsaya se tut. Elle avait le regard plongé dans le vide, comme si elle était submergée par ses souvenirs d'antan qu'elle croyait perdus à jamais dans les abysses de sa mémoire devenue vacillante avec le poids des ans. Elle se servit du pan de sa robe large en tissu et s'essuyer les yeux où on pouvait voir perler quelques larmes.

— Voilà mon enfant, maintenant tu comprends pourquoi j'étais si émue de te voir devant moi, c'était un rêve qui devenait réalité, je priais chaque soir pour ne pas quitter cette terre des vivants sans avoir vu l'une de vous deux de mes propres yeux maintenant que c'est chose faites, je pourrais partir l'esprit tranquille.

Des larmes coulèrent de nouveau de ses yeux ridés avant de s'écouler le long de ses joues creuses, Tsaya se servit cette fois de son mouchoir pour s'essuyer, essuyant au passage du revers de sa main les joues d'Erine qui avait écouté religieusement son récit en étouffant des sanglots.

— J'espère que tu comprends mieux la colère de ta tante qui, en réalité, ne t'est pas destinée. J'espère vraiment que vous pourrez vous parler et apprendre à vous connaître. Laisse-lui un peu de temps ça n'a pas été facile pour elle, ton père et elle avait une relation plutôt fusionnelle avant que ce drame ne survienne et je crois que ça lui a brisé le cœur de couper les ponts avec lui.

— Je comprends mamie et j'espère... je l'espère de tout mon cœur qu'ils se réconcilieront un jour et qu'on pourra un jour être tous réunis ici, dans ce hameau familial. Erine sourit en prenant les mains de sa grand-mère dans les siennes.

Erine se rendit compte que son père, comme elle, voulut s'extirper de la cage dans laquelle on avait voulu l'enfermer. Comme elle, il avait décidé de sortir des sentiers battus et suivre sa propre voie. C'est pourquoi, elle ne comprenait pas pourquoi il avait tant de mal à accepter ses choix ; se rendait-il compte qu'il était en train, peut-être inconsciemment, de répéter les erreurs de son regretté père ? Erine n'eut pas la réponse à cette question existentielle peut-être l'aurait-elle à son retour à Londres.

"Nos blessures nous apprennent des choses, elles nous rappellent d'où on vient et ce que l'on a surmonté, elles nous apprennent ce que l'on doit éviter à l'avenir. C'est ce que l'on aime penser, mais ça ne se passe pas toujours comme ça. Il y a certaines choses que l'on doit apprendre et réapprendre encore et encore"

Chapitre X

La fille prodigue

Erine fit un rêve, elle se trouvait quelque part, un endroit où elle n'avait jamais mis les pieds auparavant mais qui, en observant certaines bâtisses, certaines rues, ressemblait étrangement à un savant mélange de Londres et Slavecity. C'était ça la particularité des rêves, ils permettaient à l'œil de voir des choses de façon plus certaine qu'il ne les voyait par l'imagination durant la veille.

Dans ce rêve, elle assistait à un contrôle d'identité, les policiers étaient très violents ils molestaient un monsieur qui hurlait de douleur parce qu'ils le malmenaient, elle voulut intervenir mais se ravisa car les policiers étaient blancs et l'homme qu'ils malmenaient aussi. Elle décida donc de s'éloigner de la scène. Ceux-ci finirent par remarquer sa présence et ils l'interpelèrent avant de lui demander sa carte nationale d'identité. Sans broncher, elle s'exécuta, ils lui firent une remarque sur ses cheveux avant de rire de leur blague, Erine demeura placide en rangeant sa carte d'identité dans la poche de sa salopettes et entreprit de poursuivre sa route.

L'un d'eux lui dit que si elle ne trouvait pas la blague drôle c'est parce qu'elle ne comprenait pas car elle avait une cervelle de moineau. Elle n'y prêta guère attention estimant cette remarque trop puerile pour qu'elle y accorde du crédit.

Vexés par son indifference, ils la suivirent et commencèrent à l'injurier. Erine ne réagit pas, elle avait appris très tôt que *la bave du crapaud, jamais n'atteignait pas la blanche colombe.* Ce qui exaspèra advantage l'un des hommes qui, excédé par son indifférence, la retint par le pan de son tee-shirt qui se déchira sous la pression. Elle se retourna spontanément et lui assèna une claque d'une violence inouïe en plein visage. C'est alors que trois de ses collègues arrivèrent vers eux pour savoir ce qu'il en était, sans demander son reste, Erine partit en quête d'un commissariat pour porter plainte pour contrôle de faciès et violence policière.

Curieusement, elle n'en trouva aucun et en marchant elle arriva dans un endroit, dans un sorte de ghetto où elle vit des jeunes gens qui commencèrent à lui lancer des cailloux sans toutefois que ceux-ci parviennent à l'atteindre. En s'éloignant, elle arriva bientôt à un endroit plus calme. Elle vit un jeune homme se faire insulter par une jeune femme, c'était semble-t-il, son ex petite amie. Le jeune homme était métis. Erine passa à côté de lui et lui tint instinctivement la main. Ce jeune homme lui était pourtant inconnu mais elle eut de paroles bienveillantes et rassurantes pour lui, elle lui dit de ne point tenir compte de ce que la jeune demoiselle lui disait. Il sourit, sans doute ému par tant de bienveillance et de gentillesse, ce dernier lui proposa d'aller boire un verre, elle accepta.

En marchant, Erine constata que les sandales en cuire qu'elle portait avaient cédé le jeune homme lui proposa de l'accompagner chez lui car il pouvait la dépanner, il était cordonnier. Une fois arrivés, il la présenta à sa famille et une vieille dame arriva c'était apparemment sa grand-mère. Très émue à la vue de cette jeune fille que le hasard avait placé sur le chemin de son petit-fils. Elle se raprocha d'Erine et lui dit qu'elle lui faisait penser à son fils décédé.

C'est sur cette dernière parole qu'Erine se réveilla. Même si elle l'avait vu en songe, Erine comprit que son subconscient avait décidé de lui montrer cette scène qui l'avait longtemps marqué dans la vraie vie.

Elle avait alors seize ans, elle sortait de son lycée quand elle fut contrôlée par des policiers qui l'humilièrent en lui tirant les cheveux tout en la traitant de tous les noms d'oiseaux. Elle croyait avoir oublié cette partie de son existence ou était-ce le rejet de sa tante, chair de sa chair qui avait ravivé ce souvenir douloureux ? N'était donc chez elle nulle part en ce bas monde ?

À Londres certains refusaient son « *Européanité* » prétextant qu'elle était trop bronzée pour ça. Alors, elle avait cru bon de chercher le réconfort auprès de cette communauté qui, comme elle l'avait toujours pensé, l'accueillerait à bras ouverts d'autant plus que contrairement à d'autres dans son cas, elle n'avait jamais nié ou rejeté cette part d'elle.

Seulement voilà, elle se heurta de nouveau à un mur, elle goûta de nouveau à ce rejet. À Nobag certains lui refusèrent également cette dernière parcelle de son être, ce qui faisait d'elle une personne complète : son

« *Africanité* » car ils estimaient qu'elle avait une couleur de peau bien trop claire pour être une vraie *Kamite*. Alors oui, Erine se questionna, fit une introspection, elle en vint malheureusement à penser qu'elle n'était chez elle nulle part et c'était un mal qui l'avait toujours rongé mais dont elle n'avait jamais fait part à quiconque. De toute façon, celle qui écoutait les gens c'était elle; elle était l'invisible à qui tout le monde faisait part de leurs soucis. Une éponge émotionnelle qui absorbait toutes les peines sans rechigner. Celle qui rassurait, avait toujours une parole réconfortante et bienveillante envers autrui.

Erine soupira, elle sourit, comme à son habitude, elle sourit en repensant aux paroles de sœur Irma qui, comme elle, avait longtemps vécu avec cette sensation de n'être chez elle nulle part et aujourd'hui elle vivait avec, elle se sentait mieux.

Elle passa ses mains moites sur son visage blafard avant de descendre de son lit, se dirigea vers la fenêtre et écarta les rideaux pour recevoir sa dose quotidienne de rayons de soleil. S'étirant de tout son long, elle revint bientôt vers son lit où elle s'y laissa choir, les yeux rivés sur le plafond. Elle repensa avec nostalgie à son séjour "*clandestin*" à *terre mère.*

*　*　*　*　*　*　*　*　*　*

Erine rejoignit le couvent ce jour-là, toute émoustillée. Les révélations de sa grand-mère Colette Tsaya la mirent dans tous ses états, de la confusion, à la tristesse en passant par la colère face à la méchanceté des hommes qui n'hésitaient pas à utiliser leurs semblables.

Ayèla arriva et les trouva en train de s'enlacer, elle ne dit mot et se contenta de se rendre dans sa chambre et n'en ressortit pas jusqu'au départ d'Erine. Apparemment elle n'était pas encore prête à faire table rase du passé. La blessure, semble-t-il, n'avait pas encore cicatrisé. Déçue, Erine prit congé des siens en compagnie d'Ariane et Héraïs en promettant toutefois de revenir jusqu'à son retour à Londres. C'est ainsi que la *néo-nobagaine* passait son séjour entre les activités du couvent, les balades avec ses cousins, ses moments privilégiés avec sa mamie qui était une véritable source de sagesse.

La vieillarde l'enseigna tout un tas de choses sur non seulement la famille mais sur la vie en général notamment la vie à Nobag, ses regrets, ses échecs, ses réussites, ses rêves dont celui qui la tenait le plus à cœur : le *Ohana* qu'elle aimerait que les siens perpétuent même quand elle aura rejoint l'autre rive.

Un matin, alors que les autres religieuses prenaient leur petit-déjeuner, une jeune demoiselle vint s'asseoir dans un coin de la chapelle pour prier. Jusque-là rien de bien grave car c'était la vocation première de la maison de Dieu, permettre à ses enfants et brebis égarées de communier avec Lui. Mais quelque chose dans l'attitude de la demoiselle attira l'attention d'Orphée qui était en train de nettoyer les bancs à ce moment-là. La demoiselle était agenouillée et sanglotait les mains jointes, ce qui la troubla. Alors Orphée ne tarda pas à aller faire son rapport auprès de la Mère Supérieure Grace. Cette dernière arriva dans la salle et alla délicatement s'asseoir à côté de la fille toujours agenouillée les yeux fermés baignés de larmes les mains jointes. Sentant une présence à ses côtés, elle rouvrit les yeux et tomba nez à nez avec la religieuse qui lui sourit.

— Bonjour mon enfant.
— Bon... snif.... Bonjour ma mère. Elle s'empressa d'essuyer ses larmes comme

pour faire bonne figure devant la religieuse. Elle semblait gênée.

— J'espère que je ne vous ai pas interrompu dans votre méditation ?!

— Non... non... j'avais fini.

— D'accord. Elle marqua une courte pause en cherchant la jeune demoiselle du regard comme pour y déceler la cause de la tristesse qui se lisait sur son visage.

— Est-ce que ça va ? Quelque chose vous tracasse ?

— Oui ma mère. Je suis désespérée... Et vous pouvez me tutoyer ça ne me dérange pas.

— D'accord. Qu'est-ce qui te chagrines autant mon enfant ?

— Je cherche le secours. Commença-t-elle les épaules affaissées par le poids de l'affliction. J'ai demandé de l'aide auprès des hommes mais personne ne peut m'aider, je me retourne désormais vers Dieu c'est mon dernier espoir.

Elle se redressa pour s'asseoir sur le banc à côté de la mère Grace avant d'essuyer de nouveau ses yeux à l'aide du mouchoir que cette dernière lui avait tendu.

— Je suis sûre qu'IL le fera, rien n'est impossible à notre Père. Elle se tut de nouveau et contempla la jeune femme pleine de compassion.

— Dit-moi mon enfant et si tu me racontais ce qui n'allait pas ? Je pourrais peut-être t'aider n'ai aucune crainte tu peux tout me dire tout ce que tu diras restera entre ces murs rien n'en sortira tu as ma parole.

— D'accord... merci ma Mère. Je m'appelle Enami Bagafou j'habitais avec un petit frère que mon défunt père m'avait confié avant sa mort. Il a été arrêté pour des raisons fallacieuses et on m'interdit de lui rendre visite encore moins de lui apporter des vivres. Elle fit une pause pour reprendre son souffle.

— Il y est enfermé depuis quatre mois et connaissant la manière dont sont traités les détenus dans les geôles de la prison, je crains qu'il ne tienne pas le coup. Ce garçon est sous ma responsabilité et je me sens tellement impuissante, pourriez-vous m'aider ? Je ne sais plus quoi faire. Elle recommença à sangloter.

Mère Grace la prit dans des bras et la rassura. Elles s'entretinrent un moment avant que la jeune demoiselle ne prenne congé et s'en aille plus apaisée qu'à son arrivée dans ce lieu. La mère supérieure prit un moment pour se recueillir et prier avant de rejoindre les autres religieuses pour le petit-déjeuner. Elle fit part de la conversation qu'elle avait eu avec Enami à sœur Irma et lui confia la tâche de se rendre à la prison centrale afin de rencontrer coûte que coûte le petit frère de la malheureuse qui avait demandé leur concours ce qu'elle accepta.

Sœur Irma proposa à Erine de l'accompagner lors d'une de leur visite mensuelle auprès des nécessiteux, en ce mois d'août comme chaque année, c'était au tour des visites dans le milieu carcéral de Slavecity. Pour l'occasion, elles se muniront de vivres et d'un carton contenant des bibles. Erine accepta volontiers de se joindre à cette noble tâche, elle, qui a toujours éprouvé un certain plaisir à aider son prochain.

La jeune demoiselle fut très touchée par l'histoire d'Enami et en fervente défenseure des droits et libertés qu'elle était, elle ne voulait en aucun cas laisser passer cette occasion de venir en aide une fois de plus. Elle y vit là une opportunité de faire ses preuves, elle y vit là un signe, une occasion de mettre une première pierre à l'édifice qu'elle avait décidé de bâtir dans ce pays qu'elle avait longtemps fantasmé et qu'elle apprenait à connaître de jour en jour. Sœur Irma, Héraïs qui avait insisté pour être de la partie et Erine prirent donc le chemin de la prison centrale de Slavecity.

Elles furent accueillies sur les lieux par des gardiens pénitenciers qui après une fouille corporelle les firent entrer dans l'enceinte de la prison. Suivant les indications qu'on leur avait données, elles prirent la direction d'un bâtiment, entrèrent dans une salle et attendirent qu'on vienne les chercher pour effectuer les visites.

Les trois femmes furent autorisées à rendre visite aux détenus dans une grande salle dédiée, elles partagèrent les denrées alimentaires et les bibles aux différents détenus qui défilèrent devant ells mais toujours aucune trace du détenu qu'elles voulaient réellement rencontrer. Irma partit voir un des gardes afin de recueillir quelques informations, celui-ci la rembarra prétextant que tous les détenus se trouvaient dans cette salle et que si elle n'avait pas vu celui qu'elle cherchait c'était qu'il ne séjournait pas en ce lieu.

Irma eut quelques doutes mais face à la mauvaise humeur de son interlocuteur, elle n'insista pas. Elle rebroussa donc chemin et fit signe à Erine et Héraïs puis elles partirent.

Le soir, sœur Irma fit le compte rendu à la Mère Grace dans les quatre murs de son bureau. Elles décidèrent qu'elles n'allaient pas en rester là, il fallait insister c'est pourquoi d'un commun accord, elles résolurent d'effectuer d'autres visites aussi longtemps qu'elles n'auraient pas gain de cause. Irma s'entretint ensuite avec Erine pour l'informer de ce qu'elles avaient décidé, la religieuse savait à quel point cela lui tenait à cœur.

Le lendemain, elles ne purent toujours pas visiter le détenu cette fois elles furent reçues par le directeur de la prison lui-même. Celui-ci les envoya paître à son tour. Les jours et les semaines se succédèrent et elles ne parvenaient toujours pas à voir le détenu. Enami qui s'était jointe à sœur Irma et Erine depuis le temps commença à désespérer mais la religieuse la réconforta du mieux qu'elle put. C'est alors qu'Erine eut une idée. Elle se rapprocha de l'homme qui se tenait devant elles :

— Monsieur, nous avons bien compris que nous ne pouvons pas voir le détenu que nous cherchons mais pourrez-vous s'il vous plaît nous permettre de l'écrire ? Pour avoir de ses nouvelles il est dans cette prison depuis des mois et sa grande sœur que voici n'a pas eu de ses nouvelles depuis et elle s'inquiète pour lui vous aurez quand-même pu la laisser le voir c'est sa sœur.

— Mademoiselle, tout ce que vous pourrez dire ne me fera pas changer d'avis j'ai décidé que vous ne le verrez pas alors vous ne le verrez pas. De toute façon, les ordres viennent d'en haut. Il marqua une pause au cours de laquelle il parut réfléchir intensément à en juger par les sourcils plissés et le regard vide qu'il arborait.

— Cependant, je veux bien consentir à ce que vous l'écriviez une lettre je la lui remettrai en main propre.

— Merci c'est fort aimable à vous.

Erine sortit un bloc-notes et un stylo de son sac à main avant d'aller se rasseoir aux côtés de sœur Irma et Enami. Elle écrivit une lettre qu'elle remit au monsieur quelques minutes plus tard non sans l'avoir fait lire aux deux femmes qui l'accompagnaient, celles-ci approuvèrent ce qu'elles lurent. Après s'être rassurées que l'homme remettrait ladite lettre au détenu, elles prirent congé.

L'homme arriva dans la cellule du fond, fit signe à un des gardes d'ouvrir ; il s'exécuta sans tarder.

— Monsieur le *révolutionnaire* j'ai une lettre pour vous ! Tenez !

Les autres gardes pénitenciers assis au couloir

esquissèrent des sourire narquois. D'autres se mirent même à rire sans doute pour faire plaisir à leur supérieur qui semblait assez fier de ce qui, à priori, semblait être une vanne. Peut-être de mauvais goût mais vanne tout de même.

Toujours est-il qu'à la suite de ces paroles, un jeune homme frêle sortit de la pénombre de la cellule et se rapprocha des barreaux de la porte de la cellule nonchalamment. Quand il fut à la hauteur du directeur il tendit fébrilement la main pour se saisir du plie qui lui était tendu. Quand ce fut fait, il regagna son coin de la cellule aussi nonchalamment qu'il l'avait quitté.

Il s'assit, ouvrit l'enveloppe, déplia la lettre et commença à lire :

Bonjour cher Ipètè,

Tu ne me connais pas il est vrai, mais permet moi de te tutoyer.

Je me suis permise de t'écrire cette lettre car ton histoire m'a touché à plus d'un titre.

Mais avant toute chose je me présente, je suis Erine et j'ai fait la connaissance de ta sœur de façon hasardeuse mais était-ce vraiment le hasard ? Je suis de ces personnes qui pensent, peut-être à tort, que rien n'arrive par hasard et pour paraphraser Albert Einstein : « le hasard, c'est Dieu qui se promène incognito ».

Ipètè, j'ai appris la nouvelle de ta mise en détention et cela m'a bouleversé. Je m'empresse donc de t'écrire cette lettre pour t'affirmer mon soutien dans cette épreuve que tu traverses nous n'avons malheureusement pas pu nous voir, les gardiens de prison nous interdisant l'accès à ta cellule pour des raisons encore obscures pour nous à ce jour.

Mais sache que même si dans ta cellule tu peux te sentir seul et délaissé, tu ne l'es pas, nous ferons tout pour te venir en aide, je t'en fais la promesse.

Je ne puis qu'imaginer ce que tu dois affronter en ce moment mais encore une fois, sache que tu n'es pas seul dans ta peine. J'espère bien pouvoir t'apporter ne serait-ce qu'un peu de réconfort avec cette lettre et toutes celles qui suivront.

Nous tenterons encore de te voir, nous insisterons auprès du directeur de la prison, il a consenti à ce qu'on puisse te faire parvenir cette lettre et demain qui sait, peut-être acceptera-t-il de nous laisser te voir, tu l'auras *compris, je suis dotée d'un positivisme à toutes épreuves.*

Si tu as besoin de quoi que ce soit, n'hésite surtout pas à me le demander en répandant à cette lettre. Ta sœur, sœur Irma et moi serons toujours là pour t'épauler. C'est la moindre des choses que nous puissions faire pour t'aider à surmonter cette difficile épreuve.

Ne te laisse pas aller à la déprime, reste fort et surtout donne de tes nouvelles à ta sœur même si ce ne sera pas évident étant donné le fonctionnement de la prison. Je te promets de venir te voir aussitôt que je le pourrai mais en attendant, tu pourras m'écrire aussi souvent que tu en ressentiras le besoin, je ne manquerai pas de te répondre à chaque fois. Garde courage.

Avec toute mon amitié, la fille qui t'a fait une promesse,

Erine.

Après la lecture, il se contenta de replier délicatement la lettre, la remit dans son enveloppe et s'allongea doucement à même le sol.

Les jours passèrent et Erine n'eut malheureusement aucune réponse du détenu, elle ne sut même pas s'il recevait les lettres qu'elle lui faisait parvenir mais elle ne fut pas découragée pour autant. Les derniers jours qu'elle passa en terre Nobagaine, elle les passa avec sa famille paternelle, avec sa grand-mère, elle tenta un énième rapprochement avec sa tante mais rien n'y fit, celle-ci n'avait pas baissé sa garde et avait renforcé la barrière qu'il y avait autour de son cœur ce qui attrista fortement Erine qui sentait qu'elle repartirait à Londres avec un goût d'inachevé en repensant à sa situation avec Ayèla et Ipètè.

Vint le grand jour, Erine fut accompagnée à l'aéroport par Ariane, Eyè, Hamaya et Héraïs. L'heure était aux adieux, il eut des effusions de larmes, des promesses, des photos souvenirs, des embrassades, encore des larmes puis Erine embarqua à bord de l'avion qui la ramena au Pays de *Big Ben*.

* * * * * * * * * *

Quelqu'un vint frapper à la porte, Erine se redressa sur son lit et porta son regard sur la porte :

— Oui c'est ouvert.

La porte s'ouvrit et Eleanor se présenta à sa fille :

— Bonjour ma chérie j'espère que tu as passé une agréable nuit ?
— Oui merci maman et la tienne ? Elle prit sa mère dans ses bras et lui fit plein de câlins.
— Oui merci ma puce... ça fait deux jours que tu es rentrée de « *tu sais où* » et tu ne m'as rien dit, tu n'as pas envie de m'en parler ? Comment ça s'est passé ? As-tu pu retrouver les membres de ta famille ? Chuchota Eleanor.
— Oui maman ça s'est bien passé je te raconterai tout mais avant je dois prendre une douche.
— Bien entendu ma puce on en reparlera quand tu auras fini je descends préparer le petit-déjeuner tu nous y rejoindras ?
— Bien sûr à tout à l'heure maman. Erine esquissa un sourire en regardant sa mère quitter sa chambre.

Elle se rendit dans sa salle de bain, prit sa douche et au bout d'une quarantaine de minutes, descendit les marches d'escalier et se rendit dans la salle à manger où son père

attablé, lisait un journal aux côtés de son
épouse qui était en train de tartiner une
tranche de biscotte on aurait dit qu'elle tentait
de reproduire *l'Écluse*[24] de john Constable.

— Bonjour père. Dit timidement Erine.
— Bonjour ma chérie. Répondit François sans
  prendre la peine de lui adresser un regard,
  il avait les yeux rivés sur le journal qu'il
  tenait entre ses mains.

Erine et sa mère s'échangèrent un regard sans
plus et elles prirent leur petit-déjeuner dans le
silence. François prit congé d'elles et se rendit à
son lieu de travail laissant ainsi la mère et la
fille avoir cette conversation privée qu'elles
espéraient avoir au plus tôt. La benjamine des
Hope raconta tout à sa mère, sa famille,
l'histoire de son père, la haine de sa sœur,
l'histoire qui la préoccupait depuis son retour à
savoir celle d'Ipètè. Eleanor restait sans voix,
elle ignorait cette facette de l'histoire de
l'homme qui partageait sa vie depuis plus d'un
deux décennies,

---

[24] « *The Lock* » en anglais, *L'Écluse* est une peinture à l'huile
de l'artiste anglais John Constable, achevée en 1824. Elle
représente une scène rurale sur la rivière Stour dans le comté
de Suffolk, l'une des six peintures de la série **Six-Footer**.
L'œuvre fut vendue aux enchères pour 22 441 250 £ chez
Christie's à Londres le 3 juillet 2012.

C'était un homme si mystérieux sur son passé. Elle comprenait un peu plus désormais sa réticence vis-à-vis de son pays d'origine. Quand elles eurent fini, Eleanor prit également congé de sa fille et se rendit à son lieu de travail. Erine elle, étant entendu qu'elle avait encore des jours de repos avant de commencer son nouveau travail au sein du cabinet juridique où elle avait postulé avant son départ, décida de remonter dans sa chambre où elle s'allongea pensive.

Elle revit sa tante, ce regard noir auquel elle avait eu droit tout au long de son séjour, elle repensa encore à la détresse d'Enami, l'histoire de son frère. Erine fit une promesse et elle était bien décidée à la tenir. C'est pourquoi elle se saisit de son ordinateur, l'alluma et commença à effectuer des recherches sur Nobag, ses procédures judiciaires et le droit applicable, si elle voulait aider Ipètè, elle devait être suffisamment outillée pour ça.

" Le désir non suivi d'action

engendre la pestilence ".

William Blake

Chapitre XI

Dupreville

Londres, 17 mai 2005.

Des mois s'étaient écoulés depuis son retour de *Terre mère*. Des mois s'étaient écoulés depuis qu'Erine avait pris ses fonctions au sein du cabinet juridique Dupreville à Londres. Elle avait pris le soin, avant son retour, d'effectuer certaines procédures administratives notamment les conditions à remplir afin d'exercer la profession d'avocat en terre Nobagaine car elle comptait y retourner au plus tôt afin de tenir une promesse qu'elle avait faite à un jeune homme avec qui elle n'avait pourtant aucune attache.

C'était ce qui faisait la particularité d'Erine, elle était toujours prête à aider son prochain et elle le faisait sans contrepartie tant et si bien qu'elle en arrivait à s'oublier elle-même.

Elle effectua donc des recherches sur des sites officiels de la République Nobagaine et tomba sur un article particulièrement intéressant qui lui détailla toutes les conditions qu'il fallait préalablement remplir pour exercer et fort heureusement pour elle, elle les remplissait toutes exceptée peut-être une seule : *Avoir un cabinet d'attache installé en terre Nobagaine.* Pour ça, elle comptait se servir du nouveau cabinet où elle exerçait actuellement.

Elle projetait de repartir à *Terre mère* le plus tôt possible pour y implanter un bureau du cabinet Dupreville encore fallait-il qu'elle ait l'aval de son patron, un homme lunatique qu'elle n'avait pas encore réussi à cerner, personne ne le cernait c'est peut-être ça qui alimentait le mystère autour de sa personne. Un jour pourtant, Erine prit son courage à deux mains après moulte hésitation et se rendit dans le bureau de son employeur bien décidée à tenter sa chance et profiter du sourire que ce dernier arborait depuis ce matin. Chose rare pour le souligner car M. Dupreville était quelqu'un dont le visage ne traduisait jamais aucune émotion et ce matin-là, la vue de ce rictus sur son visage d'ordinaire stoïque fut aussi exceptionnelle que le passage de la comète de *Halley*. Erine y vit là un signe du destin.

Elle fit donc part de son projet à son patron avec toutes les informations nécessaires ainsi que le business plan. Malheureusement, ce dernier ne trouva pas l'idée intéressante et rejeta sa proposition. Erine décida donc de ranger le projet dans son tiroir et dans un coin de la tête car elle était bien décidée à le mettre sur pied quitte à supplier son père pour l'octroyer les fonds nécessaires pour sa réalisation.

Le jour qui suivi sa déconvenue avec son patron, Erine se dirigea d'un pas pressant vers l'ascenseur à sept heures et quart. C'était devenu comme une sorte de rituel pour elle, un mug contenant un chocolat chaud dans la main droite et son agenda dans la main gauche. Elle semblait anxieuse à l'image de bon nombre de personnes présentes dans ce cabinet. Quelques instants plus tard, les portes de l'ascenseur privé s'ouvrirent et firent apparaître un homme imposant, à l'allure majestueuse, le regard intense, une chevelure brune coiffée avec classe et application qui ne laissait dépasser aucunes mèches si ce n'est transparaître la couleur grisâtre de certaines d'entre elles, une barbe en forme de couronne, un costume gris de chez Georgio Armani, des boutons de manchettes dorés ; en un mot l'illustration parfaite de l'opulence.

Il sortit donc de l'ascenseur, lança un regard inquisiteur dans la pièce avant que ses yeux ambrés ne tombent sur Erine qui semblait apeurée.

— Bon... bonjour Monsieur Dupreville. Balbutia-t-elle en tendant le mug qu'elle avait en main au monsieur.
— Bonjour. Répondit le dénommé Dupreville en lançant un regard suspicieux à son assistante.
— Un carré de sucre comme d'habitude et euh... monsieur, vous avez un rendez-vous avec Sir Hutchinson à dix heures et quart, puis vous avez audience à quinze heures et euh....
— Où en est le dossier Vertigo Corp ? Interrompit-il en se saisissant du mug et en longeant les quelques mètres qui le séparaient de son bureau suivi de près par la jeune demoiselle.
— Oui justement il est sur votre bureau je l'ai laissé ce matin, et....
— Veuillez annuler mon rendez-vous avec Sir Hutchinson et pensez à aller récupérez mon

smoking je vous prie. Coupa-t-il en allant s'asseoir sur son fauteuil avant de boire son chocolat chaud.

— Mais... monsieur c'est que... Balbutiait Erine en ajustant ses lunettes le regard baissé sur le sol de marbre.

— Qu'y-a-t-il ? S'enquit Dupreville quelque peu grincheux.

— Hum... *Elle se racla la gorge.* — C'est la quatrième fois que vous reportez votre rendez-vous avec Sir Hutchinson et il risque de ne pas vraiment apprécier ne serait-ce pas....

— Parlez-vous anglais mademoiselle Hope Ngolo ? Coupa Dupreville d'un ton las.

— Euh... *Elle eut un mouvement de recul troublée par la question de son employeur.* Oui monsieur... je suis anglaise. Répondit-elle en esquissant en sourire avant de passer ses doigts dans sa tignasse bouclée.

— Je sais que je suis français mais comment trouvez-vous mon anglais ? Mon accent ? Comprenez-vous quand je m'adresse à vous ? S'enquit l'homme.

Il avait tourné le dos à sa secrétaire et portait désormais son attention sur la baie vitrée qui offrait une vue imprenable sur Londres.

— On ne croirait pas que vous êtes français...
votre anglais et votre accent sont parfaits
monsieur. Elle ne voyait pas où il voulait en
venir mais se garda de lui en faire le
reproche car la susceptibilité de son
interlocuteur n'était plus à prouver et il
valait mieux pour elle de ne pas contrarier
le grand Pope.

— Bien ! Dans ce cas, quelle partie de la
phrase « *annulez mon rendez-vous avec Sir
Hutchinson* » vous a échappé ? Demanda-t-
il hautain.

— Euh... *commença-t-elle embarrassée.* J'ai
parfaitement saisi monsieur. Je suis navrée
pour mon insistance.

— Parfait ! Ah j'oubliais, pensez également à
envoyer des fleurs à mon épouse à l'hôpital
je vous prie et dites à M. O'donnell de venir
dans mon bureau quand il arrivera.

— Ce sera fait monsieur.

— Excellent ! Vous pouvez disposer ! Dit-il en
faisant un signe de la main pour inviter la
jeune demoiselle à sortir de son bureau.

— Bien monsieur. Erine se précipita hors du
bureau.

Une fois à l'extérieur, elle se dirigea vers son
bureau, s'assit avant de se servir un verre d'eau
et de boire goulûment telle une personne qui
venait de traverser le désert.

Erine se saisit d'un mouchoir et commença à essuyer sa paire de lunettes à monture d'écailles. Elle avait opté pour un habillement assez classe, un chemisier vert à carreaux, une jupe noire qui avait épousé chaque contour de ses formes à la perfection. Des jambes galbées cachées par un collant noir leur donnaient une petite touche sensuelle malgré son visage juvénile du haut de ses vingt-un printemps. Elle avait opté pour des talons hauts pour parfaire le tout.

La petite dernière de la famille Hope Ngolo évoluait désormais dans un milieu qu'elle affectionnait, elle s'y sentait comme un poisson dans l'eau même si son patron était quelqu'un qu'on pouvait qualifier d'acariâtre mais elle avait un but à accomplir, des projets à mener à bien aussi fit elle abstraction de tous ses changements d'humeur, elle finit par s'y habituer surtout que l'ambiance, mis à part ce détail, était bien meilleur que son précédent emploi. Ici elle n'était plus « *la métisse de service* » mais bien Erine Hope Ngolo, secrétaire et assistante juridique de Dupreville, l'un des plus grands, si ce n'est le plus grand avocat pénaliste de Londres.

Elle s'y sentait respectée, valorisée même si elle espérait que son patron l'eut confié plus de tâches, plus d'affaires mais en éternelle optimiste qu'elle était, Erine savait que ce jour viendrait car après tout, « *Tout vient à point à qui sait attendre* ».

Elle porta son attention sur son post-it accroché à son ordinateur ayant l'inscription suivante : « *Rien ne réussira à qui n'a ces trois choses : La patience pour supporter les sots ; La crainte de Dieu, pour éviter les vices ; Le calme d'esprit, pour persuader les hommes* ». Ce proverbe était une sorte de mantra[25] qu'elle se répétait chaque jour, chaque matin en arrivant dans son bureau et ça portait des fruits du moins jusqu'à présent.

Même si elle était toujours perçue comme le vilain petit canard de la famille, Erine persévérait dans la voie qu'elle s'était elle-même tracée. Son demi-frère aîné Winston "*Winn*" Hope, fils d'Eleanor issu d'un précédent mariage était un banquier émérite et associé de leur père dans une de leur banque familiale la Hope Banks de Sheffield[26].

---

25 Formule sacrée ou invocation utilisée dans l'hindouisme, le bouddhisme, le sikhisme et le jaïnisme. Elle est souvent utilisée comme source de motivation.
26 Ville du Royaume-Uni, en Angleterre, dans le comté du South Yorkshire, au pied des Pennines, dans la vallée encaissée du Don.

Du haut de ses vingt-six ans, 1m90, chevelure brune, barbe de trois jours, il était du genre snobe et vaniteux, il ne ratait jamais une occasion de fanfaronner et de montrer à ses cadettes à quel point sa vie était taillée sur mesure. Surtout envers Erine qu'il aimait bien rabaisser.

Quand Erine eut fini de boire son verre d'eau, elle ôta sa paire de lunettes et massa ses yeux éreintés. C'est alors qu'un jeune homme arriva dans le hall d'un pas pressant. Il discuta avec la standardiste qui, d'un geste de la main, indiqua le bureau d'Erine. Le jeune homme se dirigea alors vers l'endroit qu'on lui avait indiqué.

— Bonjour puis-je...

Il ne put finir sa phrase car il fit tomber les documents qu'il avait en main.

— Oups, je suis navré, désolé ! Dit-il à l'endroit de la jeune demoiselle il avait l'air embarrassé. Si le jeune homme comptait faire une entrée renversante c'était gagné.
— Non il n'y a pas de quoi je vais vous aidez. Erine s'était levée promptement de son siège pour venir aider le jeune homme à regrouper la paperasse qui s'était éparpillée dans le bureau.

— Voilà tout y est. Elle lui tendit la pille de feuilles qu'elle avait pu regrouper en esquissant un sourire gracieux.

— Merci mademoiselle c'est fort aimable à vous. Mes excuses, j'en oublie les bonnes manières. Je me présente, je suis Remington, Remington O'Donnell j'ai rendez-vous avec monsieur Dupreville et j'ai ici une lettre de recommandation de Damian Hopkins. Il tendit ladite lettre à Erine.

— Ah monsieur monsieur O'Donnell, nous vous attendions ! Soyez le bienvenu au cabinet Dupreville & Co. Elle tendit la main.

— Merci de m'accueillir au sein de votre établissement. Il serra la main qui lui était tendue en arborant un joli sourire.

— Je suis Erine, l'assistante de monsieur Dupreville suivez-moi je vous prie je vais vous conduire à son bureau.

— Je vous suis.

Erine prit le chemin du bureau de son patron d'un pas décidé. Une fois à la porte, elle se mit à frapper tout doucement avant d'entrer.

— Hum. Se racla-t-elle la gorge avant de poursuivre. —Veuillez m'excusez monsieur, M. O'Donnell vient d'arriver.

— Faites-le entrer ! Somma Dupreville sans détacher son regard de l'ordinateur.

— Je vous en prie veuillez entrer M. Dupreville va vous recevoir. Dit Erine à l'endroit du jeune homme en s'écartant de la porte.

— Merci bien c'est fort aimable à vous. Il sourit.

— Il n'y a pas de quoi, je me tiens à votre disposition au cas où vous aurez besoin de quelque chose. Les joues d'Erine avaient viré au rouge à cause de la gêne qu'elle ressentit après que leur invité du jour lui eut souri.

— M. O'Donnell, prenez donc place je vous prie ! Dit Dupreville à l'endroit du jeune homme qui semblait intimidé.

— Je... je vous remercie. Il s'assit.

— Que puis-je pour vous ? Demanda Dupreville en croisant les doigts sur son bureau en feignant.

— Euh... je viens de la part de M. Hopkins. Il fouilla dans une chemise cartonnée et en ressortit une lettre qu'il tendit à son interlocuteur.

— J'ai là une lettre recommandée de sa part.

— Ce bon vieux Damian. Dupreville esquissa un sourire espiègle en regardant le plie qui lui était tendu. Faites voir ! Il tendit la main et s'en saisit.

— Euh oui tenez.

Dupreville scruta la lettre une bonne dizaine de minute avant de la froisser et de la jeter dans la corbeille qui se trouvait proche du bureau, ce qui laissa le jeune homme quelque peu perplexe, il commença à avaler sa salive, il angoissait.

— Alors... Remington O'Donnell ! Fit Dupreville en lisant un dossier qu'il venait de sortir du tiroir de son bureau. —Major de votre promotion à l'université de Cambridge, étudiant très dynamique dans la vie associative de la faculté, spécialiste en droit pénal, titulaire d'un master en droit pénal des affaires patati et patata... Alors comme ça, vous souhaitez postuler dans mon cabinet ? S'enquit-il en esquissant un sourire narquois.

— Oui... monsieur. Répondit-il nerveux.

— Pourquoi mon cabinet ? De plus les postulants ayant les qualités comme les vôtres j'en ai refoulé des tas, il y en avait même qui avaient des aptitudes que vous n'avez peut-être pas. Alors je me demande bien pour quelle raison devrais-je vous embaucher vous ? S'enquit Dupreville las.

— Euh... disant que votre cabinet est de loin le meilleur de Londres sans vouloir vous flattez, de plus c'est ma première expérience dans le monde du travail et je souhaite vivement avoir cette première expérience au sein de votre cabinet, je suis déterminé, autodidacte et je suis convaincu que je pourrai vous apportez un plus si vous m'embaucher...

— Damian Hopkins fut mon professeur quand j'étais à la faculté. Coupa-t-il. Je lui dois bien ça et s'il vous a envoyé vers moi c'est que vous en valez peut-être vraiment la peine. Dit-il avec condescendance en remettant le dossier dans le tiroir.

— Merci ! Merci vous ne serez pas déçu. Répondit Remington enjoué.

— Minute papillon, je n'ai pas dit que je vous acceptais ! Dit Dupreville d'un ton sarcastique en se levant pour aller se servir un verre de whisky.

— Ah... euh. Le jeune homme paru quelque peu déçu.

Dupreville revint s'asseoir, lui tendit l'un des verres remplis de whisky qu'il avait en main. Il s'assit et but une gorgée de son verre de whisky. L'instant d'après, se saisit de son téléphone et dit :

— Veuillez venir dans mon bureau je vous prie. Puis il reposa le téléphone et regarda son hôte amusé.

Quelqu'un frappa à la porte avant de l'ouvrir :

— Vous avez besoin de moi monsieur ? S'enquit Erine en croissant les mains dans son dos quand elle eut franchi le seuil du bureau.

— Oui, vous souvenez-vous de l'affaire pour laquelle vous vouliez que je vous octroie un financement ? C'était quoi déjà ?

— L'affaire Ipètè, à Nobag... oui monsieur. Répondit-elle à la fois attristée et étonnée.

— Bien, c'est votre jour de chance à tous les deux on dirait. Répondit Dupreville en se saisissant de son verre de whisky avant d'en boire le contenu avec délectation.

— Vous avez toujours votre contact sur place ? Poursuivit-il en allant se servir un nouveau verre de whisky.

— Ou... oui... monsieur. Balbutia Erine dont les yeux reflétaient une lueur d'espoir.

— Recontactez-le, dites-lui qu'on prend l'affaire en main ! Dupreville avala une gorgée de son verre de whisky.

— J'y vais de ce pas merci monsieur. Erine se garda d'exulter. Elle se retint mais au fond de son être elle était en émoi, elle se contenta d'arborer un large sourire en dévoilant ses dents à l'ivoire d'une blancheur maculée.

— Vous communiquerez toutes les informations nécessaires à M. O'Donnell avec qui vous travaillerez sur le dossier.

— Félicitations je vous prends à l'essai et vous allez avoir votre première affaire. Dit-il en se retournant vers le jeune homme à la joie contenue. Tachez de ne pas me décevoir !

— Merci monsieur pour votre confiance. Dit Remington excité. Vous ne le regretterez pas.

— Á votre place je ne me réjouirai pas trop vite j'espère que je n'ai pas perdu mon temps. Vous savez ce qui vous reste à faire, maintenant veuillez disposer j'ai des appels importants à passer !

Sans demander son reste, Dupreville se saisit du téléphone et composa un numéro dont lui seul connaissait l'interlocuteur. Erine et Remington comprirent que l'entrevue était arrivée à son terme et tous les deux décidèrent de prendre congé.

Quand ils furent dehors, Erine se précipita vers son bureau suivit de près par Remington.

— Prenez place je vous prie. Dit-elle au jeune homme avant de fouiller dans son tiroir où elle sortit une chemise cartonnée beige et un agenda.

— Veuillez m'excuser je vous expliquerai tous dans les moindres détails mais avant je dois passer un coup de fil de toute urgence.

— Je comprends et on peut se tutoyer si vous voulez. Répondit-il en esquissant un sourire.

— Euh... d'accord... Remington. Dit Erine avant de composer un numéro et d'appeler.

Un moment s'écoula et au bout de la troisième sonnerie son interlocutrice à l'autre bout du fil décrocha :

— Oui... Allô, sœur Irma ? Oui c'est Erine... J'ai une grande nouvelle à t'annoncer, ça y est, j'ai finalement eu l'accord.

Elle discuta un moment avant de raccrocher et de se retourner vers son nouveau collaborateur. Elle lui fit une réunion préparatoire rapide avant de lui transmettre des copies des pièces du dossiers, tout était fin prêt mais il fallait encore qu'elle se heurte à la réaction de son père et sa sœur qui ne savaient toujours pas qu'elle était partie en Afrique et que désormais, elle comptait y retourner pour un temps plus ou moins loin.

Chapitre XII

La charmeuse de tempêtes

Erine fit un dernier tour à la salle à manger afin de s'assurer que tout était en place, que tout était disposé comme elle le souhaitait. Elle était connue pour sa minutie mais la raison pour laquelle elle l'était excessivement ce soir, était qu'elle avait une annonce de la plus haute importance à faire passer. Pour se faire, elle avait invité ses frères Siana et Winston à venir manger chez leurs parents.

Erine avait obtenu de son patron, la permission de partir plus tôt du cabinet ce jour-là afin de préparer au mieux son voyage prochain. Sachant que cette fois, elle irait pour un séjour plus long que le précédent.

Elle décida qu'il était temps d'avoir cette conversation avec les siens, les mettre dans la confidence même si, une fois encore, elle appréhendait beaucoup la réaction de son père et de son demi-frère. Ce dernier, bien qu'il ne l'eût jamais vraiment marqué aucun intérêt, faisait quand-même partie de sa famille et par conséquent son avis comptait au même titre que celui de Siana. Bientôt le vrombissement de la Bentley continental GT se fit entendre dans la cour, Erine eut le souffle coupé mais elle se ressaisit aussitôt.

Elle se précipita vers la porte pour accueillir ses parents qui avaient décidé aujourd'hui d'emprunter le même véhicule car devait se tenir la réunion du conseil d'administration de la Banque mère.

— Soyez la bienvenue chez vous. Erine feignit une révérence avant de s'écarter de la porte d'entrée.
— Tiens, Erine ? Tu as fini plus tôt aujourd'hui ? S'enquit Eleanor perplexe et amusée par le geste de sa petiote.
— Bonjour ma puce. Dit cette fois François stoïque.

Il avait répondu, il lui avait adressé la parole, cette journée démarrait sous de bons auspices pensa Erine qui ne put réprimer un sourire apaisé.

— Hello ? Tu es avec moi ? Eleanor la saisit par les épaules.

— Ah… Euh oui j'ai fini plus tôt aujourd'hui je voulais vous faire plaisir en cuisinant de bons petits plats pour les parents les plus beaux de la terre. Elle sourit en essayant, autant que faire se peut, de cacher son appréhension.

François et son épouse s'échangèrent un regard perplexe avant de reporter leur attention sur le sourire espiègle de leur fille qui leur parut beaucoup plus enjouée que d'habitude.

Il monta dans leur chambre à l'étage pour se changer et se rafraîchir. Eleanor elle, attira sa fille dans le salon puis, après s'être rassurée que son époux avait franchi le seuil de leur chambre conjugale, s'adressa à sa fille cadette :

— Qu'est-ce que tu mijotes ?

— Comment ça *"qu'est-ce que je mijote"* ? Je ne vois absolument pas de quoi tu parles. Erine feignît l'ignorance le regard fuyant.

— Tu oublies que c'est moi qui t'aie faite ? Alors ? Eleanor plissa son sourcil gauche.

Erine savait que quand sa mère plissait son sourcil gauche elle ne lâcherait pas l'affaire de sitôt. Elle savait que ce sourcil gauche plissé avait toujours eu le même effet que le

Veritaserum chez elle aussi elle ne tarda pas à craquer.

— J'ai décidé d'avoir une conversation avec tout le monde, je vais tout dire à papa, Siana et Winston.
— C'est une bonne chose. Eleanor se tut un moment, pensive. Mais tu es bien sûre de toi ? Les rapports avec ton père ne sont pas encore au beau fixe même si ces temps-ci, il s'est montré un peu plus conciliant quand je lui ai parlé de toi.
— Oui je suis sûre de moi. D'autant plus que je n'en aurais peut-être pas l'occasion de sitôt.
— Qu'est-ce que tu veux dire par là ?

C'est à ce même moment que la sonnerie retentit. Erine se leva et alla ouvrir, c'était Winston qui se trouvait sur le perron de la porte.

— Ah c'est toi Winston, toujours à l'heure comme d'habitude ! Mais je t'en prie rentre. Erine ouvrit grandement la porte pour le faire entrer.
— Puis-je te faire un câlin ? Poursuivit-elle taquine. Elle savait que son frère n'était pas du genre tactile et détestait les effusions d'amour et de tendresse.

— Non je ne préfère pas. Winston se rendit dans le salon où il trouva sa mère.

— Winston, comment vas-tu fils ? Eleanor vint prendre son fils dans ses bras.

— Bonjour mère je vais bien et je constate que toi aussi. Il répondit aux câlins de sa mère à contre-cœur.

Ils s'installèrent sur les canapé et discutèrent de tout et rien. Leur père vint bientôt les rejoindre et après quelques minutes de papotage, ils décidèrent de s'installer à table pour dîner.

— Donc pour aujourd'hui, commença Erine, je vous ai concocté quelques plats africains... Nobagains plus exactement. Elle regarda son père qui se crispa à la suite de sa phrase.

— Depuis quand as-tu appris à faire la cuisine Nobagaine ? S'enquit-il méfiant avant de regarder son épouse qui haussa les épaules.

— Je t'expliquerai, c'est justement le but de ce repas de famille. Erine se saisit du verre d'eau qui était devant elle et le but d'une traite.

— J'espère ne pas avoir une indigestion si j'en mange. Fit remarquer Winston en regardant les mets qui se trouvaient sur la table d'un air craintif.

— Tu ne crains absolument rien Winston ! Rétorqua Siana las en déposant sa veste sur le porte manteaux.

— Timing parfait ! S'exclama Erine enjouée en voyant arriver sa sœur aînée.

— Bonjour tout le monde, désolée pour le retard j'ai été prise dans des trafics et je devais passer prendre des bouteilles de vin avant maintenant me voilà. Siana brandit les deux bouteilles de grands crus français qu'elle avait apporté.

— Ce n'est pas grave ma chérie nous t'attendions. Eleanor tendit les bras pour câliner sa fille aînée qui ne se fit pas prier pour les lui donner.

Contrairement à Winston et à l'instar d'Erine, Siana était très câline et ce, même envers son frère Winston qu'elle câlinait autant de fois que l'occasion se présentait. C'était pour elle des moments jouissifs car d'une part, elle exprimait son trop plein d'affection et d'autre part, toute occasion était bonne pour enquiquiner son demi-frère grincheux.

Elle fit un tour de table pour enlacer chaque membre de la tablée avant d'aller s'installer à côté d'Erine. Ce n'était pas le grand amour entre Winston et elle, Siana reprochant à ce dernière son attitude hautaine vis-à-vis des personnes qui l'entouraient ainsi que sa propension à rabaisser ses proches à la moindre occasion. Winston de son côté, la reprochait d'être une personne fragile et sans humour. Ils ne se détestaient pas loin de là, ils partageaient des liens indéfectibles et même s'ils leur arrivaient de ne pas vouloir se voir en peinture ou de se retrouver dans la même pièce comme maintenant, ils pouvaient néanmoins compter l'un sur l'autre quand le besoin se faisait sentir c'est tout ce qui importait du moins aux yeux d'Eleanor qui ne manquait jamais de les recadrer et rappeler leurs liens si jamais leur petite querelle fraternelle allait trop loin.

Le dîner se déroula dans une bonne ambiance puis, Erine se saisit de son verre et d'une fourchette qu'elle martela sur le verre afin d'avoir l'attention de tout le monde.

— Hum... hum. Elle s'éclaircit la voix avant de prendre une grande inspiration. J'espère que le repas vous plaît comme je disais déjà, j'ai fait des plats Nobagains expressément pour l'occasion car j'ai des choses à vous dire. Elle fit une pause et regarda tour à tour ses parents et ses frères.

Un silence s'installa. François se saisit de son

verre de vin rouge qu'il porta à ses lèvres en regardant sa fille du coin de l'œil. Winston qui visiblement appréciait ce qu'il mangeait, s'empressa d'avaler ce que contenait sa bouche avant de se saisir à son tour de son verre de vin et de le boire goulûment. Seules Siana et Eleanor étaient restées immobiles, suspendues aux lèvres d'Erine qui commençait à glisser ses doigts dans son abondante chevelure frisée. Elles surent que la dernière des Hope Ngolo stressait.

— Il n'y a pas longtemps, commença-t-elle, je suis partie en Afrique, à Nobag. Je sais qu'à certains j'avais dit de façon vague que j'allais en Afrique dans le cadre d'une mission humanitaire ce qui, en partie, est vrai. Mais la vraie raison c'est ce que j'avais besoin de connaître mes parents paternels, nos parents paternels.

Quand elle dit cette dernière phrase, elle regarda sa sœur qui resta confuse la bouche entrouverte.

— Je vous ai menti. Poursuivit-elle, parce que je sais que vous m'en aurez dissuadé je parle notamment de toi Siana. Ça ne t'a jamais dérangé de vivre dans l'ignorance de cette partie de toi, de nous. Je ne comprendrais jamais ce manque d'intérêts pour tes origines mais je respecte ton choix.

Se retournant cette fois vers le paternel, elle lui adressa ces paroles :

— Toi aussi papa, tu m'aurais dissuader à coup sûr. Elle émit un soupire à peine persepctible mais Erine était de ces personnes-là, assez expressive ; chaques courbes de son lisse visage traduirent sa déconvenue profonde. Nos relations se sont beaucoup dégradées depuis que j'ai décidé de suivre une voie autre que celle que tu as toujours tracé pour nous. Je suis désolée de te décevoir encore aujourd'hui je regrette que les choses se soient passées de la sorte. Mais, je ne pouvais pas continuer à vivre ma vie par procuration car oui, j'avais l'impression de vivre un rêve, mais ce n'était pas le mien, mais le tien.

Erine tremblait de tous ses membres, elle était submergée par plusieurs émotions en même temps aussi décida-t-elle de boire un verre d'eau avant de poursuivre.

— Et pour les recettes, c'est mamie Tsaya qui me les a appris.

Il eut un silence de plomb. Ils se regardèrent

tour à tour sans rien dire sauf François dont le regard était toujours fixé sur sa fille depuis le début de sa prise de parole. Il entrecroisa ses doigts sous son menton garni d'une barbe abondante et soignée.

— Vous étiez au courant ?

— Moi je n'en savais rien, remarque on ne me dit jamais rien...

— Il ne s'agit pas de toi là ! tu pourrais éviter de te sentir le centre de la terre le temps d'un repas s'il te plaît ? Rétorqua Siana agacée.

— CESSEZ CES CHAMAILLERIES TOUT DE SUITE ! Coupa leur père d'une voix ferme en tapant du poing sur la table manquant au passage de renverser le saladier.

— Navrée papa. S'excusa Siana le regard baissé honteuse. Moi... moi également je n'en savais rien je l'apprends maintenant un peu comme tout le monde je suppose. Elle regarda tour à tour Winston et leur mère.

— Ce n'est pas tout à fait vrai. Admit Eleanor en se saisissant de son verre de vin avant de le boire sous les regards perplexes de Winston, Siana et son époux qui avaient convergé vers elle après sa prise de parole.

— Comment ça ? Tu veux dire que tu étais au courant et tu ne m'as rien dit ? S'enquit son époux visiblement remonté à en juger par la veine qui s'était formée sur son front.

— Oui je le savais et je ne t'en ai pas parlé parce que je savais que tu aurais mal réagi et je me rends compte que j'ai bien fait. Elle posa son verre sur la table avec cette délicatesse qu'on pouvait aisément assimiler à la chute d'une plume, légère, fluide.

— Regarde, vois comment tu te comportes envers tes enfants, vis-à-vis de ta fille cadette, tu es en train de perdre sa confiance si ce n'est pas déjà le cas et le plus triste, c'est que tu le sais mais tu t'obstines. Eleanor dit tout ceci dans ce calme olympien qui l'avait toujours caractérisé.

Eleanor était mariée à François depuis une vingtaine d'années et depuis le temps, elle avait su arborer cet air calme en toute circonstance. Elle avait appris, en des instants pareils, à ne rien laisser paraître. Elle était *la charmeuse de tempêtes*, celle qui avait toujours su calmer le caractère ombrageux de son cher époux.

Comme les animaux qui ne montraient pas qu'ils avaient peur ou qu'ils étaient maladies, car dans la nature, la faiblesse ne pardonnait pas, Eleanor l'apprit à ses dépens après le fiasco de sa première union. Le mariage, c'est comme un long voyage en mer pendant lequel il fallait être suffisamment habile pour passer le cap dans la tempête. L'idéal était d'arriver, poussé par le bon vent, dans la baie de tranquillité.

* * * * * * * * * *

Londres, le 12 mai 1979

Eleanor s'accorda une pause et alla s'installer sur un des innombrables sièges qui se trouvaient à l'extérieur de la salle d'audience. Elle venait de clôturer un procès assez éprouvant émotionnellement et mentalement, son ex-époux l'avais traîné en justice pour avoir la garde exclusive de leur fils Winston alors âgé d'un an. Elle avait gagné le procès, aussi décida-t-elle d'aller prendre l'air pour se remettre de ses émotions. Elle en avait grand besoin.

La jeune femme avait toujours cru, un peu naïvement, qu'elle finirait sa vie avec Georges. Ils avaient des projets communs, elle était même prête à tout quitter pour lui quitte à être déshériter par son père. Mais grandes furent les désillusions quand elle apprit qu'en fait, ce dernier ne s'intéressait qu'à sa fortune, du moins celle que son père lui cèderait étant enfant unique. Elle était bien loin de la vie idyllique qu'elle avait imaginé non seulement pour elle, mais aussi pour son fils qui allait désormais devoir vivre sans la présence de son père. Elle en vint même à culpabiliser, à oublier toutes les fois où son homme l'avait trompé, avait-elle pris la bonne décision ? Faire marche arrière ? Elle y songea, quelques minutes avant que ne soit prononcé le verdict, elle y songeait encore mais le regard de son père et surtout le soutien de sa mère la dissuadèrent.

— Vous allez-bien ? S'enquit Daisy Johnson son avocate qui était venue s'asseoir à ses côtés.
— Oui... oui je crois. Eleanor était visiblement encore sous le choc à en juger par sa voix et son visage livide.
— J'imagine que ça ne doit pas être facile mais au moins c'est fini. Daisy sourit.
— Oui c'est vrai... je vous remercie encore pour tout... sans vous, mes chances de remporter ce procès étaient nulles.
— Je vous en prie je n'ai fait que mon devoir. Prenez soin de vous et bonne chance pour la suite si jamais vous avez besoin de moi n'hésitez surtout pas d'accord ? Daisy se

leva en posant sa main sur l'épaule d'Eleanor pour la réconforter.

— Je n'y manquerai pas merci encore.

L'avocate tourna les talons et s'en alla. Ce fut au tour d'Aurore de venir prendre place à ses côtés.

— Ça va ma puce ? Elle caressa les cheveux de sa fille avant de poser le petit Winston sur ses cuisses.

— Oui maman ça va... C'est enfin fini. Elle sourit à sa mère avant de pencher sa tête et de poser un baiser sur le front de son bout de choux.

Le pauvre ne comprenait rien de ce qui se passait sous ses yeux, pas plus qu'il ne savait qu'il allait désormais devoir vivre avec un père absent, il ne connaîtra peut-être jamais l'effervescence d'un soir de derby dans les travées d'*Highbury*[27].

— Tu viens ? On rentre ton père s'impatiente. Aurore se leva en invitant sa fille à faire de même.

— D'accord allons-y. Eleanor se leva et en tenant Winston chacune par la main elles se dirigèrent vers la sortie du tribunal en

---

27 Highbury aussi appelé Arsenal Stadium, était le stade de l'Arsenal Football Club, localisé à Londres. Les Gunners ont joué à Highbury de 1913 à 2006 avant l'arrivée des Qataris.

croisant au passage Georges qui les lança un regard dépité.

Une année s'était écoulée, Eleanor avait repris le cours de sa vie. Elle passait une journée de travail habituel au sein de la banque de son père en qualité de Conseillère financière d'un grand groupe Britannique spécialisé dans le textile quand un homme franchit le seuil de l'immense porte de verre. Il se dirigea vers la réceptionniste d'un pas sûr, une chemise à carreaux mal repassée, un jean noir et des mocassins noirs couvertes de poussière, des cheveux de jais ébouriffés une barbe mal taillée.

Elle ne sut pas pourquoi, mais le jeune homme l'intrigua. Elle arrêta de faire ce qu'elle faisait et suivit la scène du regard depuis son bureau les parois étant en verre, elle put donc tout voir. Les gestes du jeune homme feuilletant sa chemise cartonnée, ceux de la réceptionniste qui, visiblement, l'invitait à quitter les lieux.

— Monsieur je ne pense pas que vous ayez les fonds nécessaires pour ouvrir un compte bancaire au sein de notre établissement je vais vous demander de vous en aller s'il vous plaît !

— Mais madame, écoutez au moins ce que j'ai à vous dire et après, si je ne vous ai toujours pas convaincu, je m'en irai sans faire d'histoire. Accordez-moi juste quelques minutes de votre temps je sais qu'il est précieux...

— Comme vous l'avez dit, il est précieux je n'ai pas le temps et si vous insistez je suis navrée, mais je devrais appeler la sécurité ! Elle se saisit du téléphone et c'est à ce moment qu'Eleanor arriva.

— Qu'y a-t-il Amanda ? S'enquit-elle perplexe.

— Ce monsieur veut ouvrir un compte ici tu arrives à le croire ? Est-ce qu'il s'est regardé ?

— Amanda, ce n'est pas gentil ce que tu dis. Eleanor parut outrée par l'attitude de sa collègue. De plus, j'ai appris à ne jamais juger un livre à sa couverture et je crois que tu devrais en faire autant !

— Bonjour monsieur je m'appelle Eleanor ! Elle lui tendit la main sourire aux lèvres.

— Bonjour madame, je m'appelle François Ngolo, j'aimerais ouvrir un compte je suis arrivé à Londres il y a peu.

Elle fut quelque peu décontenancée par l'accent très prononcé de son interlocuteur et son anglaise approximative. Elle comprit qu'il n'était pas anglais mais par pudeur, ne laissa rien transparaître. Elle se contenta de lui sourire le regard fixé sur son visage.

— Je vois. Si vous voulez bien me suivre, nous serons plus à l'aise dans mon bureau.

Ils se dirigèrent donc vers son bureau, échangèrent durant une heure au moins avant que l'homme ne prenne congé en promettant de revenir le lendemain pour finaliser l'ouverture de son compte.

Ils se virent bientôt en dehors des locaux de la banque, ils dînèrent à des nombreuses reprises. L'intuition d'Eleanor ne l'avait pas trompée car elle apprit en effet qu'il venait d'Afrique, qu'il s'était aventuré en Europe pour poursuivre ses études et y vivre une fois celles-ci achevées.

Plus le temps passait plus ils se rapprochèrent, François fit la connaissance de son fils Winston et même si les débuts de leurs relations ne furent pas de tout repos, ils finirent par s'accepter mutuellement. François et Eleanor s'aimaient et finirent par se marier. De cette union naquit bientôt une magnifique fille que l'homme d'outre Atlantique nomma Siana en souvenir à une personne, qui selon lui, comptait énormément pour lui. Deux ans plus tard, une deuxième fille aussi belle que la première vint au monde, celle-ci porta le prénom de la grand-mère d'Eleanor : Elle s'appelait Erine.

* * * * * * * * * *

François garda le silence, au fond de lui il savait que son épouse avait raison. Il se contenta de serrer les poings avant de se servir un verre de vin qu'il but d'un trait puis un second et un troisième avant de reposer lourdement le verre sur la table.

— Si tu as encore des surprises du même genre vas-y qu'on en finisse !
— Vas-y ma puce. Incita Eleanor en souriant à Erine.
— J'ai fait la connaissance de mamie, de ta sœur et de ses enfants. Elle s'arrêta et ajusta ses lunettes. Mamie m'a tout appris, elle m'a tout dit, la cause de ton arrivée ici, pourquoi tu n'as jamais voulu parler d'eux, elle m'a aussi beaucoup parler de papi et comme toi, lui aussi estimait savoir ce qui était bien pour ses enfants. Elle soupira en marquant une pause.
— Et je suis vraiment navrée de te le dire comme ça mais... tu es en train de reproduire les mêmes erreurs que lui, je

t'aime de tout mon cœur papa mais encore une fois je ne pouvais pas vivre indéfiniment une vie par procuration. —Ce sont mes choix et je les assumerai même si pour Winston et toi je suis une fille naïve qui court après des chimères, je vis dans un monde imaginaire. Excusez-moi d'être une personne optimiste je n'y peux rien c'est ma nature....

— Et je vous annonce à tous que je repartirai la semaine prochaine à Nobag pour un long moment. Le cabinet pour lequel je travaille a décidé de s'y étendre en y ouvrant un autre cabinet dont je serai la responsable tout est déjà prêt j'ai déjà payé mon billet d'avion et une fois arrivée, je passerai un moment chez ma cousine Ariane qui a accepté de m'héberger le temps que je prenne mes marques.

Elle marqua une pause et regarda sa mère qui semblait émue, sa sœur était estomaquée car elle lui avait caché ses projets. Cette dernière se servit un verre de rosée et le dégusta doucement, elle semblait à la fois déçue et triste. Winston et François quant à eux, restèrent de marbre.

— J'aurai aimé quand y aille tous ensemble. Poursuivit-elle. Mais je sais déjà que c'est peine perdue... Je comprends votre choix et j'aimerais vraiment avoir votre soutien c'est important et ça compte beaucoup pour moi. Je ne pourrai pas accomplir ce que j'entreprends d'accomplir en sachant que je n'ai pas le soutien de ma famille. La voix d'Erine devint tremblante et enrouée. On pouvait déjà voir des larmes perler au fond de ses yeux.

— Tu sais que tu peux compter sur mon soutien ma chérie. Eleanor prit sa main dans la sienne avant de la caresser, Siana fit de même.

— Tu pourras aussi compter sur mon soutien. Siana sourit.

Erine répondit à leur sourire avant de converger son regard sur son frère et son père comme pour recueillir leur bénédiction aussi.

— Tu es une grande fille tu sais ce que tu fais. Personnellement, je n'ai rien à dire si ce n'est bonne chance pour ton projet tu m'enverras des cartes postales. Winston leva son verre de vin avant d'en déguster le contenu avec délectation sous le regard amusé de sa sœur cadette.

— Tes paroles me font plaisir si tu savais, tu as presque failli être sympa on y était presque mais c'est déjà bien merci encore Winston.

Pour toi, ces paroles ne veulent peut-être rien dire mais pour moi, elles sont d'une grande importance. Elles comptent beaucoup. Alors, merci mon très cher grincheux de frère. Erine posa sa main sur celle de son frère qui esquissa un sourire gêné.

— Bien, excusez-moi je suis épuisé j'ai passé une journée assez éreintante bonne soirée à vous ! Son père se leva et quitta de table avant de monter les escaliers pour regagner sa chambre. Eleanor et ses enfants se contentèrent de le suivre du regard, étonnés.

— Je vais aller lui parler. Eleanor se leva et suivit son époux dans leur chambre.

Winston en profita pour prendre congé d'eux et regagna sa demeure, il ne restait plus que les deux sœurs qui se regardèrent un moment sans rien dire. Erine gênée, se leva et commença à débarrasser la table, Siana l'imita. Une fois qu'elles furent à la cuisine, Siana prit la parole.

— À quel moment ?
— Plaît-il ?
— À quel moment sommes-nous devenues des étrangères l'une de l'autre ? à quel moment sommes-nous devenues distantes au point de se cacher des choses ? Pourquoi m'avoir

caché un projet aussi important tu es ma petite sœur tu aurais pu m'en parler.

— Excuse-moi pour ce que je vais te dire mais... Je ne voulais pas t'embêter avec ma quête de personnalité, tu n'as jamais été préoccupée par tes origines, tes racines africaines. Tu as toujours vécu comme ça et je respecte ça. De plus, je suis persuadée que si je t'en avais parlé tu m'aurais dissuadé comme tu le faisais toujours à chaque fois que j'abordais des sujets allant dans ce sens !

— Waouh... je tombe des nues... j'ignorais que tu avais une si exécrable opinion de moi Erine.

— Je suis navrée pour la rudesse de mes propos mais tu sais que c'est vrai.

— Oui... tu as sans doute raison... je ne t'ai pas assez soutenu et c'est vrai que je ne me suis jamais assez intéressée à nos origines, papa n'en parlant pas, je n'en voyais pas l'intérêt. Elle soupira. Mais si c'est aussi important pour toi, je veux bien m'y intéresser aussi.

— Justement non Siana, ne le fait pas pour moi, fait le pour toi, fait le parce que tu as envie de le faire. D'où vient-on ? qui sommes-nous ? Qui sont nos ancêtres ? Ces questions doivent animer ton cœur, si ce n'est pas le cas entreprendre une quête d'identité, faire le voyage de retour, serait une hypocrisie et par la même, une perte de temps. Erine fit une pause et soupira.

— Cette quête je l'entreprends aujourd'hui pour que demain mes enfants, si jamais un jour j'en ai, soient capables de dire d'où vient leur mère, leur grand-père, leurs ancêtres. Aujourd'hui je me sens vide, certes moins vide qu'hier mais vide quand-même et ce vide j'ai une irrépressible envie de le combler.

Elle commença à laver la vaisselle sous le regard de sa sœur aînée qui n'avait dit mot depuis son monologue. Erine reprit la parole.

— Toi et moi avons suivi des programmes scolaires qui ne racontent pas nos histoires mais ce n'est pas dans un livre, surtout pas ceux des programmes scolaires Britanniques que nous aurions appris le nom de notre arrière-grand-mère, notre culture, la langue de nos aïeux à moins d'effectuer cette recherche de soi, à moins de faire ce retour aux sources, à *Terre mère*. « *Tant que les lions n'auront pas de griots pour chanter leurs hauts faits, les histoires de chasse, continueront d'être chantées pour la gloire des chasseurs* » comme dit mamie.

— C'est dommage car en comparant avec Nobag, j'en suis arrivée à la conclusion que le train de vie ici en Europe, la recherche effrénée d'un mieux-être nous a presque animalisé, limitant nos existences à la quête du confort et de la couverture de nos besoins primaires, mais culturellement, nous sommes vides.

— Cependant, je garde espoir pour toi, pour papa, pour nous. Si on ne peut pas raconter l'histoire de nos ancêtres, nous raconterons la nôtre. Parce que l'histoire continue et on fait partie d'elle demain nos faits, seront aussi des légendes pour nos descendants et je refuse que ceux-ci apprennent de moi que j'étais Erine Hope Ngolo, l'*Afropéenne* qui ne connaissait rien d'elle-même et je pense être sur la bonne voie pour changer cet état de fait parce qu'au fond de moi, j'ai envie d'apprendre qui je suis. J'ai soif d'apprendre ce qui fait de moi ce que je suis : *un être à part entière issu d'un mélange de deux mondes.* Donc non Siana, ne le fais pas pour moi car si tu le fais pour moi, tu ne ferais que répéter le schéma de père et c'est aussi pour m'affranchir de ça que j'ai décidé de m'investir dans ce projet.

— Oui... Tu as raison. Siana regarda sa sœur cadette subjuguée. Waouh... comme tu as grandi je ne m'en suis pas rendue compte. Tu fais preuve d'une telle maturité que j'en viens à douter de mon droit d'aînesse. Elle posa ses mains sur les épaules d'Erine avant de sourire en plongeant ses yeux marrons dans le regard verdoyant de sa petite sœur.

— Il fallait bien que l'une de nous deux acquiert cette maturité sinon nous ne nous en serions pas sorties. Dit-elle d'un ton sarcastique.

— Tu as raison mademoiselle la griotte. Répondit Siana amusée en ébouriffant les cheveux de sa sœur.

Elles s'étreignirent un long moment avant de continuer à débarrasser la table et de laver la vaisselle. Pendant qu'elles rangeaient, Eleanor vint les rejoindre et elles discutèrent de tout et rien. Elles s'en allèrent ensuite s'installer au salon où elles entamèrent la deuxième bouteille du grand cru apportée plus tôt dans la soirée par Siana. Erine raconta à cette dernière son séjour à *Terre mère*, elle lui parla de ses cousins, des sœurs qui l'avaient accueilli, évoqua aussi sommairement l'affaire sur laquelle elle travaillera. Les deux femmes promirent à Erine de venir la rejoindre quand elles auraient une semaine de vacances ce qui réjouit fortement celle-ci même si au fond d'elle, elle regrettait que son père ne fût pas autant enthousiasmé que sa sœur et sa mère.

Le grand jour arriva aussi vite qu'une averse automnale, Siana et Eleanor accompagnèrent Erine à l'aéroport de Londres, contre toute attente, même Winston trouva une heure dans son agenda pour venir faire ses adieux à sa petite sœur. Le grand absent fut bien évidemment François. Erine se contenta des personnes présentes à ses côtés, elle était reconnaissante, elle les serra une dernière fois contre elle. Elle profita de leur présence dans les lieux pour leur présenter Remington son associé qui ferait le voyage avec elle.

Bientôt, le standard du hall retentit dans tout le hall invitant les personnes en partance pour Nobag à rejoindre le terminal car le vol était éminent. Erine serra de nouveau ses frères dans ses bras, sa mère commença à sangloter et pour la consoler, Erine la couvrit de baisers. Puis, elle saisit ses deux énormes valises et emprunta la voie du terminal sans se retourner de peur de renoncer.

Erine savait, à travers ses diverses lectures, que ce n'était que dans l'aventure que certaines personnes réussissaient à se connaître, à se retrouver. En allant à Nobag, la petite métisse de Wimbledon, dernière née de la famille

Hope-Ngolo, avait rencontré des personnes formidables au grand coeur, mais surtout, elle s'était rencontrée elle-même, celle qui venait d'ailleurs mais qui était bien d'ici.

"Il n'y a que toi qui m'as vu naître mais là-bas, ils m'ont aussi vu grandir. Je leur ai ouvert une partie de moi et j'ai laissé une part d'eux entrer en moi"

Chapitre XIII

Retour à Nobag

Le soleil était à son apogée quand l'avion atterrît à l'Aéroport International de Nobag. Erine et Remington suivis de plusieurs autres passagers entamèrent leur débarquement, une certaine nostalgie envahit alors Erine qui commença à sourire. Remington qui marchait à ses côtés le remarqua.

— Tu m'as l'air ravie de revenir ici. Il sourit.
— Tu n'as pas idée ! Mon être tout entier est en extase depuis que l'avion a foulé le tarmac de cet aéroport. J'en frisonne tellement j'avais hâte d'arriver. Elle marqua une pause avant de regarder son collaborateur les étoiles plein les yeux.
— Plein de sentiment se bousculent dans ma tête, je suis à la fois excitée par l'idée de retrouver les miens et anxieuse quant aux défis qui nous attendent.

— J'imagine. Admit Remington. D'une voix qui se voulait rassurante il poursuivit. Ma seule préoccupation pour le moment, c'est la barrière de la langue. D'ailleurs quelle langue est parlée dans ce pays ? S'enquit Remington perplexe alors qu'ils franchissaient la dernière marche de l'escalator.

— Le *Nobagain* est la langue nationale officielle et le français est celle utilisée pour les affaires et dans les administrations principalement. Mais ne t'en fait pas, je parle français, il faut dire qu'entre ma première visite et aujourd'hui, j'ai eu le temps de prendre les cours même si mon accent « *British* » est toujours là. Elle sourit à son compagnon de voyage qui parut alors plus détendu.

— J'ai également acquis quelques bases en *Nobagain* alors ne t'en fait, pas on devrait plutôt bien s'en sortir.

— Je te fais confiance.

Ils se dirigèrent vers le hall et après les contrôles d'usage au check point, ils sortirent de l'enceinte de l'aéroport pour se diriger vers le parking où les attendait Ariane et Héraïs. Celles-ci sortirent aussitôt du véhicule et vinrent à leur rencontre en agitant les mains dans tous les sens visiblement très heureuses de revoir leur *Anglaise préférée*.

— ERIIIIIIIIIIIIIIIIINE ! S'exclama Ariane en se jetant dans les bras de sa sœur bientôt imiter par Héraïs sous le regard ahuri de Remington.

— Je suis heureuse de vous revoir vous m'avez tellement manqué. Dit Erine enjouée toujours blottie dans les bras de sa sœur et de son amie la religieuse qu'elle considérait désormais comme telle.

— Toi aussi tu nous as beaucoup manqué je ne pensais pas te revoir de sitôt ! Fit remarquer Héraïs quand elle eut fini d'enlacer son amie.

— Moi non plus, j'ai d'abord cru que c'était une plaisanterie quand tu m'as annoncé ton retour. J'hallucine que tu sois là, devant moi, en chair et en os. Ariane jeta un coup d'œil au-dessus de l'épaule d'Erine et vit un jeune homme qui lui parut dépaysé.

— Ce jeune homme derrière toi l'air perdu est avec toi ? Murmura cette dernière à l'oreille d'Erine perplexe.

— Oui nous sommes venus ensemble. Lui répondit Erine dans un murmure, amusée par l'attitude de sa cousine qui n'avait pas cessé de regarder Remington telle une bête curieuse.

— Désolée, avec nos effusions de larmes et de joie nous n'avons pas fait attention à vous. Bonjour vous devez probablement être Winston, enchantée, moi c'est Ariane sa cousine du moins votre cousine vue que vous êtes frère. Elle sourit avant de poursuivre. Mais ici, on a tendance à dire « *frère* » car on a une conception de la famille assez large bien différente de la vôtre en Occident. Elle lui tendit la main.

Remington qui n'avait rien compris de ce qu'elle avait dit se contenta de serrer la main qui lui était tendue avant de jeter un furtif regard vers Erine comme pour lui demander de lui venir en aide. Celle-ci trouvant la situation assez causasse commença à glousser avant de s'esclaffer sous les regards éberlués d'Héraïs et Ariane.

— Partage-nous donc tes pensées qu'on rigole avec toi. Fit Ariane en regardant tour à tour Erine et celui qu'elle croyait être son « *frère* ».

— En fait... Commença Erine en refoulant un énième fou rire. Ce n'est pas Winston dont je t'ai beaucoup parlé. Il n'a pas fait le voyage avec moi malheureusement. Lui, c'est mon collègue il se prénomme Remington il est anglais et ne parle ni ne comprends un piètre mot de français encore moins de *Nobagain*.

— Ah... euh... d'accord désolée je me sens bête tout à coup. Ariane se cacha le visage avant d'aller se mettre dans le dos d'Héraïs.

— Mais non, il ne faut pas te sentir gênée tu ne pouvais pas savoir. Approche je vais faire les présentations en bonne et due forme ! Erine alla la chercher derrière le dos d'Héraïs où elle avait trouvé refuge pour s'extirper du regard de son faux « *frère* ».

Elles virent se placer devant Remington qui les regarda tour à tour confus.

— Remington, je te présente ma sœur Ariane et elle, c'est Héraïs une bonne amie à nous ! *Elle dit tout ceci en anglais.*
— D'accord enchanté ! Celui-ci sourit bien content d'entendre une langue qui lui était familière.
— Il dit qu'il est enchanté de faire votre connaissance ! Erine fit la traduction.
— Nous de même. Ariane sourit. Mais je ne vois par ta sœur et tes parents ? Je pensais qu'ils viendraient en même temps que toi ? Elle fit un tour circulaire du parking mais ne vit personne si ce n'est les passagers qui allaient et venaient mais aucune trace de Siana, Eleanor ou son oncle François.
— Non ils ne sont pas venus mais ne t'inquiètes pas je t'expliquerai tout une fois à la maison. Si nous allions d'ailleurs ?
— D'accord allons-y !

Ils montèrent dans la voiture après avoir chargé les bagages dans la malle arrière puis prirent le chemin de la demeure d'Ariane.

Ce jour-là, ils mirent plus de temps que prévu avant d'arriver à destination et pour cause, il y avait un embouteillage monstre. Mais ça ne les dérangeait pas plus que ça, ils en profitèrent pour faire plus ample connaissance. Remington qui paraissait plus à l'aise leur parla de lui, de ses études, de sa rencontre avec Erine qui en réalité était encore une étrangère pour lui, ils ne se connaissaient pas si bien en fin de compte.

Il apprit quelques mots en Nobagain et français sur le tas et même si sa prononciation et son accent étaient hilarants, les filles trouvèrent ça attendrissant surtout Ariane qui ne l'avait pas quitté des yeux depuis le début du trajet. Finalement, ils arrivèrent chez Ariane, rangèrent leurs affaires avant de ressortir pour cette fois, aller au monastère pour y déposer Héraïs avant d'entreprendre la recherche des hôtels où devait séjourner Remington.

Elles optèrent donc pour l'Atlantide, un hôtel huppé au bout de la ville, dans un quartier tout aussi huppé. C'est là-bas qu'étaient agglutiné le gratin de la haute société Nobagaine, il s'y plaira pensa Erine quand elle se trouvait au pied de l'imposant immeuble d'une cinquantaine d'étages avec Ariane et son collaborateur à ses côtés.

Ils entrèrent dans l'établissement, Ariane se dirigea vers la concierge, une dame la quarantaine révolue les accueillit avec le plus beau sourire qu'elle avait en stock.

— Bonsoir Messieurs et dames et soyez les bienvenus à l'Atlantide que puis-je faire pour vous ?
— Bonjour Madame, nous souhaiterions louer une chambre pour une durée plus ou moins longue c'est ça ? Ariane se retourna vers Erine.
— Oui nous allons partir sur deux mois dans un premier temps on avisera plus tard car on ne sait pas combien de temps nous prendra l'affaire que nous devons traiter. Elle se tourna vers Remington pour faire la traduction et recueillir son avis. Ce dernier acquiesça.
— D'accord... ce sera donc pour un séjour de deux mois s'il vous plait !
— Bien et euh... la chambre c'est pour vous trois ? S'enquit la dame perplexe.
— Non ! mon Dieu non ! Ariane et Erine s'exclamèrent en chœur avant de rire gênées.

— Non madame, pour une seule personne, vous réserverez la chambre au nom de... Erine c'est quoi déjà son prénom ? Murmura Ariane à l'oreille de sa cousine.

— C'est Remington ! Lui répondit Erine dans un murmure un sourire moqueur dessiné au coin de ses lèvres.

— La réservation sera au nom de monsieur Remington s'il vous plaît ! Poursuivit Ariane en se retournant cette fois vers la concierge.

— D'accord, la chambre 159 est libre c'est une des meilleures suites avec vue sur l'Océan côté Sud ! Elle commença à enregistrer les données qu'elle lisait sur la pièce d'identité que lui avait remis Remington sur invitation d'Erine.

Quand elles eurent fini l'enregistrement, la dame fit signe à un bagagiste qui les conduisit dans leur chambre à l'avant dernier étage. Ils arrivèrent et après avoir remis un pourboire au jeune homme, ce dernier prit congé d'eux. Ils en profitèrent pour inspecter les lieux et se rendre compte que la concierge avait dit la vérité, la suite était splendide avait vue sur l'entendue azur de l'Océan au loin. Remington était conquis, il ne tarda pas à le faire savoir à Erine qui fut rassurée que ça lui plaise. Ils discutèrent un moment puis les deux jeunes demoiselles prirent à leur tour congé de lui en se promettant de se revoir demain matin afin de commencer les repérages du futur cabinet et recueillir les informations nécessaires pour l'affaire à l'origine de sa présence à *Terre mère*.

Plus que cette affaire, une autre chose préoccupait l'esprit d'Erine quand elles repartirent vers la demeure d'Ariane, c'était quelle stratégie elle allait adopter pour enterrer une bonne fois pour toutes les rancœurs tenaces de sa tante.

La première nuit d'Erine se passa sans ombrage tout comme son réveil, elle papota un moment avec son hôte qui était venue la saluer de bon matin car elle devait se rendre à son travail. Les deux demoiselles convinrent de se voir cet après-midi pour qu'ensemble elles aillent voir leur grand-mère.

Erine descendit du lit, se dirigea vers la salle de bain pour y prendre sa douche. Quand elle en ressortit plusieurs minutes plus tard, elle se saisit du téléphone qu'Ariane avait bien voulu lui prêter le temps qu'elle s'achète le sien. Elle composa le numéro de Remington et ils se donnèrent rendez-vous.

Ce matin-là, elle opta pour un habilement soft, une jupe droite vert sapin à carreaux, un chemisier vert poireau imprimé de papillon en mousseline de soie à manches longues, un bandana blanc attaché autour de son imposante chevelure bouclée et des ballerines blanches. Elle était en train d'aller dans le salon quand la sonnerie retentit. Erine se précipita vers la porte pour voir de qui il s'agissait, c'était Héraïs et Orphée.

— Bonjour ! Dit Erine enjouée et surprise en ouvrant la porte.
— Bonjour ! Répondirent en chœur les religieuses.

Elles se firent des bises et Erine les invita à entrer avant de les installer dans le salon. Elle s'éclipsa un moment et se rendit dans la cuisine pour y faire chauffer du thé. Elle revint au bout d'une dizaine de minutes un plateau argenté entre les mains.

— Alors comment vas-tu ? As-tu fait un bon voyage ? S'enquit Orphée visiblement heureuse de la revoir.
— Oui le voyage s'est bien passé, comme c'était la deuxième fois que je prenais le vol pour ici le trajet m'a paru moins long et surtout que cette fois, je n'étais pas seule donc ça a aussi beaucoup joué je pense.

Elle posa le plateau sur la table basse et se saisit de la théière. Elle versa le contenu dans les tasses en porcelaine à motifs floraux avant de les tendre à ses convives.

— Vous le voulez avec ou sans sucre votre thé ? Vous êtes arrivées pile au bon moment pour le *Early Morning Tea,* souvent pris avec des scones nous nous contenterons de biscuits secs à moins que vous n'en consommer pas ?

— C'est vrai que le thé c'est comme une religion chez vous en Angleterre.

— Ô que oui et personnellement je le préfère avec des scones. Erine le dit avec tellement d'émotion dans le timbre de sa voix qu'elle parvint à le transmettre à ses convives du jour.

— J'imagine bien. Moi je le prendrai avec un carreau de sucre s'il te plaît et pas grave pour les scones, tu nous les feras goûter la prochaine fois ! Répondit Orphée en tendant la main pour se saisir de la tasse d'où émanait un alléchant fumet du thé vert Cambodgien.

— Le mien je le prendrai sans sucre s'il te plaît merci ! Héraïs tendit la main à son tour pour se saisir de sa tasse de thé qu'elle porta aussitôt devant son nez pour sentir l'exquise odeur qui s'en échappait.

Erine se saisit de sa tasse de thé et s'assit en face des deux religieuses.

— Je suis contente de te revoir même si Héraïs m'a caché ta venue. Il a fallu que je surprenne votre conversation téléphonique hier pour le savoir ce n'est vraiment pas gentil de ta part ! Orphée fit la moue.

— Oui je suis sincèrement navrée. Je voulais vous faire une surprise à toi, sœur Irma et aux autres voilà pourquoi je n'ai fait part de mon retour qu'à Héraïs j'espère que tu ne m'en veux pas ?! S'enquit Erine embarrassée en esquissant un sourire gêné.

— Non ça va je te pardonne, car tes biscuits secs et ce thé sont très bon, j'en prendrai bien un troisième si tu n'y vois pas d'inconvénients !

— Mais non, sers-toi je t'en prie. Erine lui tendit l'assiette contenant lesdits biscuits l'air soulagé.

— Bien on y va ? On a que quelques heures devant nous car on a des tâches à accomplir pour le compte l'église.

— Oui Héraïs je suis prête laissez-moi juste le temps de ranger ce plateau et nous pourrons y aller. Erine se leva, alla ranger le plateau dans la cuisine avant d'aller dans la chambre pour y chercher son sac à main.

Elles sortirent de l'appartement d'Ariane en fermant la porte à double tour.

Elles prirent un taxi en direction de l'Atlantide où Remington les attendait patiemment. Une quarantaine de minutes plus tard, le taxi stationna devant l'hôtel, Erine donna les sous au chauffeur et elles descendirent. Pendant qu'elles franchissaient le seuil du palace, les personnes qu'elles croisèrent dévisagèrent les religieuses, on put y lire sur chaque visage croisé au détour d'une porte coulissante tantôt l'étonnement, tantôt la gêne, tantôt le dégoût et pour cause, les lieux comme les hôtels et autres palaces du genre traînaient la mauvaise réputation de lieu de débauche et de vices en tout genre et les religieuses elles, représentaient l'ordre moral.

Erine et ses amies arrivèrent bientôt auprès de la conciergerie, cette fois, elle fut reçue par un homme grand, svelte, la trentaine révolue.

— Bonjour monsieur !
— Bonjour mademoiselle, bonjour mesdames, bienvenues à l'Atlantide Palace comment puis-je vous aider s'il vous plaît ? Il arbora un grand sourire.
— Nous avions rendez-vous avec un ami qui loue une suite au sein de votre établissement un certain Remington O'Donnell !
— D'accord un instant s'il vous plaît que je regarde dans notre base de données ! L'homme effectua la recherche sur son registre avant de se saisir du téléphone et

d'appeler. Il discuta avec une personne à l'autre bout du fil qui semblait-il était Remington.

— Monsieur O'Donnell ne va pas tarder puis-je vous demandez de patienter dans la salle d'attente qui se trouve à votre gauche s'il vous plaît ?

— Oui bien sûr merci bien ! Erine et les sœurs se dirigèrent vers ladite salle d'attente s'installèrent sur des cousins moelleux et de haut de gamme aux côtés d'autres personnes.

Remington arriva quelques minutes plus tard, sobrement vêtu d'une chemise à manches courtes bleue, d'un Bermuda en lain gris et des chaussures en cuir noir reluisantes. Il vit les demoiselles et se dirigea vers elles tout sourire. Il les salua tour à tour.

— Bonjour ! Prononça-t-il dans un français approximatif.

— Waouh tu as fait du progrès en vingt-quatre heures c'est bien je suis impressionnée ! Répondit Erine enjouée.

— Oui j'ai pris des cours de français en ligne toute la nuit après votre départ hier ! Il semblait assez fier de lui.

— Tu m'impressionnes ! Ah tiens, j'ai failli oublier. Je te présente Héraïs que tu as déjà eu l'occasion de rencontrer hier à l'aéroport et Orphée, mes sœurs je vous présente

Remington c'est mon collègue de travail !
Quand elle dit ça, elle regarda Orphée qui
semblait perplexe.
— Enchantée ! Répondit cette dernière en
esquissant un sourire gêné.

Présentation d'usage faites, ils sortirent de
l'hôtel et se dirigèrent vers le centre-ville pour
effectuer la visite des potentiels locaux qui
abriteraient leur futur cabinet d'avocats.

Ils se rendirent dans la première agence
immobilière qu'ils virent et après quelques
minutes de discussion avec l'agent qu'ils
rencontrèrent, celui-ci mandata un jeune
homme pour qu'il fasse faire les visites. Ils
parcoururent la ville de fond en comble à bord
d'un pick-up assez vétuste et dont la fumée
noirâtre du tuyau d'échappement était le
témoin d'une absence de contrôle technique ou
que ce dernier datait probablement du drame
de Pompéi.

Ils visitèrent plusieurs locaux assez sympas
tant au niveau architectural qu'au niveau du
coût mais Erine hésitait, elle cherchait quelque
chose de spécial pour son futur cabinet et les
différents locaux visités jusqu'ici n'avaient pas
su susciter cette étincelle dans ses yeux.

Mais bientôt, ils trouvèrent la perle rare. Un

local situé dans un bon quartier, très spacieux, au rez de chaussée d'un bâtiment colonial ancien mais très bien conservé et récemment réhabilité. Elle eut tout de suite le coup de cœur et décida que c'est celui-ci qui abriterait les installations de son futur cabinet juridique, elle était ravie. Erine signa le bail sur place les démarches étaient moins pénibles qu'à Londres elle ne s'en plaignit pas au contraire, elle était soulagée aussi se montra t'elle généreuse quand vint l'heure de se séparer avec leur accompagnateur et qu'il fallait lui remettre quelques sous.

— Alors ? Qu'en pensez-vous ? Erine se retourna et regarda tour à tour les religieuses et son collaborateur Remington tout aussi enjoués qu'elle.
— Je trouve le local magnifique en plus d'être situé dans un quartier sécurisé à quelques encablures du centre-ville et proche du quartier d'affaires. Se réjouit Héraïs enthousiasmée, propos acquiescés par Orphée d'un hochement de tête.
— Je trouve l'endroit beau, spacieux un bel emplacement pour un cabinet ! Renchérit Remington qui fit un tour circulaire de la pièce.

Ils restèrent un moment à scruter les lieux avant que les religieuses ne prennent congé d'eux, au même moment Ariane arriva, il était 16h34. Ils prirent donc la route tous les trois pour rejoindre la maison familiale. Ariane s'arrêta au passage devant l'hôtel pour que Remington regagne sa suite.

— Merci pour la balade ! Dit-il en anglais en souriant à l'endroit des deux demoiselles.
— Mais je t'en prie ! Répondit Ariane dans la même langue sous le regard ahuris d'Erine, elle se contenta de sourire.
— Je passerai te prendre demain et entre temps si jamais tu as envie de visiter la ville ou autre chose n'hésite pas.
— D'accord !
— Bien sur ce, je te souhaite de passer une agréable fin d'après-midi et d'ores et déjà bonne nuit !
— Merci Erine, à vous de même et à très bientôt. Il se dirigea vers la porte d'entrée du palace en faisant des grands signes de la main auxquels les filles répondirent avec entrain.

Elles poursuivirent donc leur route avec "*Say your love*" de P-Square à fond les mirettes. Erine prit la parole et s'adressa à sa sœur amusée :

— Donc tu parles anglais ? C'est nouveau.

— Oui j'ai eu le temps d'acheter des manuels et d'apprendre deux ou trois phrases pour faire la conversation.

— Tu m'impressionnes et je crois n'avoir pas été la seule à l'être ! Erine lui fit un clin d'œil.

— Justement, c'était le but et j'espère l'avoir atteint et j'en crois tes paroles je suis donc sur la bonne voie.

— Sur la bonne voie pour ? S'enquit Erine un sourire espiègle au bout des lèvres.

— Tu sais où je veux en venir, je voulais justement te poser la question... Ariane parut hésitante.

— Oui dit moi qu'est-ce donc cette fameuse question ?

— Je voulais savoir si vous étiez ensemble ? Poursuivit timidement Ariane les yeux rivés sur la route. Si elle était blanche, nul doute qu'elle aurait rougit à ce moment. Les bienfaits de la mélanine prirent tout leur sens.

— Remington et moi ? Non pas du tout nous sommes de simples collègues. Elle eut un rire nerveux. Ma vie est assez compliquée comme ça je n'ai pas le cœur à m'engager dans autre chose que ce que je fais actuellement !

— Ouf tant mieux. Ariane parut soulagée. La question qui va suivre tu t'en doutes certainement c'est...

— Ne t'en fais pas, la voie est libre tu peux y aller car je pense qu'il est célibataire.

— Tu penses ou tu es sûre ?

— Bonne question, je ne me rends compte que maintenant, mais on ne se connaît pas si bien finalement lui et moi. Erine plongea dans ses pensées.

— Comment est-ce possible ? Tu veux dire que tu as voyagé avec quelqu'un que tu ne connais pas ? vous avez parlé de quoi durant votre trajet ?

— De rien... Pas tout à fait, nous avons effectivement parlé un peu mais c'était en rapport avec l'affaire qui nous emmène ici. Ensuite, il s'est penché sur son bouquin et moi je me suis endormie les écouteurs aux oreilles. Erine rougit.

— Eh ben dit donc, je ne te savais pas aussi timide moi également j'ai encore des choses à apprendre sur toi apparemment. Elles s'esclaffèrent.

Elles arrivèrent une quarantaine de minutes plus tard, descendirent du véhicule et après avoir vérifié que toutes les portières étaient verrouillées, elles prirent le chemin de la maison. Elles arrivèrent munies de deux sacs plastiques contenant quelques courses qu'Ariane fit avant de passer chercher Erine à son cabinet : deux boites de feuilles de tabac séchées et une grosse boite de café pour la grand-mère et quelques provisions pour le reste de la famille. C'est mamie Tsayi qui, la première, les vit arriver. Elle reconnut tout de suite sa petite fille anglaise à son imposante tignasse attachée avec un bandana blanc.

— Tu es revenue... Comme tu me l'avais promis... tu es revenue. La vieille dame était émue aux larmes. Elle tendit ses bras vers sa petite-fille.

— Oui mamie je suis revenue. Erine s'agenouilla à côté de sa grand-mère avant de la prendre dans ses bras en sanglot.

Elles restèrent enlacées l'une dans les bras de l'autre pendant plusieurs minutes, il eut des larmes, des sanglots, des câlins, des bisous et Ariane, assez émotive, ne tarda pas à faire couler quelques larmes de joie devant ce spectacle attendrissant qui se déroulait devant ses yeux. Elle se contenta de les essuyer délicatement du revers de la main avant de sourire émue.

— Ô mon enfant, si tu pouvais savoir combien de fois j'ai prié après ton départ pour avoir la chance de te revoir dans cette vie. C'était ma plus grande crainte, ne pas te revoir une dernière fois. La vie ce sont des étapes, la plus douce c'est l'amour, la plus dure c'est la séparation, la plus pénible ce sont les adieux et, la plus belle, c'est celle que nous vivons en ce moment même : les retrouvailles ! Tsayi plongea ses yeux dans ceux de sa petite fille, elle la caressa par les épaules avant de poser un baiser sur son front les yeux fermés.

— Viens aussi je ne t'ai pas oublié ! Elle fit signe à Ariane qui ne se fit pas prier et alla enlacer sa grand-mère à son tour sous le regard amusé d'Eyè qui les avait rejoints entre temps.

— Bonjour ! Dit le jeune homme.

— Bonjour ! Répondit Erine en se redressant avant de le prendre dans ses bras ce qui le dérouta un peu car pas habitué à cette marque d'affection.

— Je suis contente de te revoir j'espère que tu vas bien ?!

— Euh... oui moi ça va merci c'est gentil. Je suis également ravi de te revoir tu es revenue à Nobag depuis quand ?

— Je suis arrivée hier où est euh...

— Tu veux parler d'Hamaya ?

— Oui c'est elle ! Je suis navrée j'avais oublié son prénom j'ai honte. Admit Erine gênée.

— Mais non ne le soit pas. Rassura Eyè. Elle est sortie, elle est allée rendre visite à une amie.

— D'accord.

— Prend place mon enfant, raconte-moi tout. Comment vont tes frères et sœurs ? Et tes parents ? Ton père compte-t-il venir ? La vieille Tsaya désigna la chaise plastique à côté de son fauteuil en liane, Erine s'assit et commença à répondre à toutes les questions de la matriarche.

Ariane elle, confia les courses à son petit frère qui alla les ranger avant d'aller chez l'épicier du coin chercher des rafraîchissements pour tout le monde. Ils burent et racontèrent dans la bonne humeur. C'est dans cette ambiance qu'Hamaya vint les trouver, elle se joignit à la conversation et apprit un peu plus sur sa sœur d'*outre atlantique* qu'elle n'avait pas vraiment eu l'occasion de connaître lors de sa première visite et pour cause, elle ne s'était pas vraiment bien passée à cause de la réaction de sa mère.

Erine apprit un peu plus sur ses frères Eyè et Hamaya. Lui avait vingt-un an, soit un an de moins qu'elle, un mètre soixante-quinze, teint noir, il était en deuxième année d'études archéologiques à l'Université Nobagaine, un choix que ne comprenait pas d'ailleurs sa mère mais il était passionné par ce domaine et comptait bien graver son nom en lettres d'or dans l'histoire du pays en devenant le premier archéologue Nobagain à l'international. Erine trouva cette ambition noble d'autant plus que tout comme elle, Eyè était également un génie incompris par ses géniteurs, mais contrairement à elle, il n'avait pas la pression de son père ce dernier ayant disparu de sa vie dès son premier souffle dans ce monde d'ingrats. En dehors de ses études, il pratiquait régulièrement le volley ce qui expliquait sa carrure athlétique.

Sa sœur aînée à côté paraissait aussi grande qu'une *minimoy* mais cela ne l'empêchait pas de la respecter comme il se devait, il n'a jamais tenté ne fusse qu'hausser le ton sur celle, leur éducation leur interdisait de le faire.

Hamaya quant à elle, était une jeune demoiselle assez réservée, âgée de dix-huit saisons de pluies, d'une corpulence svelte, teint ébène comme son grand frère, des yeux en forme d'amande, elle étudiait le marketing digital dans la même Université que son aîné Eyè. Comme toutes les jeunes filles de son âge, elle aimait tout ce qui avait attrait à la mode, le maquillage entre autres.

Ils discutèrent longtemps avant de se mettre à table, c'est Eyè qui était aux fourneaux aujourd'hui et il avait concocté un met typique de leur ethnie : le *Souki*. C'était un plat à base de poisson cuit à l'étouffé dans des feuilles de bananiers avec de la pâte d'arachide, du piment et une boulette de bananes plantains comme accompagnement. Ils passèrent un bel après-midi, après le repas, la grand-mère se retira dans ses appartements pour s'y reposer laissant sa descendance au salon.

Erine et ses frères étaient en train de rire de leurs anecdotes quand un bruit sourd se fit entendre de la chambre à coucher de la grand-mère Tsaya. Eyè qui s'était levé plus vite que les autres fut donc le premier à découvrir la vieillarde allongée au sol inerte.

Chapitre XIV

La matriarche

Erine se rendit pour la énième fois auprès de l'infirmière pour y recueillir des informations et pour la énième fois elle eut la même réponse : « Le *médecin est en chemin soyez patiente* ».

Elle resta là, désabusée, immobile, regardant interloquée, la femme en blouse bleue-ciel imperturbable. Elle repartit dans la salle d'attente où Ariane, Eyè et Hamaya étaient assis la mine déconfite avec plusieurs autres personnes à leurs côtés.

— Ça se passe toujours comme ça dans vos hôpitaux ? S'étonna Erine.
— Malheureusement oui. Ariane soupira résignée. Je ne sais pas comment ça se passe chez vous les blancs mais ici, l'accès aux soins et la prise en charge des patients dépendent de la classe sociale. Plus tu as les

sous, plus vite tu es pris en charge et moins tu en as....

— Mais c'est scandaleux ! S'offusqua Erine.

— Bienvenue à Nobag ! Coupa Eyè désabusé.

Erine regarda ses frères et sœurs tour à tour, elle semblait outrée. Comme eux, elle se résigna et décida d'attendre le médecin. Mais attendre assise était inenvisageable pour elle. Aussi, décida-t-elle de faire des vas et viens à l'extérieur de l'Hôpital Jeanne Igamba du reste, le seul et unique Centre Hospitalier Universitaire de la capitale.

Elle repensa au *St Thoma's Hospital* à Londres. Ce fameux jour où, alors âgée d'une dizaine d'années, sa mère dû être internée après son attaque cardiaque. Elle se souvint de la promptitude avec laquelle cette dernière fut prise en charge, de la disponibilité des infirmières et des médecins. Elle se souvint que ce jour-là, la vie de sa mère passa avant toute question financière et tout statut social et aujourd'hui, longeant le hall du Centre Hospitalier Universitaire de Slavecity, elle se rendit compte que sous les cieux Nobagains, c'était l'inverse et ça l'attrista.

Erine qui avait toujours mis ce pays cher à son cœur sur un piédestal ressentait à présent le goût amer de la désillusion.

La jeune Anglo-nobagaine était en train de faire les vas et viens quand, elle aperçut un monsieur marchant nonchalamment dans la cour de l'hôpital mal éclairée. Elle comprit à sa démarche décadente et titubante que l'homme était ivre. Sa suspicion fut confirmée quand, quelques minutes plus tard, ce dernier passa à quelques mètres d'elle. Une forte odeur d'alcool émanait de lui, Erine manquait de tomber à la renverse tellement l'odeur était suffocante. Elle le suivit du regard et l'aperçut au loin en train de discuter avec la dame qui l'avait reçu quelques minutes auparavant. Elle s'empressa d'entrer dans l'hôpital et se rendit auprès de ses frères.

— Justement ça tombe bien, le médecin vient d'arriver on va enfin pouvoir s'occuper de mamie. Dit Ariane en se levant quand elle vit sa cousine arriva d'un pas pressant.

— Commet ça ? tu veux dire que c'est ce monsieur qui va s'occuper d'elle ? Elle regarda sa sœur abasourdie avant de poser son regard inquiet sur leur grand-mère qui était toujours allongée sur un banc, inconsciente.

— Oui c'est ce monsieur ! Ariane pointa l'homme du doigt.

— Non tu ne parles pas sérieusement là, CE monsieur ? S'enquit de nouveau Erine choquée.

— Oui c'est le médecin. C'est lui qui va s'occuper de mamie c'est le seul médecin de disponible cette semaine. Répondit Ariane qui semblait ne pas comprendre la réaction de sa cousine.

— Rassure-moi, tu sais qu'il est ivre mort le monsieur ?

— Ah, ça ? Tu t'habitueras. On a tellement de mal à avoir des médecins disponibles que lorsqu'un daigne se pointer, fusse-t-il ivre mort comme celui-ci, on ne rechigne pas tant qu'il peut s'occuper de mamie nous ça nous va.

— Je rêve ! Mais... Dans quel monde vit-on ? S'exclama Erine abasourdie.

— Bienvenue à Nobag ! Rétorqua cette fois Hamaya désabusée.

— Mais... mais... n'y a-t-il vraiment aucun autre hôpital ?

— Non, après il reste toujours les cliniques privées mais elles sont très onéreuses et comme tu as pu le voir, on ne marche pas sur l'or dans la famille. Conclut Ariane en haussant les épaules.

— L'argent n'est pas un problème. Coupa Erine. Nous irons dans une clinique si ça peut nous garantir une meilleure prise ne charge de mamie j'ai des économies je pourrais prendre en charge ses frais d'hospitalisation.

— Euh... d'accord, je connais une clinique pas loin avec une assez bonne réputation. Ariane se retourna vers ses deux cadets.

— Hamaya toi tu rentreras à la maison avec le petit. Eyè, Erine et moi on accompagne mamie j'appellerai maman en chemin pour lui transmettre notre localisation.

— D'accord.

— Mon trésor ? Tu rentres avec Tata je viendrai te chercher tout à l'heure d'accord ?

Le jeune garçon se contenta d'hocher la tête en guise de réponse. Ariane fouilla son sac à main et en ressortit un billet qu'elle tendit à sa petite sœur.

— Ça devrait suffire. S'il y a la monnaie achetez de quoi grignoter vite fait en attendant notre retour et n'oublie pas de m'envoyer un message dès que vous serez à la maison !

— Ça marche vous également tenez moi au courant de l'état de santé de mamie ! Elles se prirent dans les bras avant de se quitter.

Eyè souleva de nouveau la matriarche et l'installa à l'arrière du véhicule et tous les quatre, ils prirent le chemin de la clinique dans la nuit noire.

Une heure environ s'était écoulée depuis leur

arrivée. Comme l'avais annoncé Ariane, ils furent pris en charge dès qu'ils en franchir le seuil. Les infirmières qui les reçurent furent au petit soin et à l'écoute, le médecin, un homme d'un âge mûr et propre sur lui, contrairement à celui qu'elle vit au CHU, lui inspirait confiance, il dégageait une aura qui la rassura. Ils furent conduits dans une grande pièce où on leur demanda de s'asseoir pendant que le médecin, suivi de près par deux infirmières, se rendit dans la chambre où était allongée la vielle dame toujours inconsciente. Ceux-ci ressortirent une demi-heure plus tard. L'homme à la carrure imposante vêtu de sa blouse blanche s'avança vers eux.

— Son état est stable, vous pouvez entrer dans la salle si vous le souhaitez mais tachez de ne faire aucun bruit elle a besoin de repos.
— D'accord. Merci docteur. Dit Erine reconnaissante en prenant sa main dans les siennes.
— Je vais aller nous prendre des rafraîchissements je crois qu'on en a besoin je vous rapporte quoi ?
— Moi je veux bien un coca cola s'il te plaît. Choisit Ariane en se dirigeant vers la chambre où était internée leur grand-mère.
— Moi un verre d'eau me suffira amplement.
— D'accord je vous apporte ça de suite. Eyè s'éclipsa d'un pas pressant.

— Je vais vous laissez si jamais il y a le moindre soucis dites-le à une infirmière je viendrai aussitôt.

— Merci monsieur je n'y manquerai pas.

Il s'élança d'un pas sûr le long du couloir avant de s'éclipser dans son bureau. Bientôt, une infirmière parut dans le champ de vision d'Erine.

— Excusez-moi mademoiselle, le moment est peut-être mal choisi mais j'aimerais savoir laquelle de vous deux va signer la prise en charge de votre mère ?

— Grand-mère.

— Ah navrée de votre grand-mère. Alors ? Elle parut contrariée.

— C'est moi qui m'en occupe où dois-je signer ?

— Suivez-moi je vous prie !

L'infirmière tourna les talons et s'élança à son tour le long du couloir. Elles arrivèrent bientôt à l'accueil de la clinique. Elle sortit une chemise cartonnée d'un tiroir et un stylo qu'elle tendit à Erine. Cette dernière s'en saisit et commença à remplir le formulaire. Elle signa ensuite un chèque qu'elle remit à la dame.

— Il y a-t-il autre chose que je doive faire ?

— Non ce sera tout merci.

— Entendu merci. Erine esquissa un sourire, elle avait à peine fini sa phrase que déjà l'infirmière avait déjà détourné son visage et s'était lancée dans une conversation passionnante avec sa collègue qui ne manqua pas au passage de la dévisager.

Sans demander sans reste, Erine tourna les talons et revint sur ses pas. Elle entra à son tour dans la pièce. Elle s'assit de l'autre côté du lit en regardant sa grand-mère allongée là, un tube respiratoire dans la bouche. Cette même vieille dame qui, il y a quelques heures, lui paraissait encore en pleine forme, en pleine santé, pleine de vite. C'est alors que la citation de Fleurette Levesque lui vint à l'esprit : « *le bonheur est éphémère, il passe sans s'arrêter, il s'attarde parfois, l'espace d'une illusion, mais rares sont ceux qui savent le retenir, le garder. Il est si fragile, si vulnérable, il suffit de trois fois rien pour l'effrayer, le voir fuir à jamais* ».

Erine venait d'apprendre une nouvelle leçon. Telle une empreinte laissée sur le sable fin d'une plage aussitôt effacée par l'écume d'une vague déferlante, ainsi en était-il de la vie, un bien précieux, inestimable mais d'une déconcertante fragilité. Mais Erine se refusa à se laisser sombrer par ces idées obscures et fatalistes. Aussi, jugea-t-elle bon de fermer les yeux, de dire une prière silencieuse afin que celle qu'elle avait à peine commencer à aimer et abreuver de son affection ne rejoigne point le *royaume des ombres* avant qu'elle ne soit rassasiée de sa presence. Elle avait encore tellement de chose à apprendre de ce nouveau monde et elle comptait sur elle.

Comme une réponse à sa prière, Tsaya commença à ouvrir fébrilement les yeux, elle posa son regard hébété sur ses deux petites filles qui, accoudées de part et d'autre de son lit, avaient fini par s'assoupir il en était de même pour Eyè qui, comme ses deux sœurs, avait succombé au chant de Morphée affalé sur un fauteuil en cuir assez douillet. Elle esquissa un sourire attendrissant avant de caresser les cheveux des deux jeunes filles. Ce geste les extirpa lentement mais sûrement du royaume des rêves et c'est Erine qui ouvrit les yeux la première.

Café au lait

Chapitre XV

Le passé au passé

Le médecin regarda sa montre il était 7h45 du matin quand il prit son tensiomètre pour la énième fois à la demande d'Erine. Après l'énième prise de tension, il ausculta la vieillarde pour la énième fois sous les regards amusés d'Hamaya, Ariane et Eyè qui trouvaient la scène assez cocasse et attendrissante.

— Je vais très bien mon enfant inutile de t'en faire. Tsaya esquissa un sourire.
— Oui mamie mais je préfère en avoir le cœur net.
— Mais c'est la cinquième fois que tu demandes au médecin de m'ausculter et de prendre ma tension artérielle.

— On n'est jamais trop prudent je ne veux pas revivre cette frayeur une deuxième fois. Erine semblait inquiète.

— Je comprends mon enfant et je peux te rassurer que ça va beaucoup mieux maintenant et le docteur a certainement d'autres patients dont il doit s'occuper.

— Merci monsieur pour vos soins quand puis-je sortir ? Tsaya se retourna vers le médecin qui avait assisté à la conversation entre la matriarche et sa petite-fille amusé.

— Si vous voulez, vous pourrez sortir dès aujourd'hui !

— D'accord merci encore.

— Je vous en prie. Si vous voulez bien m'excuser. Il sortit de la pièce en refermant délicatement derrière lui.

— Tu es sûre que tu vas bien mamie ? S'enquit cette fois Eyè en se rapprochant du lit de sa grand-mère.

— Oui ça va aidez-moi à me redresser s'il vous plaît. Ils s'exécutèrent.

— Tu nous a vraiment fait peur mamie... Tellement que j'ai même dû appeler papa !

— Je suis vraiment navrée ma puce de t'avoir causé une telle frayeur. Elle prit sa main dans la sienne. —Et qu'a dit ton père ?

— Il m'a fait entendre qu'il viendra aussitôt que possible.

— Si j'avais su qu'il fallait que je fasse un malaise pour revoir mon fils après tant

d'années je me serai évanouie plus tôt.
Tsaya éclata de rire sous le regard amusé de
ses petits-enfants.

C'est à ce moment que quelqu'un cogna à la
porte avant d'entrer. Les regards y
convergèrent et celui d'Erine se figea. Elle eut
l'impression que son cœur avait cessé de
s'émouvoir une fraction de secondes, elle eut le
souffle coupé. Ayèla les regarda tour à tour
avant de poser son regard sur sa nièce sans mot
dire pendant un instant.

— Bonjour maman, bonjour tout le monde je
  suis venue dès que j'ai pu. Elle ôta ses
  talons et les posa dans un coin de la pièce.
— Bonjour maman. Répondirent en chœur
  Eyè, Hamaya et Ariane.
— Bon... bon... Bonjour tata... Balbutia Erine
  mais le regard froid que lui lança Ayèla la
  dissuada de poursuivre sa phrase.
— Euh... bonjour Madame. Dit Erine craintive
  en avalant sa salive.
— Bonjour ! Ayèla ne daigna même pas
  regarda sa nièce.
— Alors comment tu te sens ? Qu'a dit le
  docteur ? Ariane m'a fait le compte rendu
  vite fait pendant que je venais mais je veux
  me rassurer.
— Ça va mieux maintenant ne t'en fait pas. Je
  peux sortir dès aujourd'hui apparemment
  mon état est stable et il n'y a plus aucun

problème. Tsaya rassura sa fille en portant ses sandales en cuire lentement avant de descendre du lit.

— J'ai besoin de m'en assurer par moi-même. Ayèla sortit de la pièce sans se soucier du fait qu'elle était pieds nus mais apparemment elle en avait cure.

Il était environ douze heures quand ils arrivèrent chez eux. Le trajet s'était effectué dans la joie et la bonne humeur avec mamie Tsaya et ses anecdotes, la bonne humeur était au rendez-vous. Erine en profita pour appeler Remington qui n'avait malheureusement pas pu effectuer le déplacement car connaissant très peu la ville sans compter la barrière de la langue. Aussi jugea-t-il de s'enquérir de la situation depuis la chambre de son hôtel. Néanmoins, Erine promit de le voir dès qu'elle aurait du temps il en fut de même pour sœurs Irma et Héraïs. Arrivés dans la concession familiale, Eyè et Hamaya aidèrent Tsaya à s'installer sur son siège en liane à la terrasse. Ayèla elle, s'engouffra dans le couloir pour rejoindre sa chambre qui se trouvait tout au bout.

— Ne t'en fait pas mon enfant j'ai parlé avec elle en ton absence c'est déjà une bonne chose qu'elle ait répondit quand tu l'as salué quand nous étions à la clinique ça prouve qu'elle a baissé sa garde. Rassura Tsaya.

Erine se contenta de sourire. Elle était apaisée, elle n'avait pas eu droit à l'accueil froid de la dernière fois c'était un signe que les tensions étaient plus ou moins apaisées. Elle avait certes été froide en répondant mais au moins, elle lui avait répondu. C'est donc rassurée qu'elle dégusta son plat de *Souki* qu'Hamaya cuisina à l'arrache pour faire plaisir aux papilles de sa grand-mère qui avait grand besoin de reprendre des forces après son malaise.

Une fois le repas achevé, chacun vaqua à ses occupations. Hamaya, Erine et leur grand-mère allèrent de nouveau s'installer à la terrasse où la vieille dame leur conta des légendes de leur ethnie et d'ailleurs. C'était un moment privilégié qui avait bercé Hamaya longtemps et auquel elle ne se lassait pas et aujourd'hui, c'était au tour d'Erine de découvrir et d'apprendre un peu plus sur sa culture. Certes, elle ne comprenait pas tout notamment les différents passages en langue ou encore certaines expressions, mais elle était ravie d'être avec les siens, d'être auprès de sa grand-mère et c'est tout ce qui lui importait. Ariane elle, s'isola un moment pour discuter au téléphone avec son fils que son père était passé récupérer en son absence et à en croire la tonalité de sa voix, elle n'était pas contente.

Elle entretenait une relation assez compliquée avec son ex petit ami. Cependant, elle s'était toujours arrangée à ne jamais rien laisser transparaître devant son fils afin que ce dernier n'en pâtisse pas. Contrairement aux autres mères célibataires qui diabolisaient leurs ex-compagnons après une rupture fusse-t-elle brutale, Ariane elle, avait opté pour l'apaisement. Elle ne détestait pas Mathas, loin de là. Ils avaient malheureusement dû mettre fin à leur relation, contraints par la force des choses ou tout simplement par des forces supérieures qui œuvraient dans l'ombre contre leur bonheur. En effet, leur incompatibilité rhésus fœto-maternelle étant susceptible de permettre la venue au monde d'un enfant à risque, ils ne pouvaient donc pas entrevoir sereinement une relation à long terme comme ils le souhaitaient. La naissance de leur fils leur parut donc comme un miracle mais il fallait qu'ils rompent ce qu'ils firent à contre-cœur. Depuis, Ariane n'a plus jamais voulu se remettre en couple bien trop marquée par sa précédente relation et craignant de retomber dans les mêmes travers. Elle n'a jamais voulu épiloguer sur la question. Aux yeux de ses deux cadets, Mathas et elle avaient décidé, d'un commun accord, de mettre un terme à leur relation.

Ayèla ne tarda pas à rejoindre les autres à la terrasse. Elle s'assit sur le deuxième fauteuil de lianes qui appartenait jadis à son père et commença à boire une bière fraîche le regard vide. Erine qui l'observait du coin de l'œil voulut la rejoindre, discuter, mais elle hésitait. Tsaya l'ayant remarqué lui murmura à l'oreille.

— Va rejoindre ta mère mon enfant, vous devez avoir cette conversation.
— Oui mamie je veux bien mais... je crains qu'elle me rejette encore comme la dernière fois. Fit remarquer tristement Erine dans un murmure.
— Je sais, mon enfant je sais, et je te comprends. Mais tu n'en mourras pas. Insiste jusqu'à ce qu'elle daigne te parler du moins, t'écouter il faut crever l'abcès.
— Tu crois que c'est le moment mamie ? J'ai l'impression qu'elle est un peu perdue dans ses pensées. Leurs visages convergèrent vers Ayèla qui était en train de porter sa canette de bière à ses lèvres le regard voguant dans le néant à la recherche de quelque chose dont elle seule connaissait probablement l'emplacement.

— Si tu attends le bon moment il ne viendra peut-être jamais !
— Tu as sans doute raison mamie. Erine tremblait de tous ses membres. Elle fut parcourue de frissons.
— Ayèla ! Ta fille a besoin de parler avec toi tâche de l'écouter je te prie ! Dit Tsaya à l'endroit de sa fille quand elle eut fini de tirer dans sa pipe.

Ayèla la regarda éberluée avant de poser ses yeux sur sa nièce qui sursauta. Elle l'observa un moment sans avant de regarder au loin sans rien dire. Erine se leva nonchalamment et se dirigea vers elle, elle tira une chaise en plastique qu'elle posa à quelque mètre de sa tante avant de s'asseoir anxieuse.

— Tata ? Je... Elle se racla la gorge. Elle était mal à l'aise, elle appréhendait l'issue de la conversation mais comme lui avait si bien dit la vieillarde, elle devait crever cet abcès qui durait depuis trop longtemps et qui faisait du mal autant à elle qu'à sa tante.
— Oui ? Qu'est-ce que tu me veux ?
— Je ne sais pas par où commencer... Déjà est-ce que je peux t'appeler ma tante ? Tante ? tata ? Tatie ? S'enquit timidement Erine les mains jointe sur ses genoux.
— Appelle-moi comme bon te semble ! Coupa sèchement Ayèla.

— D'accord ce sera Tata Ayèla alors. Elle esquissa un sourire pour dissimuler son angoisse.

— Je ne vais pas parler au nom de mon père, vous aurez probablement l'occasion de discuter tous les deux quand les tensions seront apaisées. Je vais te parler de moi, de mon ressenti face à cette situation que je n'ai pas voulue, que je n'ai pas choisi mais à laquelle je dois malheureusement faire face. Erine marqua une pause, prit une grande inspiration en fermant les yeux avant d'expirer.

— Mamie m'a fait part de l'histoire, de la cause du schisme entre papa et toi et je regrette énormément que les choses aient pris une telle tournure entre vous. Mais Tata... Ne penses-tu pas que c'est égoïste de votre part ? De faire subir ça à nous, nous neveux et nièces ? Nous qui n'avons rien demandé ? Plus d'une dizaine d'années plus tard ne penses-tu pas qu'il est temps d'enterrer la hache de guerre ? La perspective d'une réconciliation se doit de toujours l'emporter sur une quelconque colère, sur un quelconque ressentiment, une hypothétique amertume et rancœur vieille de plusieurs années. En faisant la paix avec papa, tu te libéreras d'un poids car la haine est un poison silencieux et corrosif qui te ronge de l'intérieur en même temps qu'il te pousse à te complaire dans ta position, il crée un confort illusoire afin que tu ne puisses envisager de te voir ton état devant ton miroir intérieur et quand vient le temps des regrets il est parfois trop tard car le voyage sans retour ne prévient pas.

Elle marqua une énième pause et observa sa tante de ce regard attendrissant qui ne l'avait jamais quitté, de ce regard plein d'amour pour cette "*mère*" qui la repoussait pourtant. Erine sourit, c'était sa meilleure arme face au mur émotionnel qu'elle avait en face d'elle. Elle savait que tôt ou tard, ce dernier l'aiderait à ébranler la muraille, à créer une brèche où elle s'engouffrerait jusqu'à ce cœur dissimilé sous cette couche rocheuse de frustration et d'amertume.

— Il n'y a pas pire sensation que celle où tu as l'impression de n'être chez toi nulle part, lors de ma dernière visite c'est ce que tu m'as fait ressentir Tata, je me fais appeler *La métisse* à Londres et dans toutes les rues où je suis passée en Angleterre, pas *Erine* non, la métisse et je pensais avoir droit à un meilleur traitement ici. Dans cet endroit que je désirais découvrir ardemment car je le considérais comme mon dernier refuge, mon chez moi, mon havre de paix mais tu m'as fait descendre sur terre, tu m'as brusquement ramené à la réalité, tu m'as fait comprendre que j'étais certes ici mais que j'étais d'ailleurs, ce même ailleurs où je n'étais pas plus chez moi qu'ici.

— Alors je me demande où est ma place ? Je ne le sais plus moi-même car tu as ébranlé les derniers indices qui auraient pu m'aider à apporter une réponse claire et définitive à cette question qui a toujours taraudé mon esprit.

Elle eut la gorge nouée, sa voix devint enrouée. Erine refoula un sanglot, mais ne put empêcher une larme de s'extirper de ses yeux avant de suinter le long de sa joue. Elle l'essuya du revers de la main avant de poursuivre son monologue.

— Nos blessures nous apprennent des choses, elles nous rappellent d'où on vient et ce que l'on a surmonté, elles nous apprennent ce que l'on doit éviter à l'avenir, c'est ce que l'on aime penser. Mais ça ne se passe pas toujours comme ça, il y a certaines choses que l'on doit apprendre et réapprendre encore et encore et le pardon fait partie de ces choses-là. Erine soupira.

— Voilà ma tante, ce que j'avais à te dire et sache que je t'aime, je t'ai aimé dès notre première rencontre tu es de ma famille, le même sang coule dans nos veines et même si pour toi je ne fais pas partie de cette

Ohana à laquelle tu y tiens tant ce n'est pas grave tant que je continue d'y croire. Erine se leva et entreprit de retourner auprès de sa grand-mère et de sa cousine Hamaya qui avait suivies la scène au loin.

— Attend... Assois-toi s'il te plaît. Dit doucement Ayèla en buvant le fond de sa canette de bière d'une traite.

Erine s'exécuta à la fois surprise et heureuse, elle sourit avant de regarder sa grand-mère qui secoua sa tête de gauche à droite amusée, elle tira dans sa pipe avant de se balancer sur fauteuil en liane.

— J'ai bien compris ce que tu as dit... Tes paroles étaient pleines de sagesse et à la fois pleines de vérité... Oui j'ai déversé ma colère sur toi pour quelque chose dont tu n'es pas la cause il est vrai et je tiens à te présenter mes plus plates excuses...

— Ce n'est rien Tata... Commença la jeune fille.

— Laisse-moi finir s'il te plaît ce n'est pas facile pour moi encore moins pour toi... En te voyant là, toute souriante, joviale, j'ai repensé à mon frère, cet homme a lâchement abandonné sa famille je ne sais pas si un jour je le pardonnerai... Du moins c'est ce que je me disais et je me suis longtemps accrochée à cette haine pendant des années et tu m'as ouvert les yeux jeune fille je t'en remercie. Très ardu est l'exercice qui consiste à pardonner car il est très difficile de pardonner. Le pardon doit venir du cœur et non de la tête et encore une fois ma chère enfant je te réitère mes excuses j'espère que tu ne m'en veux pas ?!

— Bien sûr que non Tata je ne t'en veux pas je sais que tu souffrais de cette séparation et de cette distance tout autant que papa même s'il ne le dit pas il est très fier et ne montre quasiment jamais ses émotions mais au fond de lui je sais, j'ai cette sensation là que vous lui manqué cruellement et puis, le pardon est un choix que tu fais, un cadeau que tu donnes à quelqu'un même s'il ne le mérite pas. Cela ne coûte rien, mais tu te sens riche une fois que tu l'as donné. Erine sourit.

— Mon frère a vraiment de la chance de t'avoir jeune fille. Tu es tellement sage tu le tiens probablement de ta grand-mère assise là-bas à moins que ce soit de celle du pays de *Mitang* ? Dit Ayèla amusée en dirigeant son regard vers sa mère qui fit semblant de ne pas avoir écouté.

— Je dirai les deux. Répondit Erine amusée. Mon père me répétait tout le temps cette phrase quand j'étais triste en espérant qu'elle te fasse du bien comme ça a été le cas avec moi : « *Apprends à apprécier ce qui est, laisse aller ce qui était et…* »

— ... *Aie confiance en ce qui sera* » !
Poursuivit Ayèla émue.

— Ah tu connais cette phrase ? S'enquit Erine
perplexe.

— Oui snif... snif... oui je la connais... C'était la
phrase que notre père nous répétait chaque
soir avant de nous coucher et chaque matin
à notre réveil... snif. Ayèla posa ses mains
sur son visage pour camoufler les larmes
qui coulaient en abondance de ses yeux.

Ce spectacle fit de la peine à Erine, en répétant
la phrase de son père ce n'est clairement pas
l'effet qu'elle espérait. Elle culpabilisait.

— Je suis sincèrement navrée Tata... Je ... Je
ne voulais pas te faire pleurer si j'avais su...
Je suis confuse.

— Non... ce n'est pas ta faute, ce sont mes
émotions refoulées qui sont remontées d'un
coup à la surface... Seuls les faibles mettent
des années à s'affranchir d'une émotion.
Celui qui est maître de soi peut étouffer un
chagrin aussi aisément qu'inventer un
plaisir.

— Oscar Wilde. Erine émue, esquissa un
sourire les yeux ruisselants de larmes.

— Oscar Wilde. Ayèla leva les yeux et regarda
tendrement sa nièce, l'animosité qu'elle
avait éprouvée pour elle lors de leur
première rencontre avait disparu,

désormais elle n'avait que de la tendresse pour elle.

— Puis-je te prendre dans mes bras ?

— Mais bien sûr Tata je pensais que tu ne le demanderais jamais.

Erine se jeta dans les bras de sa tante, elles tombèrent à la renverse mais n'en firent pas cas, elles s'enlacèrent là, à même le sol, mêlées entre sanglots et fous rires. Tsaya Colette qui avait suivi toute la scène ne put s'empêcher de faire couler quelques larmes en caressant le pendentif accroché autour de son cou contentant la photo d'elle et de son regretté époux qu'elle reverra probablement bientôt.

Chapitre XVI

Intimidations

Des jours passèrent depuis la réconciliation d'Erine et sa tante Ayèla, elles apprirent à se connaitre, elles passaient du temps ensemble et comme disait un proverbe très connu *Hunup* : « *Le temps passe, et l'Homme passe avec lui* », aussi décidèrent elles de profiter l'une de l'autre de chaque seconde qui passait.

Il était dix heures du matin quand le chant des tisserands perchés sur les branches du manguier qui surplombaient la toiture de l'appartement d'Ariane parvinrent aux oreilles d'Erine. Les yeux fermés, elle commença à sourire, s'étira avant de les ouvrir pour tomber sur Ariane qui l'observait depuis la porte grande ouverte.

— Ariane ? Tu es là depuis longtemps ? S'enquit Erine surprise.

— Assez longtemps pour t'observer sourire dans ton sommeil tu as passé une agréable nuit ça se voit sur ton visage tu rayonnes, bien plus que d'habitude ! Elle sourit avant d'entrer complètement dans la chambre d'amis qu'elle avait aménagé expressément pour sa cousine.

— Oui j'avoue avoir passer une très belle nuit, ma réconciliation avec tata Ayèla m'a fait un bien fou je pourrais désormais vaquer à mes occupations le cœur léger ! Erine se redressa pour se mettre en position assise sur le lit avant de s'étirer de nouveau.

— J'imagine bien en tout cas je suis contente que maman soit passée à autre chose il était temps peut-être que désormais elle sera moins grincheuse ! Dit Ariane taquine.

— J'espère aussi et toi ? Tu as passé une agréable nuit ?

— Oui ça va merci.

C'est à ce moment que Yami fit son entrée en allant se jeter sur les cuisses de sa mère.

— Eh mon amour tu as fini de prendre ton petit déjeuner ? Ariane caressa sa tête.

— Oui maman ! Répondit le bout d'homme surexcité.

— Bien mais est-ce que tu as dit bonjour à tata Erine ? Va lui faire un câlin.

— Bonjour tata Erine ! Dit timidement le bambin en se rapprochant d'Erine qui le prit dans ses bras avant de le couvrir de baisers.

— Bonjour mon ange ça va ?

— Oui ! Il repartit promptement dans les bras de sa mère après l'accolade de celle qu'il considérait toujours comme une inconnue.

— Il est un peu timide mais quand il s'y habituera tu le supplieras de te lâcher ! Dit Ariane amusée.

— Moi ça ne me dérange pas j'aime beaucoup les enfants j'ai longtemps voulu avoir des petits frères malheureusement mes parents ont estimé que trois s'en était déjà bien assez ! Erine parue nostalgique.

— Je comprends, moi en tant qu'aînée j'ai su très tôt ce que ça faisait de s'occuper de ses cadets je ne m'en plaints pas car dans un sens ça m'a forgé pour mieux m'occuper de mon fils en tant que mère célibataire je devais assurer seule le rôle du père et de la mère !

— Je vois... en parlant de charges... Erine marqua une pause et se pinça la lèvre inférieure elle semblait hésitante. — Ça me gêne beaucoup de squatter chez toi surtout que je ne participe pas aux charges je...

— Arrête de te prendre la tête, tu n'es pas en Angleterre tu es à Nobag, chez moi. Je suis ta sœur et chez moi c'est chez toi « *mi casa es tu casa* » comme disent les hispaniques tu n'as pas à t'en faire ! Ariane lui sourit en retenant Yami qui ne cessait de sauter dans tous les sens comme une petite puce.

— Oui mais...

— Il n'y a pas de mais qui vaille débat clôt sinon tu vas me vexer ! Ariane plissa les sourcils en esquissant un sourire narquois.

— D'accord ! Erine passa sa main sur sa tignasse ébouriffée.

— Et sinon, quel est ton programme de la journée ?

— Je dois aller voir une certaine Enami qui doit me donner certaines informations concernant l'affaire sur laquelle je suis en train de pencher, enfin nous car je pense que Remington et moi allons y passer la journée et si nous réussissons à nous libérer avant la fin de l'après-midi j'aimerais bien aller voir mamie et les autres !

— Programme très chargé en perspective, moi j'ai un client à voir à 11h15 si tu veux on sort ensemble je te laisserai à ton cabinet je suppose que c'est là qu'aura lieu votre rendez-vous non ?

— Oui c'est exact et oui si ça ne te dérange pas j'aimerais que tu me dépose.

— Ça ne me dérange pas le moins du monde. Allez, je vais aller prendre ma douche tu pourras canaliser ce petit garnement en attendant ?

— Oui bien sûr viens mon ange on va aller regarder la télé. Erine tendit la main à Yami qui vint timidement vers elle avant de regarder tristement sa mère qui alla s'enfermer dans la salle de bain.

Comme convenu, Ariane fit une halte au cabinet d'Erine avant de poursuivre son chemin, Remington ne tarda pas à la rejoindre et une demi-heure plus tard ce fut autour d'Enami.

— Bonsoir madame je vous en prie prenez place et je vous prie d'excuser tout le remu ménage dans la pièce nous avons récemment acquis ce local nous sommes encore en train de l'équiper et de faire quelques travaux bénins.

— Ne vous en faites pas mais vous pouvez me tutoyer ! La dame s'assit sur une chaise en face du bureau d'Erine avec Remington non loin.

— D'accord alors euh... on va déjà commencer par faire les présentations. Elle se racla la gorge avant de sourire — Je m'appelle Erine Hope Ngolo et voici mon collaborateur Remington O'Donnell et je m'excuse d'avance si mon accent rend notre conversation quelque peu difficile n'hésitez pas à m'interrompre si quelque chose vous échappe.

— D'accord.

— Bien, c'est nous qui sommes sur l'affaire de ton petit frère *Hypatie*[28] c'est bien ça ? S'enquit Erine mal assurée en prenant un bloc note.

— Euh... pas tout à fait c'est Ipètè en fait... Corrigea la demoiselle gênée.

— Ah euh... d'accord je m'excuse je ne l'ai pas fait exprès... Admit Erine honteuse. Je vous en prie continuez, vous... enfin je veux dire tu peux te présenter, tes liens avec Ipètè et nous faire part de toute information en ta possession, n'importe laquelle toute information peut s'avérer forte utile pour la bonne marche de notre affaire !

— D'accord. Elle se racla la gorge avant de prendre une grande inspiration. Alors, je

---

28 Philosophe néoplatonicienne, astronome et mathématicienne grecque d'Alexandrie, elle fut, selon les sources, assassinée par des chrétiens en 415.

m'appelle Enami Bagafou, j'ai vingt-huit ans, je travaille en tant qu'hôte de caisse dans un supermarché. Pour ce qui est de mon lien avec Ipètè, disons que nous sommes issus du même village, mon défunt père et le sien étaient voisins et le père de Ipètè était comme un neveu pour mon père. Elle marqua une pause en voyant que Remington avait du mal à suivre bien qu'Erine traduisait à chaque phrase prononcée par elle.

— Ça peut paraître compliqué pour vous qui n'êtes pas d'ici surtout pour ton collègue je le conçois. Elle regarda Remington qui paraissait dépaysé. — Disons que pour faire simple, Ipètè c'est comme un petit frère pour moi et je veux vraiment l'aider à sortir de cet enfer dans lequel il se retrouve sans le mériter.

— Justement, dit m'en plus sur les raisons de son incarcération s'il te plait.

Enami parut hésitante, elle se crispa, elle semblait soudainement apeurée. Elle semit à regarder dans tous les sens avant de rapprocher sa chaise du bureau. Elle se pencha vers Erine et son ami en murmurant.

— Les cause de son emprisonnement sont très étranges, c'est une affaire assez compliquée, très dangereuse je ne peux malheureusement pas en dire trop les murs ont des oreilles à Nobag et je pourrais perdre mon emploi dans le meilleur des cas et dans le pire des cas finir également à l'ombre comme mon pauvre frère !

Erine et Remington s'échangèrent un regard ahuri avant de le reporter sur Enami qui paraissait toujours aussi anxieuse.

— Mais si nous devons aider ton frère nous avons besoin de toutes les informations nécessaires s'il te plait il n'y a que nous dans cette pièce et rien de ce qui se dira n'en sortira.

Erine par ces paroles se voulait rassurante. Sa voix et la bienveillance qui émanait de son visage aurait pu mettre Enami en confiance, l'aurait permis de s'ouvrir à elle, de délier sa langue mais rien n'y fit. Elle paraissait terrifiée.

— Je comprends ta réticence mais Enami, sache que la clé de la réussite est de concentrer nos efforts et notre esprit sur les choses que nous désirons vraiment et non sur les choses que nous craignons. Qu'est-ce que tu veux vraiment ?
— Je veux que mon petit frère sorte de prison, je le veux de tout mon cœur mais... Trop de

personnes influentes sont impliquées dans cette affaire et ça m'effraie je crains de ne pas vous être d'une grande aide j'en suis navrée mais de grâce ne l'abandonner pas, vous, contrairement à certains avocats que je suis allée voir, êtes disposés à lui venir en aide et en plus vous êtes de *Mitang*, vous aurez plus facilement accès à certains endroits, certaines choses auxquelles nous, locaux n'avons pas accès !

— Euh... d'accord... nous irons jusqu'au bout et nous sortirons ton frère de là mais comprend que sans les informations dont tu disposes ça risques d'être très compliqué même si, comme tu dis notre couleur de peau peut nous permettre d'accéder à certaines sphères !

— Oui je m'en doute. Enami prit son menton dans ses doigts et se mit à réfléchir le regard plongé dans le vide. — Dans ce cas vous pourrez aller le voir directement, il vous racontera tout moi je ne pourrai malheureusement pas venir avec vous les gardiens de prison me connaissent déjà pour les avoir harcelés pendant des mois et le directeur de la prison a même proféré des menaces à mon encontre si jamais j'osais encore y mettre les pieds. Enami baissa son regard tristement.

— Nous pourrons en effet, du moins moi en ma qualité d'avocat commis d'office je...

— Ça ne marchera pas, il n'a droit à aucun avocat je te disais que cette affaire à des ramifications dans les hautes sphères du pays !

Erine resta bouche bée. Remington demanda qu'est-ce qu'Enami avait dit et quand Erine lui répéta mot pour mot ce qu'elle avait dit, il fut tout autant estomaqué.

— Mais, il reste une autre possibilité !

— Ah oui ? Laquelle ?

— Tous les deux mois les sœurs du monastère Saint Michel-Ange font des visites dans les milieux carcéraux vous pourrez profiter avec elles c'est d'ailleurs l'une des raisons pour lesquelles je suis allée voir la sœur Irma la dernière fois je crois qu'elle pourrait t'aider à entrer dans la prison pour voir mon petit frère !

— Ça pourrait marcher en effet, c'est une bonne idée. Qu'en penses-tu ? Erine se tourna vers Remington.

— Je pense que c'est une idée ingénieuse, nous devons tout essayer ça pourrait marcher !

— D'accord nous ferons ça. Merci Enami pour ta disponibilité nous ferons comme tu nous l'as suggéré et nous te tiendrons au courant du déroulement et si entre temps tu te sens plus disposer à nous donner plus d'informations voici mon numéro tu m'excuseras nous n'avons pas encore eut le temps de confectionner des cartes de visites plus professionnelles.

Erine écrivit son numéro sur un bout de papier qu'elle arracha de son bloc note et le tendit à Enami qui s'en saisit avant de l'introduire dans son sac à main.

— Je ne te remercierais jamais assez pour ta dévotion, pour votre aide et j'espère de tout mon cœur que vous réussirez à faire sortir Ipètè de là. Enami prit les mains d'Erine dans les siennes avant de le serrer, elle plongea un regard triste dans les yeux verdoyants de son interlocutrice.

— Nous ferons de notre mieux et je te fais solennellement la promesse que ton frère sortira de prison. Elle sourit.

— Merci infiniment. Je ne vais pas vous retenir plus longtemps je vais prendre congé de vous et merci encore.

Enami se leva rangea sa chaise et accompagnée par Erine et Remington à la porte, elle s'en alla. Ces derniers restèrent dans leur cabinet pour faire le point pendant plusieurs minutes.

— J'ai l'impression que nous ne sommes pas au bout de nos surprises avec cette affaire qu'en penses-tu ? S'enquit Remington.

— Je le pense aussi et c'est d'autant plus excitant, un magnifique défi. Une lueur put se lire au fond de ses yeux. Si on mène à bien cette affaire, M. Dupreville sera fier de nous et ton référant aussi.

— Tu n'as pas tort. Il marqua une pause et regarda avec insistance Erine.

— Qu'y a-t-il ? Erine ajusta ses lunettes sur son nez gênée.

— Non je viens tout juste de réaliser qu'en ne se connait pas vraiment. Et donc, je me demandais, est-ce que ça te dirait qu'on sorte prendre un verre ou manger un bout ? ça nous permettra de faire plus ample connaissance et d'échanger dans un cadre plus agréable sur notre affaire, sans ambiguïté bien sûr.

— Maintenant que tu en parles, c'est vrai qu'on ne se connait pas vraiment et vu qu'on est appelé à travailler ensemble c'est important. Laisse-moi juste passer un coup de fil à ma cousine elle aura surement des bons plans à nous suggérer.

— Je t'en prie.

Erine discuta quelques minutes avec Ariane puis rangea ses affaires. Pendant ce temps,

Remington sortit héler un taxi et ils s'en allèrent dans un restaurant pas loin. Quand ils arrivèrent, la serveuse leur indiqua une table pour deux non loin de la porte d'entrée. Les personnes déjà installées les dévisagèrent d'une drôle de façon sans doute parce qu'ils étaient les seules personnes blanches du restaurant assez « *bon marché* ». Car selon la croyance populaire Nobagaine, Erine et ses congénères étaient réputés pour être des personnes huppés et riches et que par conséquent, ils ne fréquentaient que des endroits d'un certain standing. Erine d'abord gênée finit par s'y faire, elle se contenta de sourire et de prendre la carte qui lui était tendue par une jeune demoiselle de la même tranche d'âge qu'elle à peu près. De belles nattes en guise de coiffure, vêtue d'un tee-shirt mauve échancré, d'une salopette-short jean marron et une paire de Converse noire aux pieds.

— Merci madame.
— Je vous en prie je reviendrai dans quelques minutes pour prendre vos commandes. Voulez-vous une boisson en attendant s'il vous plait ?
— Oui je voudrais un cocktail de *Passbi*[29] s'il vous plait !

---

[29] Boisson Nobagaine à base de fleurs d'hibiscus et de jus de

— C'est noté et pour votre époux ? S'enquit la serveuse d'un teint dédaigneux.

— Hein ? Mais non, nous ne sommes pas un couple, nous sommes seulement collègue. Répondit Erine amusée en regardant Remington qui essayait de comprendre ce qui se passait sous ses yeux.

— Je suis navrée pour cette méprise. La serveuse parut étrangement satisfaite par la réponse.

— Et donc, vous prendrez quoi comme boisson monsieur ?

— *Sorry i don't understand do you speak english* ? Dit Remington confus en regardant la serveuse aux yeux de biche.

— *Oh, sorry ! I asked, what do you want as a drink* ? Dit la serveuse d'une voix mielleuse.

Erine qui assistait à la scène se souvint bientôt des paroles d'Enami et elle se mit à sourire en secouant la tête. La serveuse prit congé d'eux quand elle eut fini de prendre la commande de Remington.

— Erine commanda une brochette de poisson et des beignets de banane plantain, Ariane lui avait suggéré ce menu car était la

mangue.

spécialité de la maison. Son compagnon du soir en fit autant.

— Alors, chère Erine, parle-moi un peu de toi.

— D'accord, mais que veux-tu savoir ? Demanda Erine entre deux bouchées de ce plat qu'elle trouvait assez succulent, Ariane ne s'était pas trompée.

— Tout ce qui m'est permis de savoir.

— Ah... Euh... d'accord. Tu connais déjà mon nom, Erine Hope Ngolo, mon père est originaire d'ici, ma mère est de Wimbledon, j'ai une sœur aînée appelée Siana et un demi-frère qui s'appelle Winston. Que pourrais-je te dire d'autre ? J'ai fait mon lycée à Highbury Grove après l'obtention de mon Baccalauréat j'ai poursuivi mon cursus à la fac pour la spécialité Banque car il faut savoir que chez les Hope, on est banquiers de père en fils et de mère en fille. Elle marqua une pause.

— Et pourquoi avoir choisi le Droit ?

Erine eut un petit pincement au cœur à la suite de cette question. Elle se saisit de son verre de *Passbi* qu'elle but avec délectation avant de prendre une grande inspiration pour répondre à la question.

— Oui c'est vrai, je suis le vilain petit canard de la famille, je ne m'y sentais pas à l'aise dans le milieu bancaire et j'avais la sensation d'être douée pour autre chose, que je perdais mon temps dans une banque. Raison pour laquelle, je me suis orientée vers le Droit et je m'y plais beaucoup car je peux me battre pour des causes auxquelles je crois : la justice, la dignité humaine, les droits et libertés ce genre de chose.

— Je comprends. Tant que tu t'y sens à l'aise c'est l'essentielle.

— Merci. Erine sourit.

— Je vais lever mon verre à ça, portant un toast à notre rencontre, à notre amour pour le Droit et à cette affaire qui m'a permis de faire la rencontre de la jeune demoiselle la plus passionnée d'Angleterre et de Nobag. Remarque, tu es la seule que je connaisse dans ce pays alors. Il commença à rire.

— Oui ce n'est pas faux. Renchérit Erine entre deux rires refoulés. Levons donc nos verres à tout ça et puissions-nous mener cette affaire à bien.

Ils trinquèrent amusés. Remington poursuivit :

— Et niveau sentimental ?

À cette question Erine avala son verre de *Passbi* de travers, Remington s'empressa de lui tendre une serviette, inquiet.

— Ça va ? J'ai dit quelque chose qu'il ne fallait pas ?

— Non ça va. Juste que je ne m'y attendais pas à cette question mais ça va ne t'en fais pas. Répondis la jeune femme entre deux quintes de toux avant de s'essuyer la bouche. Elle inspira et expira avant de répondre :

— Rien à signaler de ce côté-là, quelques amourettes de lycée mais jamais rien de sérieux et ma vie est bien trop compliquée pour y faire de la place pour une quelconque relation autre que professionnelle.

— Je vois, peut-être n'as-tu simplement pas encore trouver le bon qu'en dis-tu ?

— Sans doute... Mais toi ? Parle-moi de toi. Erine prit les devants afin de changer de sujet.

— Moi je suis issu d'une famille assez modeste, j'ai un frère jumeau qui s'appelle Alexander, j'ai fréquenté le lycée de Sevenoaks dans le Kent.

— J'ignorais que tu avais un frère jumeau. Fit remarquer Erine surprise.

— Tout comme moi j'ignorais que tu avais un frère et une sœur tu vois que c'était une bonne idée qu'on se retrouve pour discuter ?

— Je confirme et je te remercie de l'avoir suggéré. Et tes parents ?

— Mon père était cheminot, il est mort alors que Alexander et moi avions quatorze ans. Il marqua une pause et but une gorgée du Roche Mazet que lui avait apporté la serveuse qui soit dit en passant, ne l'avait pas quitté des yeux de la soirée depuis son comptoir.

— Et ma mère est greffière à la Cour Suprême de Middlesex Guildhall c'est d'elle que je tiens ma vocation pour le Droit. Il le dit avec une pointe d'émotion dans sa voix. Mon frère quant à lui, est professeur d'Histoire dans un lycée à Liverpool.

— Je vois je suis sincèrement navrée pour ton père ça a dû être dur pour vous ? Je n'imagine même pas ce que peut faire de grandir sans cette figure paternelle moi qui ait toujours vécu avec mes deux parents.

— Merci c'es gentil. Voila à peu près ce qu'il y avait à savoir sur moi, et d'un point de vue sentimentale je suis également célibataire.

— D'accord. Répondit timidement Erine en se servant un verre de Roche Mazet le regard fuyant.

La soirée battit son plein et une heure plus tard, les deux collaborateurs décidèrent de se séparer. Remington prit congé d'Erine pour son hôtel tandis que cette dernière prit le chemin du cabinet prétextant y récupérer des documents car elle prévoyait de travailler sur l'affaire toute la nuit en rentrant à l'appartement d'Ariane.

Une fois qu'elle fut arrivée, Erine décida de rester plus longtemps que prévu pour effectuer quelques recherches sur internet et dans ses bouquins qu'elle avait reporté depuis Londres dont certains étaient des cadeaux de sa professeure préférée.

Il était environ 20h30 quand elle eut fini. Elle ferma son cabinet, il faisait un peu frisquet ce soir-là, aussi décida t'elle de marcher. Elle marcha un moment en attendant qu'Ariane vienne la chercher. Elle eut bientôt l'étrange sensation que quelqu'un l'épiait dans son dos. Elle se retourna apeurée et aperçut au loin, deux hommes tout de noir vêtus. Ceux-ci étaient d'une stature imposante, ils s'avancèrent vers elle d'abord lentement mais bientôt ils commencèrent à presser le pas. Erine prit peur et entreprit de presser le pas à son tour en se retournant à chaque fois pour jauger la distance qui la séparait des mystérieux hommes aux desseins inavoués.

Les personnes présentes dans la rue à ce

moment-là ne se rendirent pas compte de ce qui se passait ou avaient-ils tout simplement décider de passer outre. Les deux hommes accélèrent leur cadence et Erine comprit qu'elle courait un grave danger. Elle regarda à gauche, à droite pour attirer l'attention des passants, elle songea même à s'accrocher au bras du premier homme qu'elle croiserait en feignant de le connaitre mais rien n'y fit. Elle courut malgré ses talons qui lui faisaient atrocement mal, elle manqua plusieurs fois de se fouler la cheville mais elle ne s'arrêta pas ; elle court de plus belle. Soudain, elle entendit quelqu'un l'interpeller dans son dos. Elle voulut d'abord ignorer mais reconnut bientôt le timbre vocal de sa cousine Ariane. Elle résolut donc de se retourner et d'arrêter sa course.

— Erine ? Qu'est-ce qui t'arrives de courir comme une furie ? Tu as le diable à tes trousses ? S'enquit Ariane amusée quand elle arriva à la hauteur de sa cousine. Elle trouva un endroit pour stationner et déverrouilla la portière de son véhicule côté passager, Erine s'y engouffra aussitôt.

— Mais qu'est-ce qui t'arrive ? Interrogea de nouveau Ariane inquiète en voyant sa cousine apeurée.

— Je t'expliquerai plus tard mais s'il te plait partons d'ici. Démarre !

Ariane qui n'y comprenait rien s'exécuta et démarra. Erine se retourna et vit que les deux hommes couraient après leur véhicule jusqu'à ce qu'ils se volatilisent derrière le nuage de poussière laissée par la voiture d'Ariane. Rassurée, elle reporta son regard sur la route devant elle, son cœur battait la chamade. Erine n'avait jamais été de ces personnes complotistes, pas plus qu'elle n'était superstitieuse. Mais cette nuit-là, à bord de la Rav4 de sa cousine, elle en vint à penser que l'apparition de ces hommes était peut-être liée à l'affaire sur laquelle elle travaillait. Se pourrait-il que finalement les murs en terre Nobagaine avaient réellement les oreilles comme l'avait fait entendre Enami ? Pensa Erine pendant qu'elle tentait de respirer normalement et de regagner son calme. La coïncidence était trop belle.

Une demi-heure plus tard, Ariane stationna devant son appartement, dans la cour plongée dans la pénombre passagèrement éclairée par les phares de son véhicule et par les quelques rares luminaires encore en bon état. Elle Coupa le contact et se retourna vers sa cousine perplexe.

— Bien, et si tu me disais qu'est-ce qui t'arrive ? Qu'est-ce qui s'est passé tout à l'heure ? Je te sens bizarre tu es toute pâle tu as vu un fantôme ?

— Non... Enfin... je n'en suis pas sûre mais je crois que j'ai été suivie tout à l'heure par deux individus si tu n'étais pas venue à ce moment-là j'ignore ce qui me serait arrivée. Erine passa ses mains moites sur son visage elle paraissait encore sous le choc.

Ariane resta un moment sans rien dire, elle se contenta de regarder Erine perplexe.

— As-tu réussi à voir leurs visages ?

— Non je n'ai pas pu voir leurs visages la luminosité était très faible comme tu as peut-être pu le constater.... Je n'ai jamais eu aussi peur de ma vie.

— Je vois ça, tu es toute tremblante ma pauvre. Ariane lui caressa les épaules comme pour la réconforter. —Mais ne t'en fais pas tu es saine et sauve maintenant tu peux te détendre. Ariane prit ses mains dans les siennes et lui sourit.

— Je vais prendre Yami qui est endormi à l'arrière tu pourrais soulever le sac des courses dans la malle arrière s'il te plait ?

— Euh... oui bien sûr !

Erine se retourna et vit Yami attaché à l'arrière sur son siège enfant, elle ne l'avait pas vu tout à l'heure quand elle était montée dans le véhicule en furie pour échapper à ses poursuivants mystérieux. Elles entrèrent dans l'appartement et s'enfermèrent à double tour. Le sujet ne fut plus évoqué durant toute la soirée mais Erine ne put s'empêcher d'y penser. Elle voulut appeler Remington mais voyant l'heure qu'il faisait elle se ravisa et décida qu'elle le ferait demain de bonne heure. C'est donc sur cette idée là qu'elle prit congé d'Ariane qu'elle laissa au salon organisant au mieux sa journée de demain.

Erine s'allongea, le regard fixé sur le plafond dans la pénombre, elle repassa toutes les scènes dans la tête et à chaque fois elle ne put s'empêcher de penser que la coïncidence était trop belle pour que l'apparition de ces deux hommes ne soit pas liée à l'affaire sur laquelle elle travaillait en ce moment. La vie est un sommeil et la mort est le temps du réveil, et l'homme marche entre l'un et l'autre comme un fantôme, Erine fut entrainée dans le royaume des rêves par le monarque de ce monde idyllique où le temps d'une nuit, elle oublia sa frayeur de la soirée.

Quand elle se réveilla le lendemain, il était 9h30 et Ariane et Yami étaient déjà partis de la maison. Elle se redressa mollement, s'étira avant de s'asseoir et de prendre son téléphone, elle vit deux appels en absences de Remington, elle se figea. Elle composa son numéro et lança l'appel :

— Allô Remington ? J'espère que je ne te dérange pas j'ai vu tes appels en absence et...

Elle se décomposa, apparemment l'échange qu'elle avait avec son collaborateur était assez étrange, elle se tut pendant un moment. Elle se figea avant de porter sa main à sa bouche le regard apeuré.

— D'a... d'accord je viens tout de suite à tout à l'heure ! Elle raccrocha et se précipita dans la salle de bain.

Elle y prit une douche expéditive, ressortit au pas de course et se vêtit d'une robe fleurie mauve, des boots sa sacoche en cuir et sortit de la maison en courant en prenant bien le soin de fermer derrière elle à double tour.

Erine arriva bientôt à l'arrêt de bus où elle héla un taxi pour se rendre au commissariat de *Dasma*, ce même quartier où se trouvait le palace où était logé Remington. Elle arriva au bout d'une demi-heure, remit les sous au chauffeur de taxi avant d'entrer dans l'enceinte du commissariat d'un pas pressant. Arrivée à l'accueil, une dame, la trentaine révolue lui demanda d'attendre dans la pièce d'à côté lui informant que quelqu'un viendrait ensuite la chercher pour l'emmener dans une autre pièce. Erine un peu angoissée ne broncha pas et alla s'asseoir timidement dans un coin. Quelques minutes plus tard, un homme de grande taille, grassouillet, une énorme moustache, un uniforme juste le corps moulait son ventre proéminent. Il vint vers elle, la mine renfrognée.

— C'est toi Erine ? Demanda-t-il d'un ton sec.
— Euh oui bonjour monsieur c'est moi Erine je...
— Lève-toi et suis-moi ! Il tourna les talons sans demander son reste, sans même laisser le temps à la jeune demoiselle de finir sa phrase, elle le suivit.

Ils arrivèrent devant une pièce, l'homme s'écarta de la porte grande ouverte pour laisser entrer Erine, qui hésitante, finit par en franchir le seuil et tomba sur Remington affalé sur une chaise, un bandage au-dessus de son arcade sourcilière. Elle étouffa un cri en le regardant. La dernière fois qu'elle l'avait vu, son visage rayonnait, et là, il était couvert d'hématomes. Remington pressa une poche de glace contre sa joue gauche. Il se refusait de regarder Erine dans les yeux, sans doute avait-il honte qu'en le voyant dans cet état, ça dévoilerait une certaine vulnérabilité de sa part.

— Remington ? Mais... Mais qu'est-ce qui t'es arrivé ? Que s'est-il passé ? S'écria t'elle quand elle se précipita vers lui en l'examinant de toutes parts.
— J'ai été agressé hier en rentrant. Répondit-il doucement en grimaçant de douleur.
— Mais pourquoi ? Qui t'a fait ça ? S'enquit Erine sous le choc.
— Je...
— C'est moi qui pose les questions ici mademoiselle asseyez-vous ! Et parlez français nous ne sommes pas en Angleterre ici ! Coupa l'homme en fermant la porte derrière lui.

Erine sursauta, elle se retourna vers lui et le regarda perdue, la vue de son collègue couvert de bleus l'avait fait oublier sa présence. Elle s'assit donc sur la chaise à côté de Remington et fixa l'homme qui était venu s'asseoir derrière son bureau en face d'eux.

— Si je t'ai convoqué ici aujourd'hui c'est parce que ce monsieur ici présent qui ne parle pas un piètre mot de notre langue dit être ton collaborateur c'est exact ?

— Oui c'est exact il se nomme Remington O'Donnell et nous sommes associés pourrai-je savoir comment a-t-il atterrit ici ? S'enquit Erine déboussolée.

— Je te le répète, ici c'est moi qui pose les questions pas le contraire. Il marqua une pause. Bien, je vois qu'il est citoyen Britannique et vous aussi d'ailleurs si j'en crois votre accent ce qui m'emmène à ma prochaine question : Qu'est-ce que deux blancs britanniques viennent faire dans ce pays ? Du tourisme ? Il plissa les sourcils l'air suspicieux.

— Euh... il est vrai que mon collègue ici présent est Anglais mais moi je possède la double nationalité je suis *Anglo-nobagaine* je suis juste née en Angleterre mais mon père est issu de ce pays. Erine paraissait outrée.

— N'empêche que tu es trop noire pour être une Anglaise et trop claire de peau pour être une Nobagaine digne de ce nom. Retorqua le monsieur d'un air sarcastique en se balançant sur son énorme siège douillet.

Erine se contenta de le regarda les yeux écarquillés, elle avait du mal à croire ce qu'elle venait d'entendre. Comment un homme censé être le garant de l'ordre et de la loi pouvait-il tenir de telles propos ? Elle tombait des nues, une fois encore, l'homme lui rappelait ses désillusions. Car s'il est vrai que la cause, l'affaire qu'elle était en train de traiter lui tenait vraiment à cœur, c'était avant tout et surtout le désir brûlant de se connecter à ce monde, ce côté africain de sa personne qui avait toujours guidé ses pas. En ce moment précis, assis là dans cette pièce, l'officier de police venait de s'ajouter à la longue liste de personnes qui lui niaient son « *Nobagainité* » et cela l'attrista.

— Et pour ce qui est de votre présence ici en terre Nobagaine monsieur l'anglais et mademoiselle l'« *Anglo-nobagaine* » ? Il esquissant un sourire narquois.
— Nous travaillons sur une affaire et malheureusement nous ne pouvons pas vous en dire plus j'en suis navrée monsieur. Répondit Erine dépitée.
— Ah bon ? Ça n'a pas de rapport avec le détenu nommé Ipètè par hasard ?

A l'écoute de ces mots, Erine se figea, les paroles de l'homme en face d'elle telles le regard mortel de la gorgone Médusa l'avaient pétrifié, elle échangea un regard ahuri avec Remington qui, bien que n'ayant pas compris un piètre mot depuis le début de leur échange, avait néanmoins pu reconnaitre le nom de la personne pour lequel il avait daigné quitter sa lointaine contrée natale de *Northumberland*[30].

— Comment êtes-vous au courant ? C'est une affaire confidentielle. Interrogera Erine surprise.

— C'est votre collègue ici présent qui nous en a parlé quand des policiers de mon unité faisaient leur patrouille dans la zone de Dasma !

— Mais vous disiez tout à l'heure ne pas comprendre un mot de la langue parlée par lui alors comment avez-vous pu avoir une conversation sur une affaire aussi confidentielle ? S'enquit-elle incrédule en regardant tour à tour le policier en face d'elle et Remington à ses côtés qui la regarda aussi perdu qu'un poisson quand avait brutalement arraché à sa vie sous-marine.

Elle lui murmura ce qu'il en était en anglais Remington lui répondit qu'il n'avait jamais eu une telle conversation avec ce monsieur, ce qui confirma les doutes d'Erine. Elle ne savait pas encore comment il avait été mis au courant

---

30 Comté du nord de l'Angleterre qui remonte à l'époque anglo-saxonne. Il succède à l'ancien royaume de Northumbrie dont il n'occupe qu'une portion septentrionale.

d'une telle information mais elle trouva ça louche.

— Qu'est-ce que vous baragouiner ? Parlez en français ou Nobagain ! Ordonna l'homme d'un ton ferme le regard sombre.

— Je suis désolée monsieur l'agent, mon collègue me disait qu'il ne se sentait pas bien et qu'il avait besoin de se reposer est-ce qu'on en a encore pour longtemps ? J'aimerais l'emmener consulter un médecin.

— Nous avons fini je vais juste terminer en vous donnant ce conseil : Arrêtez ce que vous faites, n'allez pas au bout de vos projets je crois que ce qu'a subi ton collègue est probablement un avertissement, un message. Il marqua une pause au cours de laquelle il croisa ses doigts sous son menton.

— Il y a un proverbe très célèbre Nobagain qui dit ceci : « *L'âme n'a point de secret que la conduite ne révèle* » autrement dit, rien ne se cache assez longtemps ici et comme dirait notre cher président : « *Nobag est une gigantesque prison de verre, tout se sait ou finit par ce savoir aussi bien ce qui se passe à l'extérieur qu'à l'intérieur* ». Il esquissa un sourire malicieux sous le regard ébahi d'Erine et Remington.

— Nous tâcherons de tenir compte de vos précieux conseils monsieur merci encore et excellente journée. Elle se leva, se tourna vers Remington et lui fit signe de la tête. Il se leva et tous deux sortirent de la pièce puis du commissariat.

Quand ils furent suffisamment loin, Erine se tourna vers son ami.

— Tu vas bien ? Que s'est-il passé ?
— Je veux bien te dire mais pas ici, peut-être dans ma suite si tu veux bien.
— Euh oui tu as probablement raison. Taxi ! S'exclama Erine au passage d'un taxi.

Ce dernier s'arrêta et ils montèrent direction l'Atlantide Palace où ils arrivèrent dix minutes environ plus tard. Ils se rendirent dans la suite, Remington prit la peine de fermer la porte à double tour avant de proposer à Erine un coussin pour qu'elle s'assoie ce qu'elle fit sans se faire prier. Il se rendit ensuite au bar et revint avec une bouteille de cognac et deux verres. Il tendit l'un à Erine.

— Euh non désolée c'est trop tôt pour moi. De plus, je n'ai pas vraiment la tête à ça si tu me disais plutôt ce qui s'est passé ? S'enquit-elle inquiète.

— Hier après mon départ, en descendant du taxi j'ai été interpellé par deux hommes à l'entrée de l'hôtel. Il s'arrêta et but d'une traite son verre de cognac avant d'aller s'asseoir lourdement sur son lit.

— Ils voulaient que je les suive. Il maqua une nouvelle pause pour se servir à boire. Je ne comprenais pas ce qu'ils me voulaient et j'ai alors commencé à me débattre ils sont alors devenus violents, l'un des deux hommes a voulu me porter pour me faire monter de force dans un pick-up stationné non loin de là mais je ne me suis pas laissé faire et voyant que nous attirions de plus en plus l'attention des gens, ils se sont mis à me rosser de coups de pieds pendant que j'étais recroquevillé au sol ensuite ils ont pris la fuite et au même moment une patrouille de police est arrivée et a dispersé les gens qui commençaient à s'agglutiner sur les lieux. Il but de nouveau son verre de cognac d'une traite en fermant les yeux.

— Ensuite j'ai fini au commissariat où j'y ai passé la nuit ce n'est que ce matin que j'ai pu t'appeler. Il se massa les côtes encore endolories.

— Je suis vraiment navrée vraiment... Je ne sais pas quoi te dire... Erine était confuse, elle était partagée entre angoisse et révolte, elle serra les poings. Rien de casser j'espère ? Tu ne veux pas qu'on aille voir un médecin ? S'enquit-elle inquiète.

— Non ça ira. Juste quelques bleus çà et là rien de sérieux ne t'inquiètes pas.

Il resta un moment silencieux après cette phrase. Il semblait réfléchir. Il prit une grande inspiration et plongea son regard triste aux fonds des yeux d'Erine.

— Je suis sincèrement navré Erine... mais je crois que je ne pourrais pas te suivre jusqu'au bout.
— Plaît-il ? Comment ça ? Qu'est-ce que ça veut dire ? S'enquit Erine surprise.

Au fond d'elle, Erine savait, elle connaissait la réponse à cette interrogation qui, pour le coup, était plutôt rhétorique. Mais elle avait au fond d'elle, bon espoir que ce n'était pas ce à quoi elle pensait.

— J'arrête Erine... j'abandonne, tu l'as toi-même entendu, c'était un avertissement, ils voulaient faire passer un message quelqu'un ici ne veut pas qu'on aille au bout de cette affaire et je n'ai pas envie de risquer ma vie je suis navré Erine mais j'arrête. Il prit son visage livide entre ses mains ; Il était résigné.

Remington baissa son regard, il ne voulait pas lire la déception qu'avait suscité sa décision auprès d'Erine qui resta là, muette. Un silence d'enterrement s'installa dans la pièce, Erine n'avait toujours pas émis un seul son, elle le regardait le visage vide comme absente, elle accusait le coup. Elle finit par soupirer à son tour avant de prendre doucement la parole à son tour.

— Crois-moi Remington, je te comprends et je ne t'en veux pas. En d'autres circonstances j'aurais probablement agi comme toi, loin de chez moi, risquant ma vie pour une personne que je ne connais pas... Mais je ne peux malheureusement pas lâcher l'affaire. Bien au contraire tout ceci m'a conforté dans l'idée que j'étais sur la bonne voie, que je devais aller jusqu'au bout.

— Tu ne comprends pas Erine, tu sembles ne pas réaliser la tournure qu'est en train de prendre les choses, ça nous dépasse complétement tu comprends ça ? Je rentre à Londres dès le premier vol de demain et je te conseillerai de faire la même chose s'il te plait.

— Je regrette Remington mais je ne peux vraiment pas. Ma conscience ne le permettra pas, j'ai fait une promesse, j'ai donné ma parole que j'irai jusqu'au bout et c'est bien ce que je compte faire et ce peu importe les intimidations ma décision est prise.

— Erine ne fait pas ça rentre avec moi. Supplia Remington tristement.

— Je suis sincèrement navrée Red mais je ne changerai pas d'avis et sache que je respecte ton choix et je ne t'en veux pas. Elle esquissa un sourire avant de poursuivre. Je crois que c'est la meilleure chose à faire pour toi.

Elle se leva de son coussin et passa ses mains sur ses vêtements pour faire disparaitre les plis qui s'y étaient formés.

Erine alla vers lui et le prit dans ses bras en posant sa tête sur son épaule pour sentir son cœur qui battait la chamade. Remington répondit à son étreinte en la caressant le dos avant de fermer les yeux pour savourer ce qui semblait être des adieux.

— Il n'y a aucune chance pour que je te fasse changer d'avis ? Demanda de nouveau Remington tenant Erine par les épaules en la regardant dans les yeux.

— Aucune ! Répondit celle-ci amusée. Allez ce n'est pas tout ça, mais je dois te laisser te préparer tu veux que je t'aide à faire tes bagages ?

— Euh... oui volontiers si ça ne te dérange pas.

— Pas le moins du monde.

Ils rangèrent donc les affaires de Remington en discutant de tout et rien et au bout d'une trentaine de minutes l'heure fut venue de se dire au revoir. Remington la raccompagna au hall d'entrée.

— Bon ben... C'est ici que nos chemins se séparent... J'aurai aimé aller au bout de cette affaire avec toi mais les choses sont ainsi faites et je te le répète vas-y sans remords je ne t'en veux pas je te comprends, je comprends ta décision. J'aurai aimé venir te voir une dernière fois à l'aéroport mais...

— Ne t'inquiète pas va, je comprends... En tout cas ça m'a beaucoup plu de collaborer avec toi, tu es une femme forte, intelligente, intègre nul doute que tu mèneras à bien ce combat dans lequel tu as décidé de te lancer corps et âme. La lutte pour la justice et la liberté est un combat noble et aujourd'hui je te le dis solennellement Erine, tant que tu es dans ton bon droit, dans le cadre de la loi, en accord avec ta morale, tes convictions profondes, avec toi-même et la justice, tu ne mourras pas.

— Je rêve où tu viens de me citer du Malcolm X là ? S'enquit Erine amusée.

— Toujours aussi perspicace. Il sourit en la regardant admiratif. Remington soupira avant de sourire. En effet, c'est du Malcolm X. Tu feras une parfaite avocate je n'en doute pas et je suis rassuré de ta victoire prochaine dans cette étrange affaire. Il sourit de nouveau en posant sa main sur son épaule.

— Je te remercie tes paroles me remplissent de joie et me réconfortent tu vas beaucoup me manquer j'aurais aimé qu'on ait plus de temps mais ce n'est que partie remise on pourra se voir à mon retour à Londres si tu veux et puis de toute façon on garde le contact tu pourras m'apporter ton aide depuis le pays du thé. Elle sourit en posant sa joue sur la main de son ami toujours posée sur son épaule.

— Oui volontiers.

Il lui fit un énième câlin avant de la laisser et de rejoindre sa suite sous le regard triste d'Erine. Elle tourna les talons à son tour et se rendit au Monastère Michel-Ange, elle avait grandement besoin du soutien de la sœur Irma mais surtout, de l'Autorité Supérieure qu'elle représentait ici-bas.

Épilogue

Ipètè

— Tu comptes regarder encore longtemps cette tasse de thé ? Elle va refroidir tu sais.

— Plaît-il ? Fit Erine en sortant de sa torpeur.

— Le thé, tu comptes le boire un jour ou tu vas te contenter de contempler la tasse de porcelaine qui le contient ? S'enquit Irma amusée.

— Désolée... Je me suis perdue dans mes pensées l'espace d'un instant.

— Mais non je te taquine mon enfant. Elle but une gorgée de son thé.

— C'est vrai qu'elles sont belles ces tasses en porcelaine ma mère serait ravie d'en avoir dans sa collection. Où puis-je m'en procurer ?

— Merci. C'est un cadeau que m'avait fait une mère religieuse lors de ma première retraite spirituelle au Vatican ; elle s'appelait sœur Luccia Di Laurentis.

— Ah je vois. Elle but à son tour son thé. Soit dit en passant ce thé est excellent, presqu'aussi bon que celui de Poppy.

— Je te remercie. Et si on reparlait de ce que tu m'as dit par téléphone ? Je me fais énormément de soucis pour toi mon enfant et je ne suis pas la seule, Héraïs, Orphée et les autres sœurs de la congrégation aussi. Elle porta de nouveau sa tasse de thé à ses lèvres.

— Tu sais, l'une des raisons pour lesquelles nous avons toujours été à l'écart des affaires extérieurs à ces murs de pierres que constituent les remparts de notre monastère, c'est qu'au moins ça nous évitait de se frotter aux gens hauts placés de ce pays.

— Je comprends, la séparation de l'église et l'Etat, je comprends mais je ne t'en fais pas ma mère tout va bien... Tout ira bien. Erine sourit avant de porter la tasse de thé à ses lèvres le regard fuyant.

Deux jours s'étaient écoulés depuis le départ de Remington. Bien qu'elle venait de perdre un allié sur une affaire qui prenait des tournures de plus en plus inquiétantes, Erine n'en démordit pas pour autant. Chose curieuse, les récents évènements la conforta dans son idée, elle s'en trouva paradoxalement rebooster par l'agression de son collaborateur désormais repartit au *pays sur lequel le soleil ne se couche jamais.* La religieuse tenta vainement de la dissuader de continuer sur la voie qu'elle avait décidé d'emprunter, que son combat était certes noble mais qu'en ce bas monde, même les batailles les plus nobles n'avaient pas toujours d'issues favorables. Idée qu'Erine réfuta. Elle fut du reste, quelque peu surprise par le manque d'optimisme de la part d'une dame censée en insuffler auprès de ces congénères en tant que femme de foi.

Mais Erine se garda de lui en faire la remarque, elle ne tenait pas à blesser la seule personne qui, en dépit de cette peur rationnel pour ce système qu'elle ne connaissait que trop bien pour y avoir baigné dans ses eaux troubles dès le début de son existence, lui avait néanmoins été d'un soutien indéfectible et indéniable jusqu'ici.

Erine s'accrocha à l'idée selon laquelle : « *Seul l'arbre qui a subi les assauts du vent est vraiment vigoureux, car c'est dans cette lutte que ses racines, mises à l'épreuve, se fortifient* ». Aussi se tua-t-elle davantage à la tâche, multiplia les recherches, se terra dans son cabinet avec Héraïs qui venait de temps en temps lui tenir compagnie quelques heures. Elle multiplia les lettres à destination d'Ipètè, mais elle n'eut jamais de réponses.

Aujourd'hui c'était le 15 mars 2005, comme chaque mois à cette même date, les prisonniers du centre pénitencier de Slavecity étaient autorisés à recevoir les visites de leurs parents et proches. Sœur Irma proposa donc à Erine de l'accompagner ce jour-là ce qu'elle accepta volontiers. Elles se rendirent donc à la prison et furent reçues par un homme de taille moyenne, un teint aussi sombre que la nuit la plus noire, d'un air austère. Les deux dames s'avancèrent lentement vers la guerite et c'est là que l'homme s'adressa à elle froidement.

— Bonjour que voulez-vous ?
— Bonjour mon fils que la paix du Seigneur soit avec toi. Répondit calmement sœur Irma en souriant.
— Je suis athée ! Alors je répète, que voulez-vous ? Coupa-t-il sèchement.

Estomaquée, la sœur Irma se contenta de le regarder tristement avant de reprendre doucement la parole en esquissant un sourire.

— Nous venons pour les visites mensuelles comme vous le savez sans doute, chaque mois la prison octroi la permission aux religieuses que je représente, de rendre visite aux prisonniers pour leur fournir vivres et vêtements et dans la mesure du possible, enseignement des saintes écritures.

— Je n'en ai jamais entendu parler vous avez un document authentique qui pourrait confirmer vos dires ma sœur ? Il se pencha vers elle suspicieux depuis la fenêtre de la guerite où il était niché.

— Euh... commença à balbutier la religieuse c'est alors qu'Erine posa la main sur son épaule en murmurant.

— Laisse sœur Irma je prends le relais. Elle lui sourit chaleureusement avant de retourner vers le garde. Bonjour monsieur, il est vrai que nous n'avons aucun document qui prouve les dires de sœur Irma mais je suis sûre que si vous appelez un de vos supérieurs ou simplement un de vos collègues en poste en ces lieux depuis plus longtemps que vous ils pourront peut-être vos confirmer ce qu'elle dit.

Le gardien la regarda un moment en plissant les yeux sans rien dire ; il les scruta un moment puis, un autre gardien s'approcha d'eux.

— Bonjour ma sœur. Il sourit avant de s'adresser à Erine. Bonjour mademoiselle.

— Bonjour mon fils.

— Bonjour monsieur.

— Est-ce qu'il y a un problème ? Il s'adressa à la sœur Irma et Erine qui se contentèrent de faire converger leurs regards vers le garde qui les avait désagréablement reçu.

L'homme visiblement plus âgé et plus gradé se tourna alors vers le jeune homme.

— Qu'est-ce qui se passe jeune homme ? Il fronça les sourcils.
— Euh rien mon adjudant... Je vérifiais juste que tout était en ordre car les dames ici présentes me disent qu'elles disposent d'un pass pour rendre visites aux prisonniers mais n'ont aucun document qui l'atteste. Il tremblait, on pouvait voir de grosses gouttes de sueur perler le long de sa tempe.
— Effectivement, c'est une dérogation tacite mise en place par le directeur lui-même autorisant les religieuses et leurs accompagnatrices en l'occurrence, à rendre visite aux prisonniers.
— Je l'ignorais mon adjudant... Je l'ignorais.
— Le plus sage dans ce cas, aurait été de vous renseigner auprès d'un de vos collègues plus anciens ou de votre supérieur hiérarchique c'est-à-dire moi !
— Compris mon adjudant. Il se mit au garde à vous avant de se tourner vers les deux femmes. Mes excuses mesdames vous pouvez passer agréable matinée.
— Merci beaucoup. Elles saluèrent au passage leur bienfaiteur et continuèrent leur chemin en pénétrant dans l'enceinte de la prison.

Elles arrivèrent bientôt à l'accueil où un autre agent examina leurs sacs avant de leur indiquer une salle d'attente où les prisonniers qu'elles étaient venues rendre visite allaient bientôt les rejoindre.

Une heure s'écoula sans que personne ne vienne, Erine qui commençait à perdre patience se leva et alla s'enquérir de la situation auprès de l'accueil.

— Excusez-moi monsieur, nous étions censées rencontrer un dénommé Ipètè enfermé ici depuis un moment mais il n'est toujours pas sorti de sa cellule pouvez-vous, s'il vous plait, vérifier qu'il a bien été mis au courant de notre présence.
— D'accord patientez un moment je vous prie. L'homme s'engouffra dans une pièce aux baies vitrées derrière le comptoir.

Erine qui attendait toujours debout devant aperçut deux hommes en train de discuter avant que leurs regards ne convergent vers elle. L'attitude des deux hommes l'interpella, ils paraissaient embarrassés, nerveux, elle se retourna vers sœur Irma qui, comme par télépathie compris que sa présence était requise auprès d'elle. Elle se leva donc et se rapprocha d'Erine.

— Qu'y a-t-il mon enfant ?

— Je ne sais pas, j'ai la vague impression que quelque chose ne va pas... On en saura peut-être plus tout à l'heure car les voilà qui arrivent. Murmura-t-elle.

En effet, le monsieur de l'accueil et un autre homme s'avancèrent vers elles les regards hagards.

— Bonjour mesdames, mon subordonné m'a fait comprendre que vous souhaitiez voir Ipètè c'est bien ça ?

— Bonjour monsieur oui c'est ça. Savez-vous pourquoi il n'est pas encore là s'il vous plait ? S'enquit Erine inquiète.

— Malheureusement le détenu dont vous parler ne pourra pas venir, vous ne pourrez pas le voir.

— Ah bon ? Dirent en chœur les deux femmes en s'échangeant un regard abasourdi.

— Pouvons-nous au moins savoir pourquoi ?

— Disons qu'il est privé de visite. Répondis l'homme stoïque.

— Et pour quelle raison s'il vous plait ? Qu'est-ce qu'il a fait ? S'enquit cette fois Irma étonnée.

— Il ne pourra pas être là c'est comme ça ! Dit-il en durcissant le ton. Maintenant si vous n'avez plus aucun détenu avec qui vous entretenir aujourd'hui vous pouvez disposer. Quant au matricule №03071980

vous pourrez peut-être le voir le mois prochain.
— Il a un nom s'il vous plait. Fit remarquer Erine dépitée.

Irma qui avait senti que sa protégée était sur le point de perdre patience pour la première fois, la retint par le poignet avant de secouer sa tête de gauche à droite pour l'inciter à se calmer.

— Merci messieurs nous allons donc prendre congé de vous. Dit calmement la religieuse.
— Merci à vous de même, mesdames. L'homme retourna dans son bureau non sans avoir regarder les deux dames d'une drôle de façon.

Erine suivit la religieuse hors du bâtiment sans broncher.

— Je comprends ta frustration mon enfant, mais comme je disais déjà, nous ne disposons d'aucun pouvoir qui pourrait les contraindre à nous faire rencontrer Ipètè. C'est déjà une grâce qu'ils acceptent que nous rendions visite aux prisonniers mais ce n'est que partie remise n'oublie pas, patience et persévérance conduisent à la réalisation des espérances. Être patient, c'est avoir la foi, qui nous permet de comprendre qu'aucune expérience n'est inutile. Irma sourit, elle tenta d'apaiser et de rassurer sa protégée.

— Oui... tu as sans doute raison. Erine baissa le regard, déçue.

— Qu'est-ce que tu vas faire ? Tu vas rentrer chez ta sœur ou tu veux venir au monastère ?

— Non sœur Irma, je crois que je vais d'abord faire un tour au cabinet, je vais travailler une heure ou deux ensuite je rentrerai.

— D'accord je t'accompagne.

Elles prirent un taxi et se rendirent au cabinet. Erine garda le silence tout le long du trajet, elle réfléchissait, elle se faisait du souci pour cet homme qui lui était pourtant inconnu mais à qui elle avait fait la promesse de l'extirper de l'enfer carcéral dans lequel il se trouvait malgré lui. Irma comprit qu'elle avait besoin de digérer ce qui s'apparentait comme une défaite aujourd'hui, mais elle savait qu'Erine était une battante, elle savait qu'elle se relèverait encore plus forte c'est pourquoi elle ne se fit pas de mourant pour elle.

Il était dix-neuf heures quand Erine franchit le seuil de l'appartement d'Ariane qu'elle trouva affaler sur son canapé devant sa série télévisée favorite un verre de vin blanc à la main et une tablette de chocolat déjà entamée posée sur la table basse.

— Du chocolat, un verre de vin, tu ne serais pas en train de déprimer j'espère ? Interrogea Erine moqueuse.

— Ah Erine ! Bonsoir, je ne t'avais pas entendu entrer je suis tellement obnubilée par cette série. Ariane se redressa en posant le verre de vin sur la table basse.

— Ce n'est pas grave bonsoir. Alors ? Erine commença à se déchausser en fixant sa cousine dans les yeux attendant patiemment la réponse à son allusion de tout à l'heure.

— Moi ? Déprimer ? Loin de là, je décompresse juste après une journée très éreintante d'ailleurs tu en veux ? Ariane pointa la bouteille de Muscat du doigt

— Je ne dirai pas non à un bon verre merci c'est gentil. Erine alla s'affaler sur le canapé, extenuée elle aussi par sa journée éprouvante mais surtout frustrante.

— J'arrive je vais te chercher un verre.

— Alors cette journée ? Laisse-moi deviner, éprouvante ? Tu m'as l'air bien lessivée. Fit remarquer Ariane quand elle revint de la cuisine un bol de cacahuètes et un verre en main qu'elle tendit à sa cousine.

— Ça se voit tant que ça ? Erine esquissa un sourire.

— Oui tes pommettes saillantes te trahissent. Elle sourit. Mais après un bon bain tu seras tout de suite remise d'aplomb et surtout ce bon verre de Muscat te fera du bien. Elle saisit la bouteille et remplit le verre.

— J'espère et Yami ? Il dort déjà ? Erine chevaucha la pièce du regard à la recherche de son neveu.

— Oui dure journée pour lui aussi il a dormi assez tôt aujourd'hui.

— Je vois... Elle avala d'une traite le verre de vin blanc que lui avait servi Ariane sous le regard ahuri de celle-ci.

— Ça alors, quelle descente.

— Bon ben je vais suivre ton conseil et aller prendre une douche qui j'espère, sera réparatrice. Erine se leva amusée et prit le chemin de sa chambre.

— Elle le sera et ça tombe plutôt bien aujourd'hui j'ai acheté un set de bombes de douche aux senteurs d'aromathérapie à la lavande, eucalyptus, menthe-romarin, épicéa, rose, orange, citron, mojito, mangue. Je l'ai testé cet après-midi effet calmant, revigorant et relaxant garanti tu m'en diras de nouvelles. Dit Ariane dans son dos.

— D'accord j'ai hâte. Répondit Erine enjouée depuis le couloir.

Elle était en train de commencer à se dévêtir quand elle eut l'irrépressible envie de parler à sa mère et sa meilleure amie Britanny. Elle commença par cette dernière.

Elle lui raconta son séjour, ses nouvelles rencontres, fit également un compte rendu de l'avancée de l'affaire sur laquelle elle travaillait sans entrer dans les détails et en omettant volontairement l'épisode des intimidations. Au bout d'une dizaine de minutes elle raccrocha et composa cette fois le numéro de téléphone de sa mère. Le téléphone sonna deux fois et au bout de la troisième sonnerie Eleanor décrocha.

— Allô ma puce ? Comment vas-tu ?
— Hello ça va maman merci et vous ? Papa, Winston et Siana ça va ?
— Hello Erine je vais bien c'est gentil de demander. Répondit Siana enjouée à l'autre bout du fil.
— Tu n'en as pas marre d'être sous les jupons de ta mère toi ? Rétorqua Erine sarcastique.
— Il fallait bien que je te remplace et tu sais que notre mère à constamment besoin de la présence de ses chers bébés auprès d'elle.
— Très drôle Siana. Je suis contente de vous entendre vous ne savez pas à quel point.
— Toi aussi tu nous manque ma chérie. Dit Eleanor émue. Comme tu l'as entendu, tes frères se portent bien Winston passera peut-être cet après-midi mais tu le connais. Quant à ton père, il est en bas je l'entends crier d'ici.

— Il est probablement en train de regarder son match de football !

— Je confirme Erine. Dit Siana.

— Maintenant que tu en parles c'est aujourd'hui que devait avoir lieu le derby de Londres entre Tottenham et Chelsea. Eleanor gloussa avant de poursuivre. Mais toi dit moi ma puce tu es sûre que ça va ?

— Euh... oui maman pourquoi ?

— Je ne sais pas la tonalité de ta voix, j'ai l'impression d'y ressentir comme une certaine tristesse si quelque chose te tracasse tu sais que tu peux m'en parler.

Les mères étaient capables de sentir des choses, elles avaient comme un radar émotionnel qui les avertissaient au moindre soucis et Erine venait encore une fois d'en faire les frais. L'intuition de sa mère, cette petite voix qui a du sens et qui avait su toucher où il fallait avait encore taper dans le mil. Tel *Guillaume Tell*[31], elle avait une fois de plus atteint sa cible. En effet, quelque chose la tracassait mais Erine ne pouvait pas en parler de peur d'inquiéter sa tendre mère inutilement.

— Non rassures-toi, il n'y a rien ne t'en fais pas va.

---

31 Héros légendaire des mythes fondateurs de la Suisse. Son histoire est évoquée pour la première fois dans le livre blanc de Sarnen et dans le Tellenlied.

— D'accord si tu le dis. Comment vont tes cousins ? Et ta mamie ? Les choses se sont arrangées avec ta tante ?

— Ah j'y pense, c'est vrai qu'on n'en a pas parlé depuis le temps. Je suis navrée je suis tellement prise par l'affaire sur laquelle je travaille que j'ai oublié. Oui, elle va très bien nous avons fait la paix. Mes cousins vont bien quant à mamie, elle se porte à merveille elle demande souvent après vous et espère vous voir bientôt.

— Je suis ravie d'entendre que les choses se soient arrangées entre ta tante et toi ça fera sans doute plaisir à ton père de l'entendre quant au souhait de mamie de nous voir nous allons y réfléchir ton père et moi et peut-être que nous vous ferrons la surprise.

— C'est vrai ? Demanda Erine enjouée. Ne me donne pas de faux espoirs maman.

— Du calme rien n'est encore décidé pour l'instant.

— D'accord quoi qu'il en soit, ce serait vraiment une très bonne chose que vous veniez mamie et les autres seraient tellement contents, toute la famille serait ainsi réunie après de longues années.

— Je vais en parler avec ton papa ma chérie et je te tiendrai au courant.

— D'accord maman... Bon ben... je vais devoir te laisser j'ai eu une dure journée je vais aller prendre une douche et tester les bombes de bain d'Ariane aux vertus apparemment très réparatrices. Dit Erine amusée en s'introduisant dans la douche dénudée avant de se faire couler un bain.

— D'accord ma chérie tu la salueras de ma part dit lui que je lui fais plein de bisous et lui remercie pour son soutien.

— Je n'y manquerai pas maman je t'aime, je vous aime salue papa de ma part.

— Je le ferai prend soin de toi mon bébé je t'aime.

— Bisou petite sœur et profites-en pour te trouver un beau et grand Nobagain. Taquina Siana en se rapprochant de sa mère à l'autre bout du fil.

— Tu me fatigues ! Allez à plus je vous aime très fort vous me manquer bisou.

Erine raccrocha et posa son téléphone sur le lavabo avant de se glisser dans la baignoire où elle avait préalablement jeté deux bombes moussantes saveurs lavande et rose. Elle s'allongea de tout son long avant de se laisser submerger par cette sensation de bien-être que lui avait promis sa sœur.

Elle rejoignit Ariane une heure plus tard au salon. Cette dernière était toujours allongée sur le canapé un sorbet beurre caramel posé à côté d'elle.

— Alors cette douche ? Elle se redressa du canapé.

— Elle a tenu toutes ses promesses je suis requinquée. Erine tourna sur elle-même ravie en faisant au passage rebondir son fessier couvert d'un short en satin vert assorti à sa chemise.

— Je te l'avais bien dit attend moi je vais t'apporter quelque chose qui te fera encore plus de bien ! Elle se leva et se rendit dans la cuisine.

Erine la regarda amusée avant de se laisser choir sur le canapé. Ariane revint bientôt avec un autre sorbet.

— Tiens je crois que ça va te plaire. Elle le lui tendit.

— Waouh... euh merci comment tu sais que la mangue est mon parfum préféré ? S'enquit Erine perplexe.

— Tu l'as dit une fois lors d'une de nos balades tu as déjà oublié ?

— Ah oui ? Je ne m'en souviens pas quoi qu'il en soit, tu as une mémoire d'éléphant, tu m'impressionnes.

— Je sais, je suis une fille épatante. Ariane prit un air narquois ce qui amusa beaucoup sa cousine.

— D'accord voyons voir si c'est vrai. Elle plissa les yeux et parut réfléchir. Alors c'est quoi ma couleur préférée ?

— Tu n'as pas de questions plus difficiles ?
C'est le vert bien sûr.

— Décidemment, tu es vraiment une fille
épatante. Elle applaudit amusée.

— Je te l'avais dit.

Erine observa sa cousine sourire aux lèvres
sans rien dire.

— Qu'est-ce qu'il y a ? Tu fais une
psychanalyse ? S'enquit Ariane amusée.

— Non pas du tout je me dis juste que j'ai
vraiment de la chance de t'avoir comme
sœur... Dire qu'il y a deux ans en arrière
nous n'avions aucunement connaissance de
l'existence de l'une de l'autre et aujourd'hui
c'est comme si on se connaissait depuis des
lustres.

— Eh oui c'est ça la famille, les liens de sang
ont ce pourvoir-là. Ariane sourit.

— Puis-je te prendre dans mes bras ?

— Euh... oui bien sûre. Ariane parut un peu
gênée par la demanda impromptue d'Erine
mais se laissa étreindre par cette dernière
sans broncher.

— Mais sérieusement pourquoi manges-tu un
sorbet à cette heure ? Demanda Erine
quand elle eut fini d'étreindre sa cousine.

— Pour rien j'en avais envie.

— Ariane ? Insista Erine en levant le sourcil.

— Bon j'avoue... je déprime un peu ce soir car
ça me manque terriblement d'être en

couple, ça me manque de me faire dorloter, cajoler, ça me manque de me sentir aimer et d'aimer.

Erine perçut une certaine douleur dans la tonalité de sa voix, elle se redressa du canapé et alla s'asseoir à côté d'elle.

— Je comprends mais ne t'en fais pas tu es belle, intelligente tu trouveras bientôt quelqu'un tout vient à point à qui sait attendre. Erine prit sa main dans la sienne et commença à la caresser.

— Oui tu as sans doute raison. Ariane sourit à son tour en plongeant son regard dans celui d'Erine. En attendant ce fameux jour, on va se remplir la panse avec ces délicieux sorbet et tu sais pourquoi ?

— Non mais je suppose que tu vas me le dire ?! S'enquit Erine amusé en plongeant sa cuillère dans son sorbet.

— « *Car glace répare, car glace remplace* ».

— Elle est très bonne celle-là. Elles eurent un fou rire.

Une semaine s'était écoulée, un mois s'égraina et comme elles avaient convenu lors de leur dernière visite, sœur Irma et Erine se rendirent de nouveau au centre pénitencier pour rencontrer Ipètè, et comme il y a un mois auparavant, elles furent renvoyées chez elles, le directeur des lieux leur servit de nouveau une excuse sans tête ni queue et ce jour-là encore, elles ne purent voir le détenu malgré leurs supplications. Mais elles ne se découragèrent pas pour autant, elles revinrent le mois qui suivit, puis le mois d'après, il arrivait même qu'Erine se rendit seule quand sœur Irma était empêchée par ses obligations ecclésiastiques. Les gardiens de prison commencèrent même par s'habituer à leur présence tant et si bien qu'on ne les contrôlait plus à la guerite. Ce manège dura pendant des mois.

Un jour pourtant, elles entrèrent dans les bonnes grâces du directeur de la prison.

Pendant qu'elle était sur le point de regagner sa demeure, elle entendit quelqu'un l'interpeller dans son dos :

— Mademoiselle ! Mademoiselle ! Attendez !

Elle se retourna et vit un des gardes pénitencier qui se trouvait dans la pièce tout à l'heure quand elles furent renvoyées. Elle resta immobile, perplexe et surprise.

— Le chef m'envoi vous dire qu'il a changé d'avis vous pourrez voir votre ami aujourd'hui.

Elle fut soudain parcourue par des frissons,

une chaleur agréable se fit ressentir dans sa poitrine, elle y posa sa main comme pour se contenir ou cherchait-elle simplement à ressentir cette chaleur sur ses mains devenues moites? Toujours est-il qu'elle commença à sourire avant de joindre les mains et de fermer les yeux, elle semblait soulagée.

— D'accord merci beaucoup je vous suis !
Erine emboita le pas du garde, enjouée.

Joseph Loueya l'invita à entrer dans son bureau, c'était une pièce différente de celle dans laquelle elles avaient été reçues plus tôt ce matin, celle-ci semblait plus spacieuse, mieux éclairée et surtout les chaises y étaient plus confortables même si on pouvait encore voir des murs dégarnis et des toiles d'araignées par endroit. Il l'observa un moment sans rien dire, il croisa ses mains sous son menton et la scruta du regard comme s'il cherchait à sonder son âme. Erine détourna les yeux. Un silence de plomb régnait à présent dans la salle. On put entendre distinctement le cliquetis de la grosse pendule suspendue sur le mur derrière l'homme qui ne lâchait pas la jeune demoiselle du regard depuis tout à l'heure, le silence devint de plus en plus pesant.

— Je ne comprends pas ! Pourquoi une *mitang* s'intéresse à des histoires qui ne la concerne pas ? Quel est ton lien avec le détenu ? Et pourquoi tant d'insistance ? S'enquit-il perplexe.

— Disons que je suis convaincue qu'il est innocent et j'ai envie de lui venir en aide, personne ne semble croire en sa cause mais moi si. Je sais ce que ça fait quand on ne croit pas en toi, lui et moi on se comprend raison pour laquelle je veux l'aider coûte que coûte ! Répondit calment Erine en joignant ses mains moites sur ses cuisses le regard fuyant.

— Hum... ça se voit que tu n'es pas d'ici sinon, tu aurais compris depuis longtemps que ta lutte est vouée à l'échec. Il s'adossa sur son siège avant de se balancer à gauche à droite. C'est comme ça ici mais bon, puisque tu es là et que tu es persuadée du bien fondé de celle-ci je veux bien te laisser une chance !

Au même moment quelqu'un vint frapper à la porte, Erine se retourna.

— Oui entrez ! Dit le monsieur de sa voix roque et autoritaire.

La porte s'ouvrit sur un frêle jeune homme la vingtaine révolue, il pénétra dans la pièce, se mit au garde à vous pour saluer son supérieur avant de poursuivre :

— Mon lieutenant, le détenu N°03071980 est là !
— Bien faites-le entrer !

Le jeune garde tourna les talons pour sortir de la pièce, il revint bientôt avec un jeune homme menotté cheveux ébouriffés vêtu d'un débardeur en haillon et d'un short tout aussi vétuste, il était très maigre et affaibli. Quand elle le vit, Erine eut un pincement au cœur, elle se leva doucement pour lui faire face, des larmes commencèrent à perler dans ses yeux verts, elle posa sa main tremblante devant sa bouche comme pour réprimer un sanglot, elle était très émue.

Le détenu quant à lui, avait le regard vitreux, inexpressif, mais bientôt un rictus se dessina sur son visage émacié, il redressa sa tête pour mieux plonger ses yeux dans ceux de la jeune demoiselle, il semblait ravi de la voir.

— Vous pouvez aller dans la salle de visite vous avez une heure. Dit l'homme d'un ton ferme.
— D'accord merci infiniment. Erine sortit promptement de la salle suivit par le jeune homme car le temps leur était compté et chaque seconde était aussi précieuse qu'une goutte d'eau au désert de Gobi.

Ils entrèrent dans la salle de visite où ils virent

plusieurs personnes assises çà et là, Erine repéra une table libre au fond de la salle et se retourna vers Ipètè.

— Viens, nous allons nous asseoir là-bas nous y serons tranquilles c'est une table assez éloignée des autres. Elle se précipita et s'assit. Ipètè l'imita bientôt en s'asseyant doucement en grimaçant, on aurait dit qu'il avait des blessures sur son postérieur et elles semblaient lui faire mal.
— Est-ce que tu as reçu les provisions que nous avons demandé aux gardiens de te transmettre ?
— Non. Répondit-il sans plus le regard vide et impassible.
— Je m'en doutais. Heureusement, j'avais prévu un plan B. Elle fouilla dans son sac à main et sortit un tupperware en plastique contenant des sushis et des sandwichs. Elle sortit aussi une petite bouteille d'eau qu'elle posa sur la table.

Ipètè l'observa curieusement avant de poser son regard sur le tupperware.

— Qu'est-ce que c'est ?
— C'est mon repas j'avais anticipé à force de me faire recaler à chaque fois j'ai fini par développer certains reflexes. Elle fit un clin d'œil.
— D'accord.

— Euh... tu peux manger je l'ai gardé pour toi. Elle ôta le couvercle et lui tendit le tupperware.

— Non merci.

— Mais enfin pourquoi ? Il faut que tu manges tu dois être affamé s'il te plaît fait un effort soit raisonnable.

— Je ne vous connais pas primo, deuxio, qu'est-ce qui me dit que vous aussi vous n'allez pas tenter de m'empoisonner ? S'enquit-il suspicieux en fronçant les sourcils.

Erine se figea, il n'avait pas totalement tort. Elle l'avait certes envoyé des lettres auxquelles il n'avait d'ailleurs jamais répondu car ne les ayant jamais reçu ou les ayant reçu mais n'ayant jamais eu la possibilité de l'envoyer des réponses. Elle fut surtout choquée par une partie de la phrase qu'elle avait entendue : « *qu'est-ce qui me dit que vous aussi vous n'allez pas tenter de m'empoisonner* » ? Que voulait-il dire par là ? Elle voulait en avoir le cœur net.

— Qu'est-ce que tu veux dire par « *qu'est-ce qui me dit que vous aussi vous n'allez pas tenter de m'empoisonner* » ? On a intenté à ta vie ici ?

— Laisse tomber tu es de *Mitang*, cette affaire ne te concerne pas je n'ai rien à t'offrir je n'ai pas d'argent je n'ai rien excuse-moi mais tu perds ton temps. Ipètè resta de marbre.

— Je te comprends... Crois-moi ta crainte est légitime et je la comprends mais je te rassure, tu n'as vraiment rien à craindre de moi je suis là pour t'aider. Je viens en amie et je ne suis pas motivée par l'argent je ne m'en vante pas mais j'ai suffisamment de moyens je suis animée par autre chose. Erine prit un air solennel.

— Ah oui ? Et puis-je savoir ce qui t'animes ? S'enquit Ipètè incrédule en plissant les yeux.

— La justice, je suis animée par la justice et je crois dur comme fer en ton innocence, j'ai parlé avec ta grande sœur Enami elle m'a beaucoup vanté tes mérites, elle m'a dit à quel point tu étais quelqu'un de formidable, droit dans ses bottes et tu es également un idéaliste comme moi. Erine sourit.

Ipètè resta un moment immobile, il semblait réfléchir, il scruta son interlocutrice comme s'il cherchait à sonder son âme. Il posa son regard sur le Tupperware.

— Vas-y tu peux me faire confiance, mais si tu veux je vais goûter devant toi.

Erine se saisit d'un sandwich elle croqua un bout, puis prit un sushi avant de boire une gorgée d'eau sous le regard inquisiteur d'Ipètè qui assista à la scène sceptique.

— Tu vois ? Tu peux me faire confiance.

Ipètè se saisit à son tour du sandwich que lui tendit Erine et le mangea goulument sous le regard ravie de sa bienfaitrice.

— Bon appétit. Elle sourit en posant se mains sur ses joues.
— Merci. Il se saisit de la bouteille d'eau qu'il but avec délectation.
— Mais je t'en prie régales-toi.

Ipètè but et mangea comme si sa vie en dépendait. Et quand il fut repu une fois le repas achevé, il regarda Erine avec une lueur dans le fond de ses yeux.

— Bien que je doute toujours de ton vrai but, je te remercie beaucoup pour ce repas ça change du pain rassis et des boites de sardines avariées qu'on nous sert en guise de pitance ici. Il essuya sa bouche du revers de sa main.
— La confiance se gagne et je vais faire tout ce qui est en mon pouvoir pour gagner la tienne tu verras que tu n'as vraiment rien à craindre de moi.
— Si tu le dis... Qu'est-ce qu'une blanche comme toi viens faire dans un trou perdu comme Nobag ? Quand tes congénères

viennent en Afrique c'est toujours parce qu'ils ont des intérêts alors je me demande.

— Je comprends ta méfiance à l'égard des autres, je vais me répéter mais encore une fois, elle est légitime surtout si comme tu l'as sous-entendu, on a intenté à ta vie. Elle marqua une pause et soupira.

— Ça va te paraître difficile à croire je suis certes « *blanche* » comme tu dis mais, je suis aussi noire et surtout Nobagaine par mon père c'est ma mère qui est anglaise et je n'en ai pas honte, je fais partie des deux mondes. Si la mixité, le métissage, le brassard des cultures sont des concepts avec lesquels tu as du mal c'est dommage mais ça ne m'empêchera pas pour autant de t'aider.

— D'accord si tu le dis.

— Bien entrant dans le vif du sujet si tu veux bien, ta sœur m'a un peu parlé de toi mais certains détails m'échappe elle n'a pas voulu m'en dire plus car c'était dangereux pour elle. Elle m'a donc suggéré de te demander directement. D'abord commençons par le commencement. Elle sourit.

— Moi je m'appelle Erine Hope Ngolo je suis ton avocate commis d'office et je vais tout faire pour te sortir d'ici. Elle lui tendit la main.

Ipètè regarda sa main, ahuri avant de plonger son regard dans le sien. Il y vit ce reflet vert qui avait convaincu sœur Irma quelques heures plus tôt dans la journée. Il soupira et serra la main de la jeune fille dans la sienne.

— Moi c'est Gédéon Ipètè Nguélé mais proches m'appellent *Kym's*.
— Je suis ravie de faire ta connaissance Kym's. Elle sourit en retirant sa main dans celle du jeune homme. Bien maintenant que les présentations sont faites, et si tu me racontais ton histoire ?
— Hum... ça risque de prendre du temps.
— Ne t'en fait pas, j'ai tout mon temps.

Ipètè la regarda à la fois étonné et admiratif, il secoua la tête de gauche à droite amusé avant de prendre une grande inspiration et de soupirer. Il ferma les yeux comme pour rassembler ses forces et se lança.

— Mon histoire est assez complexe, elle commence il y a bien longtemps dans une lointaine contrée appelée Bindou, mon village natal.

DU MÊME AUTEUR

- Souvenirs
- L'exilée de Dungannon
- Ici mais d'ailleurs
- Par delà les mers